行雲紀

刺客聶隱娘

拍攝側錄

謝海盟 著

序

朱天文

三十年前我寫了一本書《戀戀風塵——一部電影的開始到完成》，現在，謝海盟寫了另一本書，《行雲紀——「刺客聶隱娘」拍攝側錄》。

一個三十年，很長的，也很短的。

很長。「她常常認真的練習飛行技術：吃力的爬上寬寬的窗檯，然後凌空跳到彈簧牀上，儘可能利用在空中的那一剎那，快速的揮動翅膀，認為早晚有一天，終將因著她的技術猛進，可以飛上天空……」是的，長到足夠讓學飛的盟盟長大到，終於，出版了她的第一本書。

「終於」，那是因為在這之前，她寫過又毀過的幾部奇幻故事，動輒十萬字起跳，最多寫有七十萬字的那部真令我嫉羨交加，每要勒她脖子求索分個零頭給我的蝸速長篇吧。

但她寫了一冊又一冊Ａ４大小的筆記本，斷然不讓任何人看。從小學（大部分是連環圖漫畫）寫到國中，寫到高中，寫到大學，有電腦以後仍是手寫，圖個不擇時地（機場候機時）

皆可寫的便利。自幼以來，若有那不明狀況的熱心人士建議海盟拿出來發表或貼上網，她便靦腆搖頭而笑：「自娛的。」僅僅一位讀者，她特許給表妹，這位表妹喊她「老哥」，掛在嘴上總說「我老哥」，我老哥如何如何，甚中彼意，亦獲其心。

即便她大學畢業了加入電影編劇工作之餘，仍在寫，有時我倆從捷運站走回家，等紅燈換成小綠人時我問她，多少字啦？最後我獲知的字數是四十二萬字。這部她寫穿越，穿越唐。我問她為什麼是唐，而不是其它？她說看《隋唐演義》，覺得寫得不好，打算自己寫一本。我轉頭望她一眼，心想嚇，好個亞斯伯格人。

這樣，令我想起那位苦等奧德賽返鄉遂以織製丈夫壽衣為名擋住追求者們的佩妮羅佩，而白天織，夜裡拆，壽衣永無織成之日。又像奧瑞里亞諾·布恩迪亞上校（宋碧雲譯版《百年孤寂》）打了三十年仗之後回家，重操舊業做小金魚卻不賣，每天做兩條，做完二十五條便融掉重做。這樣不為發表，不為什麼的老在那兒寫，那兒讀，唯一一點好處，如果文字是表意的工具，海盟倒把這工具練得輪轉無礙，辭、達意矣，不像新手。

初始我找海盟來做編劇助理，是把她當一台文書處理機，幫我劇本打字、列印、修改、傳發劇組。然而加入我與侯導的劇本討論不久，她變成了我們的記憶卡，隨身碟。看來我是在壓榨她掃描式的記憶力，但凡材料到手，我愛請她先過目一遍輸入腦中，以備隨時查詢。她的這項利器，在往後從頭到尾沒有缺過一場戲（歸究於海盟那種頑執不醒才可能耐得住的拍攝現場之漫長之無賴）的跟拍側記，她錄影機般，詳實記下了全部過程，《行雲紀》，這本我稱之為「留下活口」的證詞之書。

證詞？是為誰做證詞？

為一部我們曾經觸手可及的想像過、卻始終未被執行出來的懾人電影做證詞。這部在劇本定案時言之鑿鑿被相信一定好看易懂的電影，情感華麗，著色酣暢，充滿了速度的能量。

因為如今大家看到的電影簡約之極，除了能量，其餘皆非。況且能量，不但不從速度來，反從緩慢和靜謐之中來。可以說截然不同的兩部電影，不同到在我看了初剪時轉臉對海盟發恨聲：「你寫的側記比電影好看一百倍。」自稱菜鳥編劇的她，已頭抱鋼盔奔逃至百尺外絕不捲入我的編導大戰，唯我想起來又恨聲：「還好有你的書留下紀錄，不然我們簡直像一群傻瓜。」

究竟，從劇本到銀幕上的電影之間，發生了什麼事？「此所以成變化而行鬼神也」？西方龍有翅膀，東方龍靠交通工具行雲駕霧。而神龍見首不見尾，卻碰巧叫海盟憨膽見著了，近身觀察沒給電灼雷劈陣亡，倒留下了這本活口之書。

剪接時，海盟本想跟剪學習，但她自去寫了小說《刺客聶隱娘》，得七萬字，看看只有第一章〈最初〉拿得出手，便易名〈隱娘的前身〉列入本書。侯孝賢一向不分鏡，亦不按劇本剪，他是拍到什麼剪什麼，這部分我將另外為文來說。

此書也收錄了三篇文章，可供觀看劇本的演變。唐傳奇〈聶隱娘〉寥寥千字。故事大綱採用二〇一一年四月版，當時還未將殺手精精兒與周韵飾演的田元氏合為一人。再是二〇一二年十月的第三十八版劇本，舒淇說拿到的劇本薄如 iPhone，都是文言文。

在那神農架山間兩千公尺的大九湖溼地拍攝安史亂後的中唐，劇組置景問到海盟這裡來：「到底蘿蔔或玉米可不可以？」海盟說玉米原產於美洲，要傳入好歹也待至大航海時代，那是明代之事了。置景人員遂努力藏妥每一根玉米那是小鎮上最大宗的農作物，莽莽湖岸，四處聽人吆呼著：「玉米不行，蘿蔔可以。」是啊三十年，真短。

二〇一五年六月八日

五、京都

聶隱娘者貞元中魏博大將聶鋒之女也年方十歲有尼乞食於鋒舍見隱娘悅之云問押衙乞取此女教鋒大怒叱尼尼曰任押衙鐵櫃中盛亦須偷去矣及夜果失隱娘所向鋒大驚駭令人搜尋曾無影響父母每思之相對涕泣而已後五年尼送隱娘歸告鋒曰教已成矣子卻領取尼欻亦不見一家悲喜問其所學曰初但讀經念呪餘無他也鋒不信懇詰隱娘曰真說又恐不信如何鋒曰但真說之曰隱娘初被尼挈不知行幾里及明至大石穴嵌空數十步寂

無居人猿狖極多松蘿益邃已有二女亦各十歲皆聰明婉麗不食能於峭壁上飛走若捷猱登木無有蹶失尼與我藥一粒兼令長執寶劍一口長二尺許鋒利吹毛令剸逐二女攀緣漸覺身輕如風一年後刺猿狖百無一失後刺虎豹皆決其首而歸三年後能飛使刺鷹隼無不中劍之刃漸減五寸飛禽遇之不知其來也至四年留二女守穴挈我於都市不知何處也指其人者一一數其過曰爲我刺其首來無使知覺定其膽若飛鳥之容易也受以羊角匕刀廣

三寸遂白日刺其人於都市人莫能見以首入囊返主人舍以藥化之爲水五年又曰某大僚有罪無故害人若干夜可入其室決其首來又攜匕首入室度其門隙無有障礙伏之梁上至瞑持得其首而歸尼大怒曰何太晚如是某云見前人戲弄一兒可愛未忍便下手尼叱曰已後遇此輩先斷其所愛然後決之某拜謝尼曰吾爲汝開腦後藏匕首而無所傷用即抽之曰汝術已成可歸家遂送還云後二十年方可一見鋒聞語甚懼後遇夜即失蹤及明而返鋒已

不敢詰之因茲亦不甚憐愛忽値磨鏡少年及門女曰此人可與我爲夫白父父不敢不從遂嫁之其夫但能淬鏡餘無他能父乃給衣食甚豐外室而居數年後父卒魏帥稍知其異遂以金帛署爲左右吏如此又數年至元和間魏帥與陳許節度使劉悟不協使隱娘賊其首隱娘辭帥之許劉能神算已知其來召衙將令來日早至城北候一丈夫一女子各跨白黑衛至門遇有鵲前噪丈夫以弓彈之不中妻奪夫彈一丸而斃鵲者揖之云吾欲相見故遠相祗迎也

銜將受約束遇之隱娘夫妻曰劉僕射果神人不然者何以洞吾也願見劉公劉勞之隱娘夫妻拜曰合負僕射萬死劉曰不然各親其主人之常事魏今與許何異願請留此勿相疑也隱娘謝曰僕射左右無人願舍彼而就此服公神明也知魏帥之不及劉劉問其所須曰每日只要錢二百文足矣乃依所請忽不見二衛所之劉使人尋之不知所向後潛於布囊中見二紙衛一黑一白後月餘白劉曰彼未知止必使人繼至今宵請剪髮繫之以紅綃送于魏帥枕前

以表不迴劉聽之至四更卻返曰送其信矣後夜必使精精兒來殺某及賊僕射之首此時亦萬計殺之乞不憂耳劉豁達大度亦無畏色是夜明燭半宵之後果有二幡子一紅一白飄飄然如相擊于牀四隅良久見一人自空而踣身首異處隱娘亦出曰精精兒已斃拽出于堂之下以藥化為水毛髮不存矣隱娘曰後夜當使妙手空空兒繼至空空兒之神術人莫能窺其用鬼莫得躡其蹤能從空虛而入冥善無形而滅影隱娘之藝故不能造其境此即繫僕射之

福耳但以于闐玉周其頸擁以衾隱娘當化爲蠛蠓潛入僕射腸中聽伺其餘無逃避處劉如言至三更瞑目未熟果聞項上鏗然聲甚厲隱娘自劉口中躍出賀曰僕射無患矣此人如俊鶻一搏不中即翩然遠逝恥其不中纔未逾一更已千里矣後視其玉果有匕首劃處痕逾數分自此劉轉厚禮之自元和八年劉自許入覲隱娘不願從焉云自此尋山水訪至人但乞一虛給與其夫劉如約後漸不知所之及劉薨於統軍隱娘亦鞭驢而一至京師柩前慟哭而去

開成年昌裔子縱除陵州刺史至蜀棧道遇隱娘貌若當時甚喜相見依前跨白衛如故語縱曰郎君大災不合適此出藥一粒令縱吞之云來年火急拋官歸洛方脫此禍吾藥力只保一年患耳縱亦不甚信遺其繒綵隱娘一無所受但沉醉而去後一年縱不休官果卒於陵州自此無復有人見隱娘矣

緣起

二〇一二年九月二十五日，《刺客聶隱娘》劇組在台北中影文化城舉行開鏡儀式，侯導帶領全體工作人員祭拜神明，祈求拍攝工作一切順利，兩岸各大媒體皆有記者到場，熱熱鬧鬧一場過後，驀然回首，不免感嘆，我們都是怎麼給湊到一塊的？

起頭的當然是侯導，侯導自幼就愛筆記小說、武俠小說，想拍聶隱娘，大概是八〇年代當導演以來就有的夢想，然而始終擱置著，除了早年種種技術問題尚待克服外，最重要的是，侯導始終沒遇到他的「聶隱娘」，如此直到舒淇的出現。

舒淇直率爽朗，強悍，狂放與晦澀兼具的表演能力，用侯導誇讚人的高級用語形容「氣很足」，而且「她瘋起來可以非常瘋，但要專注時又很專注」，讓侯導終於找到了他心目中的聶隱娘，而舒淇在聽過侯導的敘述後，也非常喜歡這個故事，兩人可說是一拍即合，在合作過《千禧曼波》，侯導的武俠夢想算是終於有影了。

然而《刺客聶隱娘》並未在《千禧曼波》之後就能展開籌備，其故事的展開，又有賴於另一位重要人物——飾演磨鏡少年的妻夫木聰。聶隱娘的性格幽暗曲折，要何等樣的人物能引出她埋藏的性格，那封存了她童年純真的另一面？侯導的答案是，要一個笑容燦如陽光、能讓觀者也想與之同笑的人，這個人，就我們所知，只有妻夫木聰，侯導不只一次表示過，聶隱娘的故事「就是在看到妻夫木聰的笑容起開始構思的」。於是，由舒淇起的頭，妻夫木聰

劇照師蔡正泰，光點影業提供

展開的故事，終於促成了《刺客聶隱娘》的誕生。

侯導外務多，《珈琲時光》、《紅氣球》皆是受委託拍攝的，《最好的時光》算是趕鴨子上架，這一忙幾乎又一個十年過去，千禧後的第一個十年尾聲，侯導終於能進行他真正想望的拍攝工作了，首先是在自家閉關一年，研讀各唐代史冊，擷取少少的紀錄（新舊《唐書》、《資治通鑑》中有關嘉誠公主、魏博田家、元誼一家的紀載，往往就短短一行而已），從各史實年代中，卡出一個足夠放入〈聶隱娘〉故事結構的空間，即西元八〇九年，唐憲宗元和年間的魏博藩鎮。

這是侯導埋頭苦幹的死功夫，整整一年的單人作業，到天文與我加入編劇工作，已是二〇〇九年（正好距離《刺客聶隱娘》一千兩百年）的夏天，那時我大學剛畢業，閒在家裡蹲，正如所有大專畢業生有求職問題。而天文一如過去與侯導合作劇本，卻大感精力不如從前，似乎無法再身兼小說與編劇工作，急著要找個接班人，於是我不知天高地厚，仗自己有幾分唐代知識背景，帶著一股初生之犢不畏虎的蠻勁，就這麼入夥了，一路跌跌撞撞的邊做邊學，從一問三不知到如今竟也能滿口電影術語，慶幸沒鬧出大岔子來。

當我們三人的編劇工作開始，另一頭，早按侯導吩咐讀過種種資料的舒淇老神在在，各片約照接不誤，因為她很清楚，離開拍可早得很！

星巴克

2009

我們的第一站，是萬芳醫院裡的星巴克。

醫院一隅臨著車道的星巴克，向外幾步就是興隆路上的車水馬龍，然而大片明淨落地窗外，恰是停車場入口的一小片樹林，幾株美人樹綠蔭著，不開花時的美人樹活脫脫就是木棉樹，然入秋後一樹淡淡紫紅花，讓不大的店面多了點與世隔絕感。

編劇會議的桌面很簡單，三杯飲料（多為可用紅利點免費兌換的那堤），或一份或兩份公推星巴克最美味的雙火腿起司巧巴達，一疊唐代史料，隨著討論進行，數日後會加入兩三份打印妥的劇本初稿（或二稿、三稿、四稿……N稿），幾枝異色原子筆以便塗塗改改。天文的筆記總寫在作廢的傳真紙背面，長長一捲紙頁尾垂地，彷彿占星學者寫著羊皮紙卷軸；侯導數十年如一日，以封面印著ㄅㄆㄇ圖案的小學生作業簿為筆記本。

各版劇本與史料繁多，基於環保而多打印在公司的廢紙背面，劇本翻過來往往是全不相干的文案，然一整天泡在劇本裡的疲憊下，休息時間翻過劇本瞧瞧各種文案，倒也有幾分趣味。侯導與天文都有年紀了，劇本拿在手中很難看清楚，兩人常一副老花鏡爭奪不休，或斜斜捧遠了紙頁觀看，模樣頗有闕聖架勢。

一下午的編劇會議下來，侯導的電力是有限的，電力用完了，若不識相點就此打住（「導

(2011.10.9 初)

片名：聶隱娘

字幕：十三年前

1 春時驟雪，洺州刺使元誼帶五千步騎投入魏博藩鎮，連家屬族人。

2 命運改變的這一天，三月三上巳日。河曲遊宴，杏花風吹雪夜飛入張開的帳帷，嘉誠公主美如神明。

嬌人是元誼女，公孫縈卷來覲見嘉誠公主。藩主田緒喚小主田季安來，與元誼女並立一起時，眾皆讚歎，好一對璧人。

緋衣的十歲女孩窈七，在鞦韆上，在花天裡，飛也似的擺……嘉誠公主目睹著這一切，似一種悲憫。

3 五更二點，晨鼓擊起三千下。藩主田緒寢處，婢侍驚呼奔出，貼身侍衛闖進閨房，見田緒死在榻上，狀甚驚怖，手握短刀似乎死前奮力掙扎過。侍衛撿起榻下一片人形剪紙。

嘉誠公主由聶鋒護衛，從居住的宮廷閣道到田緒處時，藩內重臣皆紛紛到來……

4 五天後公佈死訊，十五歲的田季安一身縞素，熬白臉比衣帶還白。都事廳內，滿座衣冠似雪。眾擁田季安為「留後」，上表朝廷，請求授旌節承認。發遣後表，飛騎四出，通報各藩鎮。

字幕：十三年後

朱天文劇本手稿

朱天文提供

演，我們弄完這段再休息吧。」），便見侯導的言行顛三倒四起來，一揮手把小半杯涼了的抹茶那堤打到腿上，侯導愛穿白褲白鞋，潔白濺上點點綠汁活脫脫成了綠斑的大麥町。

「人老了，電池變得很小，三小時差不多了，年輕時劇本一討論就是一整天，哪裡知道累！」侯導搔頭感嘆畢，目光一凜掃過來：「別笑！等你到我這年紀就知道了！」

有電池，就有充電座，侯導的充電座就在繁花紫紅的美人樹林裡。

遇到瓶頸了、電力用光了，侯導會出去抽菸閒晃。隔著大落地窗，見侯導白帽白褲的背影在樹下閒晃，時時仰天作思索狀。這時室內的我倆總是趁機偷閒，或跑廁所，或逛逛星巴克商品，在下一段工作開始前稍歇一會兒。

當侯導去樹林裡抽完菸回來，第一句話總是：「我想通了，我感覺剛剛那段我們應該如何如何……」

好幾次大關卡都是靠著侯導樹下抽菸迎刃而解，沒有關卡，也能讓侯導三小時容量的電池再多個一小時半小時，因此我們笑說，侯導的充電座一定藏在那片樹林中。侯導也笑，笑笑不否認，也許真有充電座一事也說不定。

侯導自稱這是他拍電影，編劇工作最嚴謹的一次。過去侯導的電影都是時裝片，缺了什麼要補什麼都很容易，要補鏡頭，場景在偌大的城市裡隨便找，缺了道具上五金行雜貨店買去，衣服也能靠成衣店解決，故此狀況下，劇本只是參考，拿來應付投資者的成分居多，真正要拍的東西藏在侯導的腦袋裡，且侯導喜歡拍感覺的，感覺某事某物過癮而臨時拍攝的狀況很多；劇本裡有、卻是一拍就曉得拍不出來的東西也不少，故電影最終呈現出來的，往往跟劇本完全不一樣。《戀戀風塵》一書中，便有他這麼一句話：「我喜歡保留一半給現場的時候應變，如果事先什麼都知道了，就沒勁拍了。」

然而這次不能這麼搞，古裝片，所有需要的東西都要事先籌備，不籌備就是沒有，很難在拍片現場臨時變出來，連應變的餘地都無法。我們得準備可能比實際需求還多的東西，儘管多有浪費，也總好過拍攝工作被一兩樣小道具卡住而無法進行的窘況。

同為古裝劇的《海上花》亦如此。不同之處在，《海上花》已有太豐厚的文本，幾乎是拿著書來籌備即可，連寫劇本這一道都省了。《刺客聶隱娘》儘管也有文本，寥寥一千字只能算是個構想，一個起頭，我們的《刺客聶隱娘》早就是個與唐代裴鉶原著迥異的故事，算是原創劇本而非改編劇本，整個劇本得從頭寫起，寫得完整、寫得鉅細靡遺滴水不漏。

編劇工作斷斷續續，侯導外務不斷，時間一延再延，光是星巴克這一待，就是三年，初時我與片中的聶隱娘同齡，都是二十三歲，在涓滴似的工作狀態下，我一歲歲的長過了隱娘，及至離開星巴克，又歷經漫漫的拍攝過程，殺青時我二十八歲，倒成了與田季安同歲。

造一座冰山

編劇的工作，說穿了，是假定好劇情，接著便不斷提問「誰誰誰（皆劇中人）在這樣的狀況下，會怎麼反應？」、「誰誰誰在這時候會做什麼？」也不時穿插侯導口頭禪式的發言：「我感覺，這時候誰誰應該做某某事。」。畢竟拍電影，最核心的還是「人」，人的性格對了，對事件的反應對了，劇情自然就開展。

觀眾可以不理解角色，不曉得角色舉措背後的意義，但導演不能，導演一定要完全清楚角色編碼，情節可以一波三折，然而角色編碼不能翻轉。當角色性格夠合理、編碼夠完整，角色便「活」起來，這時候還要編造出違反其性格的劇情，壓根不可能，一看就是突兀的假東西，甚至驀然會有此人精神分裂的錯愕感。

〈聶隱娘〉本出裴鉶所著《傳奇》，然幾經改造，已是全新的故事了，可憐的原著男一號，陳許節度使劉昌裔，在電影裡連出場的機會都沒有。劇中人物當然得從頭塑造起，塑造一個人物，我們稱「造一座冰山」（典出海明威的冰山理論），每一個人物都是一座冰山，人物展現在電影中的部分，是冰山露在海面的一小角，然而這一小角要足夠精確，免不了得打造完完整整的冰山包括海面下隱而不見的大部分。這一大部分，具洞察力的觀眾是能夠體悟出來的。

或是用繪畫作的比喻，一隻樹叢中的花豹，豹子露出樹叢的部分是人物在劇中的展現。我們在描繪這頭豹，力求豹的形體正確，甚至每一片豹斑的位置都要精準，得先畫出完整的豹（塑造完整人物、設定好嚴謹背景），再覆蓋上樹叢，決定這頭豹的哪些部分露出樹叢外（人物的哪些部分表現在電影中），如此即便移開樹叢，豹的形體乃至豹斑也能精準的再連結成一頭完整的豹。若是先畫好樹叢，再畫花豹，那麼當樹叢移開，連結出來的很可能是頭殘破扭曲的豹，即便繪畫技巧（編劇技巧）高超，能大致掌握形體，也很難讓每一片豹斑都在正確位置。

故而，哪怕是只有一場戲、一句對白的人物，我們也非得將之建構得清清楚楚。為了海面上的一點冰渣，為了樹叢後一撮豹尾尖，我們著實下功夫打造一堆冰山畫了好多豹子，有時難免自問是否必要，然而想到將來的自己也許會感激，便也不覺得是在做白工了。

打造冰山，準備遠遠超出會呈現在電影景框的東西，這是侯導拍電影不變的習慣。侯導自述這種創作習慣來自不得已，是台灣電影拍攝環境使然，遇上差劣的拍攝環境，很多東西拍不到就是拍不到，拍攝時時刻刻都要調整，只有建構了完整合理的人物角色，才會在不斷的調整過程中有個幾近於直覺的判準，避免發生與其性格全然違背的精神分裂狀況。

如此創作方式，有時也會發生喧賓奪主之事，如《悲情城市》。《悲情城市》最初的構想與現在我們熟知的電影劇情幾無相同，或許已有人不解，《悲情城市》何來的「城市」？這「城市」是九份山下的基隆港，原始版本是發生於現在版本之後，彼時，少女阿雪已然成年並接掌男丁凋零殆盡的家族事業，成為基隆港在地的大姊頭，原始《悲情城市》故事便是鋪展在大姊頭與來自香港的黑幫人物之間，這樣的設計，是為配合當時片商提出、由當紅的歌仔戲生角楊麗花與周潤發分飾兩人的構想。然而侯導照例建構大姊頭的背景，她的過去、她的成長經歷、她何以走到眼前這一步，卻對大姊頭的小叔產生興趣。這位只存在於她童年記憶中的小叔，沉默老實，與家族事業全無干係，是電力公司的小職員，每每颱風過後，會將修理工具與便當繫上腰間，從山腳一路修電線桿修到山頂，幼年的阿雪也總愛跟著一起去。侯導追這這位小叔的設定，造就了今日我們看到的《悲情城市》，小叔和阿雪都還存在片中，惟叔姪倆主客易位，小叔便是梁朝偉飾演的林文清，職業由修電工轉為開設照相館，阿雪的角色也未消滅，轉為並不起眼卻目睹一切的沉默見證者，《悲情城市》敘述的故事是原始《悲情城市》中大姊頭的童年回憶，兩部《悲情城市》互為前後傳。（有關這一段敘述，唐諾在《盡頭》中有幾大段詳盡描述，這裡大約簡述之。）

我們問侯導，還打不打算拍原本的《悲情城市》？侯導詭笑了笑說不無可能噢，不過他現在比較想拍的是《刺客聶隱娘》續集（那時《刺客聶隱娘》都還未開拍），故事的話，就是隱娘與磨鏡少年渡海倭國不成，在海上漂流，生一堆小孩嘍！惟話還沒說完，就讓天文吐槽喝止了。

這是我擅自的觀察，也許能補足侯導對冰山理論的堅持，並為之佐證。從籌備到拍攝《刺客聶隱娘》的期間，侯導外務不斷，其中接觸了包括金馬學院學員在內的年輕朋友們，侯導提點他們拍片，尤其是拍攝紀錄片時，萬萬不要有「夠了」的想法，無論創作或取材，別替自己設限的認為「夠了」，在這個階段，永遠沒有「夠了」這回事，「看到就拍」，不要想東想西這個會用這個不會用等等，只有把東西先拍下來，將自己的冰山建構完整了，才決定露在水上的部分，則無論露出的是哪十分之一，脈絡與邏輯都能非常完整。

也許很難免的，講求「快、狠、準」拍攝方式的年輕一代，會對這般得花上十倍心力（和財力）的創作方式不耐且覺得浪費（拜託，底片多貴啊），然而始終堅持如此創作，豈不就是侯孝賢之所以是侯孝賢的原因？

織壽衣的佩妮羅佩

荷馬史詩《奧德賽》中，當奧德賽曲折漂流無法回到故土綺色佳、甚至沉溺在女神卡呂普索的溫柔鄉之際，奧德賽之妻佩妮羅佩苦等丈夫回鄉，為拒絕眾多追求者們，緩兵之計便是織壽衣，承諾為丈夫織好了壽衣即改嫁，卻是白天織、夜裡拆，一襲壽衣永無織好的一天。

我們寫劇本，便有這麼點味道。

有些日子順遂，討論起來行雲流水，三個人七嘴八舌搶話不斷，各種點子源源不絕，好像寫什麼都好、什麼都想寫進去。編劇會後三人互道再見，都心滿意足覺得是成果豐碩的一天（套一句天文很不雅的形容，「下筆如腹瀉」），然而不待次日再討論，光是晚上各自沉澱後，便發現討論出的東西完全不堪用，織了整個白天的壽衣只好拆掉。

但也有時候，編劇會議是三人乾瞪眼，半天擠不出一句話，咬著牙硬磨出少少幾個字，一整天下來痛苦不堪，偶爾挫折大了，還會上演導演編劇互槓動怒的戲碼。頭幾次我們尚且不知，這是在打好下一階段的基礎，在我們的工作裡，沒有任何作白工的成分，一日的艱苦不用等上太久就有報償，多半在隔日的會議上，便會發現昨日硬磨的都是紮實的東西，「荒年之後必有豐年」，討論往往異常順利，太順利了，反而又要擔心晚上會拆壽衣。

織了拆、拆了織，荒年之後必是豐年、豐年之後還有荒年，如斯循環反覆，這就是我們的工作實況了。

整個編劇過程中，最能反映我們這種工作狀態的，就是元家派遣黑衣人追殺田興、聶隱娘黃雀在後追擊的一段，元家一方面不停接收前方通報，據通報前前後後派遣了三隊人馬追擊。這一段讓我們花了大半月處理，大半月是指實際工作時間，整體耗時則是超過半年。期間侯導外務不絕，一方面是推拒不了，一方面也是想藉暫時改變工作來激發靈感（困在同一個工作階段太久，去做點別的事情而頓時柳暗花明的經驗，想必不少人都有），卻是在外務結束回來後，照樣在此段碰壁慘遭擊沉。

元家如何調遣黑衣人、如何增援、如何回報追擊狀況……這幾個時間點，我們始終無法妥當放入時間線中，好不容易布局出一條看似完美能容納此一切的時間線，卻是一段追擊就要花上快三天。侯導照眼就知無法執行，即便電影時間能夠用偷的，拍出來的電影節奏也會冗慢到無以忍受，絲毫沒有三方人馬相互追逐的緊湊感。追究其原因，是「唐朝沒有手機」，前方發生任何狀況，不能一通手機打回來解決，「我們逮到田興了，正在活埋」、「有個黑衣女子來搗亂，快加派人手過來」，在沒有手機的古代，就得老老實實派個人快馬騎回來通報才能再做處置，一來一往太過費時，會嚴重拖慢電影節奏，因此最後整段廢棄，改為元家審度狀況直接加派人手，不再傻傻等人回報，我們花了大時間建置的精巧時間線也跟著作廢。

然而我們做了白工嗎？日後即便開拍，我們仍持續修改元家派殺手追擊聶田二人的部分，而得以翻來覆去改動不混淆，是太精確的知道每個人在每個時間點的所作所為，都是多虧了這條時間線。用一個比喻，我們家裡十分愛用的比喻——「輸錢」，典出格拉姆・葛林（Henry Graham Greene）的《賭城緣遇》（*Loser Takes All*），明知道今天不會有任何成果，去了只是三人面對面傻坐，只是在輸錢，卻是不輸到了底不會開始贏錢，即明知徒勞但必經的過程。

有時候，我們也自嘲是砲兵。

在戰場上，敵方砲彈打過來沒中，千萬別傻在原地嘲笑敵方砲兵技術差，老兵見此便開始準備找掩護，因為三發看似打偏了的砲彈之後，可就是精準的砲火齊發了。天文跟我在為侯導寫劇本時，也動不動要來個三發試射定位。

說穿了，編劇工作主軸還是侯導，真正編劇的人也是侯導，侯導的文字能力其實相當好，只是他謙虛自己就會影像表達，故而劇本這東西，變成侯導將想法描述給我們，由我們執行寫成劇本。

存在了這一重落差，難免會造成侯導的意思無法由我們準確表達出來，因此天文與我的工作內容，還多了一樣「揣摩侯導的意思」，寫好一版劇本給侯導過目，仔細研究侯導的反應，侯導不會直接說這劇本「不好」，然而以我們的了解，侯導沒說「好」即「不好」，怎麼辦？摸摸鼻子回去再改一版劇本出來，通常不寫廢個幾版劇本，是很難切中侯導的意思的。

當侯導終於說「好」了呢？那就是真的好，尤其是侯導陡地從紙頁抬頭，瞪圓一雙眼：「這個好！」那可真是天大的振奮，代表我們可以就著這思路，一路順流而下寫去了。

因此我倆就是砲兵，寫廢的那幾份劇本就是砲兵的三發試射，目的不在毀擊目標，而在定位，三發試射定位之後，方才砲火齊發——惟我們的砲火是文字罷了。

龍紋身的聶波恩

「聶隱娘」這號人物的構成元素，也許比觀眾想像的要商業化許多。侯導並不排斥好萊塢的商業片（儘管他公開都在鼓吹對好萊塢電影要有抵抗力），也不全然將之視作沒營養的垃圾食物，侯導就不只一次表示：「好萊塢電影好看啊！尤其那些拍得好的，還真好看！」從他日常聊天中提起好萊塢商業片的內容，了解程度與深入程度，也讓人相信侯導不僅多覽，還是相當認真對待好萊塢電影。因此我們創造聶隱娘，有不少靈感得自好萊塢的電影人物。

侯導首先點明，聶隱娘是個亞斯伯格症患者（Asperger syndrome，簡稱 AS，有時與高功能自閉症畫上等號，惟二〇一三年已取消亞斯伯格症一詞，將之去疾病化），這是在侯導與天文看過《龍紋身的女孩》（*The Girl with the Dragon Tattoo*，二〇一一年美國版）之後的想法，該片改編自瑞典記者兼作家史迪格．拉森（Stieg Larsson）的同名暢銷小說。那陣子，我們正努力充實聶隱娘的內涵，而滿街收集不論虛構還現實中的奇特年輕女孩，「龍紋身的女孩」莎蘭德，夠奇特了吧？無論是電影還是原作，都未點明莎蘭德是亞斯伯格症患者，而是男主角布隆維斯特的猜想，然而莎蘭德的行為舉止幾乎是典型的亞斯伯格症，被判定為暴力、反社會者而受保護管束，又遭監護人利用職權性侵，一點即爆的壓力鍋狀態無須再多加描述。我們的聶隱娘相比之下，更冷更疏離一點，較沒有那給逼到無路可退的困獸感，然而兩人一樣執拗專注，一樣會為了自己認為對的事拚了命的去衝撞。

如同莎蘭德，如同聶隱娘，我自己也是亞斯伯格症患者。侯導如此設計，我自覺親切不少。亞斯伯格症是泛自閉症的一種，有自閉症典型的社交困難，然而患者的語言發展並無明顯障礙，甚至擁有比一般人更優秀的語言能力，不少患者因此被認為說話太學究太咬文嚼字，患者能夠與人正常交談，但「說話不看人」（取而代之的看交談對象身邊的樹、牆、地、桌椅、冰箱⋯⋯）。亞斯伯格症的最大特色，就在患者會對少數特定事物顯現強烈興趣，有多「強烈」？是能夠把吃飯睡覺之外的時間全數投入其中。猶記得，我小學時的聯絡簿曾被班導寫過這麼一段話：「⋯⋯海盟對自己喜歡的事情充滿熱忱，對沒興趣的事理都不理⋯⋯」，這便是亞斯伯格症了。亞斯伯格症患者經年累月沉溺在自身興趣中半點不覺厭膩，相較之下，對沒興趣的大多數事物，連多一秒都不願意耗在上面，加以亞斯伯格症患者通常有超乎常人的、過目不忘或近乎過目不忘的記憶力，很容易在單一領域有傑出成就，卻在其他面向相或生活技能上徹底無能近乎白癡化。

聶隱娘是亞斯伯格症患者，除了在劇本中，我們一再再的強調聶隱娘「說話不看人」，也表現在聶隱娘從小對馬匹的癡愛上，這真是個歪打正著的設定，亞斯伯格症至今尚無明確的治癒方法，只能試著「控制」或「矯正」（真是令人生厭的用詞不是嗎？），就醫師們的實際經驗顯示，騎馬是個不錯的方式。聶隱娘愛馬，只愛馬，對女紅詩書一概不理睬，因此親近父親聶鋒，與母親聶田氏則疏遠得很，聶隱娘的童年時光，幾乎都用在馬廄、馬市、擊鞠（馬球是也）場上。要說聶隱娘是亞斯伯格症患者這一設定的疏漏，便是亞斯伯格症患者普遍手腳不協調，肢體動作笨拙（從幼稚園的唱遊課到小學中學的體育課，始終都是我學校生活的挫折之源），一個連單腳站立都有困難的人要當刺客。我們自嘲，聶隱娘應該老早就從樹上跌下來，或在刺殺時不小心誤殺了一旁無辜的路人！

聶隱娘的另一個身分是傑森．波恩，太好看的《神鬼認證》（*The Bourne Identity*）三部曲主角。改編自同名小說，喪失記憶的殺手傑森．波恩躲避 CIA 追殺並發掘自己身分，同時揭發 CIA 黑幕的劇情，應是電影圈的人耳熟能詳，不必再加以贅述的。電影劇本寫得好，導演拍得好，男主角麥特．戴蒙演得好，侯導熱愛這系列電影，暗暗以《刺客聶隱娘》致敬之，甚至曾想找該片的武術教練傑夫．依馬達（Jeff Imada）為武術指導。

表面上，聶隱娘並未失憶，她清楚自己是聶家女兒、田季安的表妹兼童年玩伴，知道自己十三歲時讓道姑帶走，訓練成一名刺客，然而斷落的十三年就如同失憶，當她回到魏博，得知嘉誠公主已死，這個她曾經生活的世界再沒有她的位置、沒有她的同類。《神鬼認證》的英文原意「The Bourne Identity」，波恩的身分，是失憶的波恩尋覓自己真實身分的過程，《刺客聶隱娘》何嘗不是有記憶但也失憶的聶隱娘，尋找自己究竟為誰、在這世間的定位、以及該當何去何從。

幼年的聶隱娘，成分就比較文學一些，有張愛玲《雷峯塔》的琵琶，古博格．博格森（Guobergur Bergsson）《天鵝之翼》（*The Swan*）的九歲小女孩，以及成長於新疆的大陸年輕女作家李娟。還有，呼之欲出的一類小女生，謂之「大頭妹」，大頭妹並不甜美可愛，不親近人，老是皺著眉頭瞪大眼睛究看著，甚至會太專注的忘了旁人的存在，性子很拗，拗起來連大人們也拿她沒辦法，宮崎駿《龍貓》裡頭的妹妹梅就是，不過還是太可愛了點。是故，幼年聶隱娘的小演員更換過幾次，侯導辭退的原因恐怕會讓人摸不著頭緒：「她太可愛了」。試想，一個八面玲瓏、可愛討巧的女孩，怎會是道姑一眼相中、萬中選一的刺客之材？

《雷峯塔》的沈琵琶就是張愛玲自己，是她四歲到十八歲的成長經歷。《雷峯塔》是很動人的小說，告訴我們張愛玲「何以致此」（也一併挽回了《小團圓》）。書中，年幼的琵琶脾氣之拗，對待家中僕人們的情感卻是直率、打心底而起的。通常，富貴人家的孩子，學得最快的往往是殘酷，學著父母呼喝、頤指氣使下人，且年幼者的殘酷是最不曉得悲憫、最不需要理由的，琵琶卻會為老媽子、婢女、廚子或花匠抱不平，為他們衝撞，不計後果、不求回報——那些來自鄉下的僕人們，可不是半點都無法回報她？最是動人的是書末，琵琶在車站送別老保姆何干，眼見何干離去，「琵琶把條手絹整個壓在臉上，悶住哭聲，滅火一樣。」動作有些笨拙稚氣，卻是人在面對真正的傷痛時的反應，「滅火一樣」，滅的是將要迸裂衝出的情緒，就是如此悶哭，我們借用在片中，隱娘乍聞嘉誠公主死訊，唯一一次情緒潰決。

《天鵝之翼》是米蘭・昆德拉最讚賞的冰島小說，書中年幼的主角沒有名字，作者僅稱之為小女孩，一名九歲的小女孩，與書寫自己在北疆阿勒泰成長經歷的大陸小說家李娟，則提供了侯導敘事的角度。兩者都是年幼的女孩子，洞悉又好寂寞的注視遼闊荒涼的陌土，特別是這樣的注視，視野中是沒有自己的，即鏡頭就是她們的眼睛、她們看出去的主觀畫面，只有一種狀況能看見自己：倒影，如小女孩在冰島荒原上，由浮著彩虹油膜的泥炭溝看見自己的倒影般，隱娘也只能以閣樓上的銅鏡看見自己，進而由鏡中自己的成長察覺時光流逝。

「回憶的主觀鏡頭中沒有自己」，侯導最愛舉的例子是帕索里尼（Pier Paolo Pasolini）的

《伊底帕斯王》（*Oedipus the King*），一場草坪上的戲，鏡位很低，前景是個睡著嬰兒的搖籃，有大人小孩從草坪那端跑來，鏡頭不動，故來到搖籃前，只見他們穿鞋的腳，接著鏡頭向上pan，入鏡的是有著柏樹樹梢的天空。侯導解釋，這個鏡頭就完全是搖籃中的嬰兒視線，當然不用很強硬的一定要把「自己」屏除在鏡頭外：「回憶者的意識也在當場，還是有可能出現在自己的回憶畫面中，自我意識有強弱之分，《伊底帕斯王》的嬰兒，他的自我意識很弱，鏡頭呈現的就完全是他所見；年紀大一點的人，像是幼年的聶隱娘，她有自我意識，在自己回憶畫面的存在可能就經過想像修改。拍電影，鏡頭無非就是劇中人的主觀與客觀——其實是導演的主觀——交互運用，運用得好，就會很過癮，很有味道。」

犯罪現場或空難事故調查，調查員會告訴我們，成年的目擊者看見的東西是最不可靠的，主觀意識太強，摻雜了太多自己的想像與看法在其中；年幼的目擊者也不行，儘管他們沒有主觀意識，卻「看不清楚也說不明白」。調查員們最偏好的目擊者是青少年，或比青少年再小一點點的「大小孩」，他們的主觀視線中沒有自己，同時又能把事情看得清楚，鏡子一般乾淨的反映出事實。我們設定的幼年聶隱娘，正就處在這鏡子一般的年紀。

無論沈琵琶、九歲的冰島小女孩或李娟，終究我們要的，就是一雙專注、孤獨而疏離看著這個世界的眼睛。

道姑與公主

嘉誠公主的史書記載不多，是第八代唐帝唐代宗的女兒、魏博節度使田緒之妻、田季安的養母（可憐的傳統女性，身分永遠依附於一段段生命中、不同的男人身上），初封武清公主，降嫁魏博時改封嘉誠公主，死後追封趙國公主，謚號莊懿。其性格有著典型唐代女子的強悍，從其降嫁魏博時：「厭翟敝不可乘，以金根代之。公主出降，乘金根車，自主始。」（翟即長尾的雉鳥，翟車是以雉鳥羽毛裝飾的車駕，自古后妃皆乘坐翟車，然而嘉誠公主嫌翟車破爛，其兄德宗乃用金根車替換，金根車以金裝飾而得名，六馬駕車，依禮法惟天子能乘坐，然而自嘉誠公主以後，唐代公主出嫁都是乘坐金根車。）至於史書中貪暴專橫的田季安，一生敬畏嘉誠公主，於公主在世時恪守禮法，直到公主去世後方才恣意妄為（我們的田季安並非如此單一面向的殘暴之人，有為他一定程度的翻案，此乃後話）。

嘉誠公主是個非常特殊的存在，對聶隱娘、對田季安皆然。田季安敬畏嘉誠公主，公主在世之年，謹守禮教不逾矩，即便公主死後，也一生沒跨越黃河進犯朝廷。嘉誠公主在隱娘心中，更有華美如神明般的銘記印象，亞斯伯格症的隱娘性子拗，有時連父母都不搭理，卻總是聽嘉誠公主的，片中她回憶起自己初次謁見公主，那時只道怎有如此美好強大之人，看傻了的模樣，把公主都給逗笑。

我們在編劇過程中，也試著為嘉誠公主做了些演繹，嘉誠公主儘管是公主身分，然而皇室子女們，父親同為皇帝，能一競地位高低的便是生母身分，偏偏嘉誠公主生母不詳，極可能是嬪妃都算不上的下女，故而這一點，嘉誠公主與「生母微賤」的田季安的處境是很像的，生在崇高的皇室之族（當時節度使高度僭越，節度使家族也就如同具體而微的皇家），卻是其中不起眼、可有可無的存在，降嫁前夕冊為嘉誠公主，是為「鍍一層金」，才不會讓田家輕視，也才鎮壓得住野心蠢動的魏博藩鎮。

這是收錄在《全唐文》中，唐德宗冊封妹妹嘉誠公主的詔文：「維貞元元年歲次乙丑六月甲子朔十二日乙亥，皇帝若曰：王者以義睦宗親，以禮敦風俗。義之深實先於友愛；禮之重莫大於婚姻。故《春秋》書築館之儀，《易象》著歸妹之吉。予是用祗考令典，率由舊章。諮爾嘉誠公主，孝友柔謙，外和內敏，公宮稟訓，四德備修。疏邑啟封，命為公主，徽章所被，禮實宜之。今遣光祿大夫檢校司徒同平章事汧國公勉持節冊命，爾惟欽哉。下嫁諸侯，諒惟古制，肅雍之德，見美詩人。和可以克家，敬可以行巳，奉若茲道，永孚於休，懋敦王風，勿墜先訓，光膺盛典，可不慎歟。」擺明了是，我封你公主，就為了嫁你出去，無異於和番，為朝廷鎮壓四方勢力。

也許當嘉誠公主初見年幼的田季安，會聯想到自己的成長歲月，蓄田季安為養子的做法，用爛了的宮廷劇語言便是「及早培養一個自己能控制的傀儡」，然而我們更願意相信，嘉誠公主這麼做是帶著感情的，她對田季安與聶隱娘倆小兒有真實的感情在著，惟現實當頭、面臨劇變之際，她仍是選擇犧牲了年幼的隱娘，也為了這一步舉措而至死都掛念著隱娘。

這就是我們的嘉誠公主，崇嚴華美如神明，在聶隱娘與田季安心中是不可磨滅的銘刻記憶，但不光只是一尊偶像而已，嘉誠公主也有她複雜完整的另一面，說黑暗面太沉重，用沒有正負評價的「現實面」稱之或許比較精準吧。

道姑的定位就讓人頭痛，作為聶隱娘的刺客師父，我們首先要建立的就是道姑殺人的合理性。我中學國文課第一次接觸〈聶隱娘〉文本，那時並不喜歡這故事，原因就在尼姑（原作此一角色是尼姑而非道姑）「亂殺人」，儘管尼姑殺人前會「一一數其過」（此人有多可惡多可惡多該死多該死），然而原作就這麼淡淡一句帶過，又誰知尼姑是不是胡說八道？是不是將隱娘騙得團團轉？而隱娘儘管身懷絕技，卻也不問是非，盲從道姑的刺殺指令，棄魏博投陳許的決定不似棄暗投明，僅只是由田季安（原作的魏帥未言明身分，然根據年代考證，應是田季安沒錯）的一丘之貉換作了劉昌裔的一丘之貉。通篇看下來，很難對師徒倆有認同感。

那是不同時代的價值觀，在聶隱娘的年代，殺人並非那麼了不得的事，原作要呈現的也是聶隱娘的「厲害」而非「道德觀」，當作一篇唐傳奇閱讀也許無可厚非，當作一部現代電影就有嚴重問題了。幾乎所有讀過我們早期劇本的人都有此疑問：「她（指道姑）為何可以隨便殺人？」在我們的年代，殺人可就真是件了不得的事了，建立殺人的正當性竟是如此困難的一件事，這是我們在處理道姑這一部分時才漸漸理解到的。

首先我們使用的背景是安史之亂中最慘烈的「睢陽圍城」，河南節度副使張巡與睢陽太守許遠共同堅守睢陽孤城，以六千兵力抵抗安史部將尹子奇的十三萬軍，前後將近一年，兩人本有機會棄城逃離，卻因睢陽為屏障江淮的要衝，而選擇死守到最後，對以朝廷為正統的史觀而言，自是可歌可泣的一戰，張巡、許遠二人也得英烈的千古美名。然而睢陽一戰，對城中百姓無疑是浩劫一場，當圍城糧盡，只有食草木茶紙，「茶紙既盡，遂食馬；馬盡，羅雀掘鼠；雀鼠又盡，巡出愛妾，殺以食士，遠亦殺其奴；然後括城中婦人食之，繼以男子老弱。人知必死，莫有叛者，所餘才四百人」，《資治通鑑》記載了當年睢陽城慘況，我們借用的設計便是「睢陽城陷落時，所剩不過四百人，道姑是屍體堆下挖出來的小兒」，因為慘痛的童年記憶，道姑恨藩鎮入骨，矢言剷除所有發動戰爭的藩鎮。

這也是侯導苦讀一年的成果，用《資治通鑑》搭上新舊《唐書》，成功連結唐肅宗至德二年（西元七五七年）的睢陽之戰與唐憲宗元和三年的魏博藩鎮，若道姑是睢陽城生還的小兒，到元和年間已屆中年，歲數上差不多剛好。然而這想法最後覺得太「個人經驗」了，不足以支撐道姑篤行信念似的要刺殺藩鎮。可還有什麼動機，能壓過慘烈若此的睢陽圍城？

阿城給了我們解答：不如就讓道姑成為李唐皇室之人吧。如此，道姑個人具體的恨意反而退居其次，是保衛自家江山不使百姓陷入戰爭劫難的信念驅使她去刺殺藩鎮。侯導起初對此想法有些抗拒，如同不喜歡戲劇化般，他也不愛人物關係太過環環相扣，直到我們提出公主與道姑夜半爭執的一場戲，面貌一模一樣的兩人，同是李唐家的女子，同樣守護宗嗣社稷，同樣深恨藩鎮危害天下，道姑的想法比較簡單而理想化，對於作亂的藩鎮們，一個殺字解決；公主肩負鎮守魏博田家的任務，畢竟身在其中，能明白魏博反逆朝廷，不全然只為野心，而是這些人們的生存方式，故公主務實，布局藩鎮內部各勢力達到平衡，並藉一手帶大的少主田季安掌控大局。這場夜戲便是姊妹倆攤牌激辯，戲劇張力十足，若是夠分量的演員飾演雙胞胎姊妹則尤其如此。侯導一聽興趣來了，接納此一設定。

於是峰迴路轉，《刺客聶隱娘》原作的師父與史實人物嘉誠公主成了雙胞胎姊妹。兩人離散的背景是唐代宗廣德元年（西元七六三年）的史實，吐蕃兵進長安城劫掠，占據京師長達半月，代宗出奔陝州，尚在襁褓的雙胞胎送到道觀避難，亂平後只接回一人，另一人便留在了道觀，有還願的味道，也實在是雙胞胎受生母身分所累，在皇室中是可有可無的存在，多一個少一個，根本沒差別。

阿城管道姑叫嘉信公主。當然，唐朝公主封號，哪是什麼誠啊信啊的獎勵德行似的，通通都是郡國封地之名，且道姑儘管是皇帝女兒，卻沒有公主身分，別忘了嘉誠公主還是出嫁前隱娘記得，那天夜裡道姑師父攜她去梧桐樹前：那梧桐分明是公主娘娘，她心裡想著要公主娘娘來帶她走了。

乳母言墓是何人？無人曉得據考：過了兩年，有一天府裡來了一隊兵卒高僧：說有七信要留給老爺，帶來的是瞎了一目的老漢，給來老爺做村總回來，才知道是寄放七娘的花彩石頭……

隱娘記得，道姑說，某日，師父去學其借錢離開時所穿的花彩石頭，回去某才機見一瞎目老者，師父記起是回鄉城縣神衛社，照圖指著隱娘，云「這瞎老翁是來了」，從此自會自回家，晚下不必苦苦相尋。

乳母欲為隱娘換上新衣，繡有隱娘黑色道衣袍時，乳母說此有碎花前有一黑色道袍雨七角，乳母一臉驚駭。

侯孝賢提供

六七

隱娘佇立一身黑衣去玦，在母親聶田氏跟前。母親取出

當年嘉誠送回的羊脂白玉玦，鄭重的交還給隱娘。

聶母：汝可記得這玉玦，是京師給公主娘娘降嫁

魏博時，先皇所賜。玦，隱有決絕之意。古時帝王賜環

則返，賜玦則絕，此乃朝廷欽命公主歛下，以決絕之心，安撫

魏博，不讓跨過黃河滴水。公主歛下初來魏博時，即散遣

隨嫁之女、奴婢，給予贖身返鄉，並將貲費全部，

其人未婚嫁，僅留孤女及同來者人等，其心志決絕如此。

聶母說從前，隱娘唯是靜默。

汝可記得這玉玦是公主行私語時，汝公主娘娘將汝

以為嘿。

記憶中之...，田季安與母親，母親以為人之私相待。

母親之釋田季安，田季安因釋，母親再一釋。

侯孝賢劇本手稿

夕方冊立，自幼離開皇家的道姑更是無異於平民。故而嘉信公主，只能算是劇本或工作手冊的代稱，就怕叫得順口了，到時不慎出現在電影中，可要鬧考證的大笑話！

至於將原著的尼姑改做道姑，其實並無特別深遠的含意，僅是依據唐代公主出家，多從道不從尼，主要原因當然是唐皇室自認與老子李耳同源，出家實則「不出家門」。此外，道姑還俗相較容易，又可在自宅修行，自然還有對愛美的公主最重要的——不須剃髮，侯導也認為，不論將來由誰出演道姑，逼迫女演員剃光頭未免也殘暴了些。

嘉誠嘉信公主突然間成了我們最愛、最寄予厚望的角色，認為其地位堪與隱娘並列女主角，然而卻到電影開拍都還找不到演員，幾位我們認為非常適合的大牌女演員都婉拒了，原因含糊帶過，但我們推想該是不願出演舒淇的長輩，以免從此定了型就給人當中年婦女看待了。這是女演員們的生態，我們只能尊重。

倒是舒淇非常想演雙胞胎公主，當然也是半開玩笑，舒淇總要對自己片中一身黑又中性還從頭到尾沒變過的造型埋怨幾句，相較之下，每每出場皆華美如神明的嘉誠公主簡直太令人嚮往了。在侯導最困頓、幾乎把華人女演員都找過一圈而未果時，曾洩氣的想過是否真把舒淇調去演雙胞胎公主，聶隱娘則另找氣場十足能量強星座血型都合適的年輕一代女演員（以上皆為侯導挑選演員標準）。

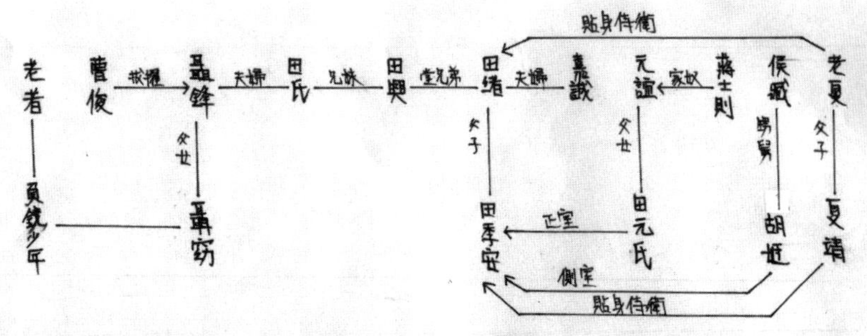

謝海盟劇本「人物關係圖」手稿

謝海盟提供

雙胞胎公主演員的一波三折，到末了幾近絕望，武當山開拍前一日方才決定演員，卻又因演員軋戲嚴重而不得不辭退，導致在武當山拍攝的全部鏡頭與大九湖前期的部分作廢，時間心力金錢的浪費自不在話下，雙胞胎公主得不到演員的認同才是最讓人沮喪的。建構雙胞公主的過程曲折不易，卻也讓我們對這角色有了非常深厚的情感與認同，如此情感如此認同甚至超過了對聶隱娘，讓我們本以為這個角色應該是人人搶著想演，卻不料是人人棄之如敝屣，那種不得他人賞識的沮喪，堪比自身的懷才不遇。

當然尋尋覓覓雙胞胎公主的演員，我們曉得最終有了完美的結果。惟舞蹈家許芳宜的出現，是很久很久之後的事了。

開會日期

2009, 8/4 – 8/6

忠孝東路四段二一六巷，是台北東區的中高價位飲食激戰區，餐廳沒有兩把刷子，大概無法在這一區段生存下去，然而那些年，謝屏翰導演的「長澍視聽傳播股份有限公司」安穩坐落於此，雜在林立的餐廳中，公司的格局也還是庭院餐廳型式，會議室大片玻璃窗外，可見小花小草秀氣可愛的庭院，與左鄰右舍對街的各國餐廳。

我們唯一一次全員到齊的編劇會議就借用了長澍會議室，侯導、阿城、天文和我。

阿城來自人生閱歷的見識淵博如一座寶礦，自是不在話下，然而如何從阿城的腦袋裡挖出寶礦，發問技巧也是一門學問，並要懂得過濾，阿城講話，永遠是寶礦混雜著鬼扯，兩者並無邊界，能不能分辨出來就是聽者的能耐了，往往能聽出來時，阿城已經不知道扯到哪去了。

故而每次作為引阿城談話的發問者，天文頗以為傲自己的技巧，有時面對侯導與我抗議她的笨問題，總要不無得意對我倆誇耀：「欸，我這是拋磚引玉，幫你們引阿城講話啊，不要看我都問笨問題，問好的笨問題，這是有技巧的。」

侯導與阿城都是牡羊座，故兩人雖都有人生閱歷有社會地位的人了，仍時不時會出現兒童式的粗暴兇蠻來，惟兩牡羊在意並著墨之處大大不同，如對磨鏡少年，阿城不客氣指出，磨鏡少年在他眼中根本是多餘的存在，要他來寫劇本，根本不會有這號人物，同時也帶小刺的指明：「他在日本紅，你有票房考量，這我曉得。」磨鏡少年（或直接說妻夫木聰）是整個故事能夠鋪展的轉折，也許他不是戲份最重的角色，但對主角聶隱娘的影響，絕對至關重要，若非如此，隱娘在片末也不會選擇與少年同去，磨鏡少年的存在，並非一句「票房考量」能帶過。

有關打鬥部分，阿城的著眼點近似我們武術指導董瑋與旗下動作組，偏好一格一格播放的慢動作畫面，強調人在幾乎停格的時間下極細膩的動作，阿城舉例，如序場的大僚朝隱娘擲刀，刀以慢速一格一格飛來，隱娘則還是正常格速的動作，看著緩緩掠過身旁好似停在半空中的刀，好整以暇的伸手一撥一送，便讓刀偏開釘射柱上，展現隱娘的刺客迅捷身手與現實世界那種不同速度的對比感……侯導聽著聽著恍神起來。侯導最不感興趣的就是武術指導董瑋提出的慢動作設計，曾半帶嘲笑轉述其武術設計核心概念：「就是前一個對手還正在這裡死掉，隱娘已轉去那裡對付下一個人。」

此外，阿城喜愛打獵等細節，主張開場上巳日即布置游獵的大場面，用殺戮獵物來顯露田緒暴虐扭曲的性格，然而侯導對拍攝游獵興趣缺缺，也認為很難執行。兩牡羊言者諄諄，聽者藐藐，看得我們局外人不知要如何把此二人兜到一塊去。

侯導離席去廁所，暫時脫離二羊角牴的阿城一派輕鬆，與天文談起他對聶隱娘的真正構想：聶隱娘生活在現代的台北市，表面上是個普通的teenager，暗地裡卻是那與千年前原著相同的厲害殺手，每每執行殺手任務，不特別準備殺手工具，而是出了家門到街巷口的雜貨店五金行，買到什麼就拿什麼殺人（看著阿城侃侃而談一臉開懷，我委實不忍心告訴他我腦中浮現的，聶隱娘拿羅賴把捅人的模樣）。阿城指尖扣打桌面，反覆對天文說著：「你要跟導演說！要跟他說啊！」

侯導回來，當然是毫不留情完全打翻此構想。倒是約莫大半年後，我們在生活便利卻仍深冬酷寒的京都奮戰，侯導又給美術組慣例的每日一出包氣得猛抓頭之際，忽想起甚麼似，罕見的對我無理取鬧起來：「當初阿城說要拍現代版聶隱娘，你們怎麼不說服我？要是拍了，也沒現在這些麻煩！」

阿城與侯導歧見如此多，只因兩個人都是太完整的創作者，風格迥異、各有堅持下，本就難以放在團隊的框架下合作，一山不容二虎（二牡羊？）。天文何嘗不也是自身獨立的創作者？然與侯導合作多年，清楚在這樣的工作方式中，創作主體只有侯導一人，包括她在內的其他人都只是執行侯導的想法，如我們眼下正在做的事。所謂團隊工作，還是一個創作者與許多執行者的組合。創作者永遠是孤獨的。

於是阿城版的劇本又是一番大幅刪改，刪改程度堪比我們對唐傳奇文本的改編，然而這些情節幾乎沒被採納，這一點阿城明瞭於懷，在對自己那一版劇本的說明中，明朗補上了一句：「……我唯有忍痛放棄大量橋段，然而刪改至此，我想這些也已不是你要的東西。」阿城對我們這部劇本的貢獻，不在故事情節人物設定等表面處，而更深一層的在概念與想法，為整部電影打樁立竿。阿城提出「殺手的成本」，告訴我們可從漢與胡這方面著手劇中人關係，這些都是我們事前沒想到也不可能想到的東西。

當然還有，阿城幫我們找到了困擾已久的道姑定位，前述的道姑與嘉誠公主關係、道姑執著刺殺天下藩鎮的核心思想，都是在這一下午談定的，一旦讓道姑與公主成了雙胞胎姊妹，我們發現，一切簡直就是順理成章了。困擾我們已久的許多問題，原來根本就不存在。

一整天討論下來，抬頭見大窗外，巷道夾著的那一線天空深黑到了底，編劇會議至此，四個人腦力耗竭一空，侯導起身吆喝眾人前去隔巷鵝肉名店晚餐，卻見阿城笑笑的並不跟來，原來長澍的年輕小鬼們已幫阿城泡好他鍾愛的統一滿漢大餐珍味牛肉麵，謝導在旁拍胸脯保證，等等還會讓幾名小鬼領阿城去逛 3C 展以滿足其電器狂熱。

遂步出長澍時，回首小庭院後的大玻璃窗，窗內燈火闌珊間，阿城一介得道高人似閒坐其間，面前一盅珍味牛肉麵騰冒著熱煙，看著倒也怡然自得。

正反派兩位高手見了面，撂幾句漂亮場面話開打，再來就滿天飛來飛去無了時。這是傳統的武俠片，侯導對這些拍到爛也不高明的手法非常不耐煩，不論是我們編劇的當下，或是來日的拍攝過程，逢人便澄清他的這部片子，絕非大家所設想的那種武俠片（實際拍攝後，又發現文戲與打戲的比重不成比例，遂有了「武俠文藝片」之說，或與《一代宗師》般，同屬武俠版《花樣年華》），不會有人滿天飛不落地，而是有物理作用、有地心引力的實打，聶隱娘身手即便超凡，仍是免不了的要落回地上，會制約人們的一切外在因素，聶隱娘也無法免除於外。

刺客的成本

何以魔幻寫實的拉美文學如此迷人，絲毫沒有奇幻文學的令人不耐？是魔幻寫實的貼緊了現實，現實，就是物理作用，就是會讓人落回地面的地心引力。馬奎斯寫作《百年孤寂》，對於美人兒瑞美迪奧絲如何飄揚升空而去，曾經備感苦惱，直到某日目睹妻子攤晾床單，大風吹得床單飛揚起來，如此方才恍然大悟寫下美人兒給床單捲裹了飛上天這一段，若換做了奇幻文學的處理手法，根本不用解釋的，飛走了就是飛走了還想怎樣。魔幻寫實描寫的是現實，以敘事技巧來顯得這樣的現實荒誕不經，或者是，在文明富庶的第一世界人們眼中，自然而然就覺得第三世界的生活方式是非常荒謬的。相較之下，奇幻文學架構在天馬行空的平行世界，不受現實的約束，沒有地心引力不用落回地面，然而沒有了通則的制約，會讓觀者有種「都由你來說就好了」的不耐情緒。

（如何敘述賈西亞．馬奎斯，於我這才想爬上文壇邊角的無名之輩來說，著實誠惶誠恐，少少一段文字，苦思數日方得下筆，卻在此段完成之際，乍聞馬奎斯去世，於這個已經太需要美好事物的世界而言，毋寧又少去了至為貴重的那一角。）

有成本與沒成本的武俠片，差異大抵如此。

成本兩字是阿城提出的想法，用以支持侯導的地心引力理論。「刺客的成本」是我們藉這部片要向觀眾展示的東西，各行各業、各樣的所作所為都是有成本的，刺客當然不例外，唯獨侯導與阿城對成本的認知不太一樣。

阿城本身對器物有研究，一件器物亦即一部文化史，他著迷於鍛造過程，所以成本首先是器物，展示聶隱娘準備器物的過程，是故阿城版的劇本，安排了好些聶隱娘在鍛爐前打造兵器的段落，不論是類似忍者的飛鏢暗器，或嵌入牆面樹幹用以飛躍支點的刀釘，聶隱娘與磨鏡少年初見面就在鍛爐前，一人鑄刃，一人鑄鏡。

侯導卻認為設計器物太難處理了，我們看過不少設計者自覺巧妙得不得了簡直棒呆了，看在觀眾眼中卻是幼稚得不得了簡直蠢呆了，近年來兩岸三地號稱大製作的古裝鉅片，不論武俠題材或歷史題材皆有，多數都脫不了此一問題。侯導理想的是「隨手都是器物」，如先前所說的聶隱娘構成元素之一的傑森．波恩，在《神鬼認證：最後通牒》中，滑鐵盧火車站保護記者躲避 CIA 追殺的經典段落，波恩所用的一切器物都是在火車站隨手取得，正是侯導的心嚮往之，聶隱娘除了唐傳奇原作中的武器羊角匕首，根本不需要其他工具，「需要的時候隨手抓就好了。」

再來是養成，細膩描述隱娘師從於道姑的日子，不論是原著的刺飛鳥刺猿猱，甚至是小隱娘帶淚喊疼的讓道姑壓在地上拉筋練柔軟度。這一點倒也並非創新，越來越多的勇者傳說卡通漫畫，或好萊塢奇幻的中世紀背景的電影，主角都不再是登場就所向披靡天下無敵的大英雄，反而得從手無縛雞之力的無名小輩鍛鍊起（更有從來都是小人物的主角，如《魔戒》的哈比人），有 RPG 類型遊戲的味道。這也是一種成本的展示，讓人曉得再厲害的刺客也是從無到有一步步養成，惟此法也得考慮比例問題，若展示養成的過程太過冗長，占去大半部電影長度，到時可能要遭到觀眾抗議，我們是來看聶隱娘殺人的，不是來看她上學的。

因此侯導提出刺客的成本：「等」，哪怕是要伺伏一整天的就等那個出手的時機。有關刺客，侯導定義得好，刺客不與人纏鬥，會正面與人刀兵相向的，那是武士不是刺客，刺客等到最精準的那一刻出手殺人，將殺人的成本降到最低。這也是侯導要強調《刺客聶隱娘》不

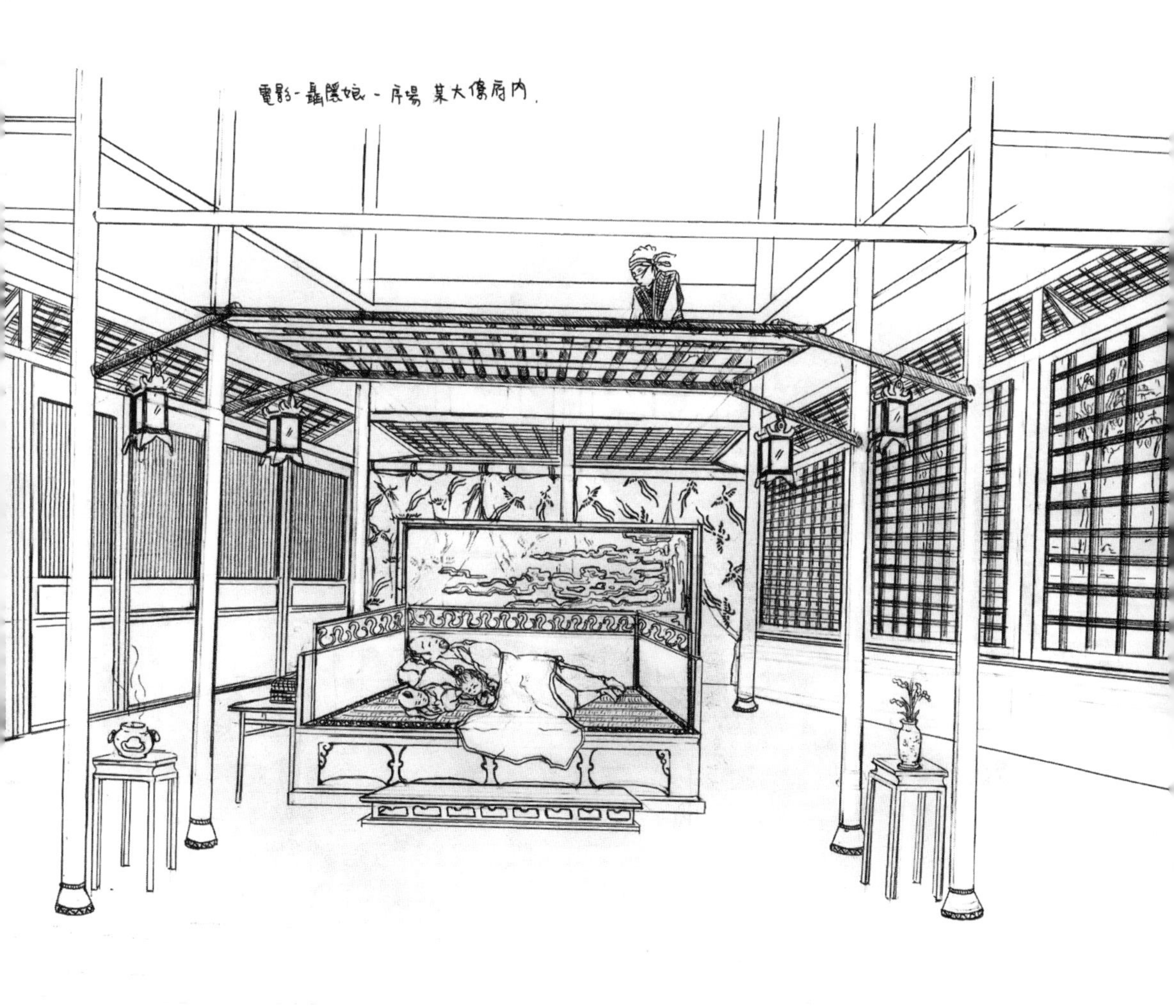

葉晏孜繪圖，黃文英提供

是傳統武俠片的緣故，刺客不纏鬥，那些讓人血脈賁張、你來我往過招鏗鏘有聲的打戲，在我們這是通通看不到的。事實上，要不是顧慮到觀眾會跑光光，聶隱娘在片中的露面，本該沒幾個鏡頭。

「到時候大家應該不會太常看到我，因為我都躲在樹上。」這是舒淇在某次訪談中的自我解嘲，然而以刺客的成本來說，如此解讀再對不過。

我們片中的這位女主角名叫聶窈（電腦的中文輸入法永遠會很可惡的跳出「嚙咬」），隱娘是她的稱號，侯導原本的打算，是只有磨鏡少年會不同於其他人的這麼喚她，以此突顯磨鏡少年的特殊地位，然而妻夫木聰的日本腔中文唸起隱娘二字，怎麼聽怎麼像閩南語粗話，每每妻夫木聰高喊隱娘，都讓下頭的人幾乎笑場，遂放棄，隱娘這一稱呼從此完全沒出現在電影裡過。

為何名為「隱」？指的就是刺客在等待時機的當下，隱匿其形影。聶隱娘的「隱」，是藏身在光與影交際，隨著光影變化伺機而動，迥異於一般人對刺客晝伏夜出的印象。道姑用以教導隱娘的隱劍之道，典出《酉陽雜俎》卷二十：「凡禽獸必藏匿形影，同於物類也。是以蛇色逐地，茅兔必赤，鷹色隨樹。」因此我們看到隱娘，她不在意光天化日下大剌剌行走於人群，能在馬市的眾目睽睽下取人性命，隨即隱身不見。

葉晏孜繪圖，黃文英提供

就著這「光與影交際」，阿城述說隱娘刺殺大僚不成的序場，那真是精采絕倫好讓人血脈賁張。隱娘是怎麼隱匿身形潛入大僚府的？阿城告訴我們唐代的建築，採光依賴屋簷與屋簷的間隙，分外明亮的簷影投在室內地面，與幽暗室內反差極大，於是隱娘趁著雲過日頭簷隙一暗的片刻，飛身掠過簷隙，室內守衛多少受到驚動，然舉首一望，見飛鳥三三兩兩越過簷隙外的天空，乃放了心，殊不知隱娘已一溜煙進了廳室，蜷伏藏身斗拱之上……

我們給阿城說得目瞪口呆，驚呼這太過癮了，好萊塢電影什麼的哪裡比得上！那時阿城輕描淡寫提醒我們執行度的問題，我們壓根沒聽進去，以至於四年半後，我們在南港公司的剪接室看初剪的序場，讓天文對侯導大發恨聲。只見序場刷刷幾個鏡頭節奏極快，沒有簷隙光影，沒有雲過風起，沒有飛鳥掠過簷間，沒有隱娘伏身光與影交際……眨眼已見隱娘反手打飛大僚的擲刀，繞出屏風不見。

冷到不行。阿城講得那麼精采的一大堆東西，根本一樣都沒拍出來！說過的成本呢？說好的藏身光與影交際呢？天文火山爆發的跟侯導如此抗議，侯導虛心辯解之餘，也還是坦承，阿城說得實在太精采，以手邊有限的資源根本執行不出來。

我呢？夾在中間實在很難發話，怪只怪跟拍真讓人失去想像力，螢幕上種種，就是過去日日在拍片現場所見，這要我從何評論起？

漢與胡

阿城談起了唐代胡漢交融，當時胡人之多，且分布社會各階層，阿城舉例唐代的名臣們：「尉遲恭尉遲敬德，他那眼睛是綠色的。歐陽詢根本就是個法國小老頭。」聽得我們大笑之餘，也給了我們靈感，讓演員的選擇更加自由了，多民族交融唐代中原，除了金髮碧眼的北歐人種可能還是突兀了點，其餘人種幾乎齊備，簡直得愛找誰演就找誰演。

關於唐代人群雜處，阿城提出兩個名詞：「胡化的漢人」，與「漢化的胡人」。

要解釋阿城的這套觀念，免不了要從魏晉南北朝五胡亂華講起，那是個胡漢交融的時代，漢化的胡人，如元誼一家人。原先根據史料，我們即知元家並非漢人，卻是讓阿城一句話提醒了我們：「元家？那可是皇族，拓跋氏的。」又特別叮囑我們挑選演員要注重鮮卑長相，鮮卑美女臉型瘦長，高顴高額，眼珠子要特別的黑白分明。《魏書》開篇即言明：「黃帝以土德王，北俗謂土為托，謂後為跋，故以為氏。」拓跋氏，原為鮮卑氏族之一，如今也是見諸百家姓中的漢族複姓。拓跋氏與元姓扯上關係，就是拓跋氏建立的北魏政權，北魏漢化的關鍵人物是孝文帝，禁胡服胡語，遷都洛陽並改鮮卑姓為漢姓，也才會有拓跋姓改作元姓之事，那是元誼祖上的事了。

漢人的胡化，與胡人的漢化同時在發生，一般認為胡化漢人如「四姓」清河崔氏、范陽盧氏、滎陽鄭氏、太原王氏，建立了唐朝的隴西李氏亦然（部分史家如陳寅恪考證，認為李唐並非源於隴西李氏而是趙郡李氏，然而目前大多數人還是如此認定）。這些漢人望族是北朝胡族政權指定外婚的對象，故漸漸胡化甚至空有漢人之名，實則與胡人無異。我們設定的魏博田家，固然不是如此顯赫大族，但也是胡化漢人之一。

南北朝時的胡漢交融，是個長時間發展、不那麼戲劇化的事，畢竟我們讀史時的寥寥幾行字，都是上百年的漫長時間。事實上，與其說漢化、胡化，更近似於雙方「朝中間靠攏」，唯獨這一遭，主場屬於漢民族，且不可否認的，農業文明總要比游牧文明根基深厚些，因此我們看到，胡人的漢化彷彿要較漢人的胡化更深刻，層級更高，提升到統治與文化層面。漢人的胡化就比較停留在器物與日常生活上，這樣的胡化，漢人並不太有自覺，單純像是，胡服方便騎射，那我們就穿胡服；胡牀坐起來比較舒服，就弄張胡牀來坐坐；胡樂歡放比中原絲竹樂易於歌舞，那麼下次的宴會我們就選胡樂伴奏吧……我們今天愛用日本貨、愛看韓劇，難道會因此就認為自己在「日化」、「韓化」？但也許後世之人真是如此看待我們，也未可知。

因此我們看到了，五胡亂華時北朝的漢人們，他們投身於胡族政權之下，不求恢復漢民族的政權，他們將統治階層的胡人一步步領向漢化，倒也不是「你滅我的國，那我就滅你的文化」這麼激烈情緒性，而是單純的現實考量，畢竟漢民族的這一套，是歷史長期磨合下來的，要說是「漢民族的治理方式」也沒錯，但我想更該稱作「適合這片土地這些人民的治理方式」。因此我們看見王猛、崔浩、高允如此，行三長制、均田法、班祿制的北魏的文明皇后馮太后尤其如此，這些人有沒有清晰的胡漢意識？我想是有的，也才會崔浩監修北魏國史，被太武帝夷九族之事。然而大致上，他們所執行的漢化政策，便於統治仍是最根本的理由。

任用這些漢人的胡族君長是否明白這一點？我想也是明白的，但他們清楚馬上打天下是胡族所擅長，因游牧本就是一種軍事組織（也因此，戰亂時期反倒會是漢人胡化得深），而總有一天他們得下馬來治天下，這時就得用漢族的那一套了。漢化是必然的趨勢，一切以現實考量為出發，當然不同君主的漢化措施有深有淺，面臨的阻力與胡漢文化的拉鋸也各不相同，一些個人情感的成分也許能讓漢化進程加速個十年二十年，會讓漢化更欣然更不抵抗些，但絕對不是主因。如北魏孝文帝，對文明皇后的孺慕之情固然是漢化政策的推力之一，但絕非後世常見的解讀，孝文帝漢化只是因為「我好愛我阿嬤，我要當我阿嬤那種人」。

在西方史家的觀念裡，北朝時的五胡亂華，已算是「亡國」，漢族建立的政權淪於入侵的外族之手（西方人的眼中的蠻族入侵滅亡西羅馬帝國，文明的覆滅導致其後的黑暗時代），然而當時的漢民族乃至他們後代的我們，都不認為有亡國這回事，除了前面講了一大堆，這是兩群人相互影響相互吸納對方文明的長時間相處，此外尚有一個原因在於，東方（或直接說中國）西方的文明形式有很大的不同，西方文明由上層社會乃至統治階級傳承，一旦政權被滅亡了，文明跟著覆滅，那就是徹徹底底的亡國了；而中國歷史並非如此，五胡亂華甚至是更久以後的元朝清朝，外族入侵滅亡的是漢族政權，卻不影響民間的活力，而民間方是漢族文明主要的載體，因此漢民族好端端在著，漢文明也就不會滅亡，惟吸納了外來的胡族文化，文明內容更加充實如夜空繁星，如花綻放出了唐朝。

那是聶隱娘的時代。

奈良

拍攝日期

2010, 9/30 – 10/10

妻夫木聰

早在二〇一〇年十月裡，我們已赴奈良試拍過，拍攝磨鏡少年對故土的回憶片段，戲份集中在磨鏡少年與其新婚妻子身上。奈良的這十天外景，是整部片由劇本到拍攝到後製的建構過程中，一段光禿禿的存在，先不說當時劇本還是半成品狀態，拍攝的根據只有一份侯導口述、打字列印出來的簡易分場，審視整個工作進程，也覺這一小段拍攝夾在前一年後兩年的劇本工作間，前不巴村後不著店的很怪異。妻夫木聰的檔期可不如其人那般友善，當時也誤以為開拍在即故藉此暖身暖機，誰知這一趟小殺青了，我們又回星巴克閉關修練了兩年才迎來正式開拍。於是不論對戲裡的磨鏡少年對戲外的妻夫木聰，這段日子都是貨真價實的兩年前回憶，當然侯導賭咒發誓，說他絕不是故意要這麼安排的。

這也是編劇天文唯一跟拍的一次外景，自知脫離不了都市文明生活的天文，不諱言道：「就是來日本外景我才跟的。」編制不大的劇組，包括演員們全塞在鄰近奈良的大和郡山市郊的旅館裡，旅館名為「大御門」，如同日本大多數平價旅館，狹小而五臟俱全，住來非常舒適，就是隔音稍差能摸清鄰居一舉一動（真嚇人）。旅館旁的高爾夫球練習場，高聳的圍網在連片稻田間十分顯眼，在這一帶迷了路，覷準這個大型地標就沒錯了。

與旅館共建築的料理店兼居酒屋被我們戲稱為「鳥店」，專業雞料理店，吃得到炸雞雞肉串雞沙西米雞拉麵雞比薩各國料理，有雞胸雞腿雞脖雞屁股雞翅膀雞胗雞肝甚至獵奇的雞腰子生吃（嚇壞侯導了），除了在拍攝現場的便當之外，我們整團人的用餐時間幾乎都在鳥店度過。

《刺客聶隱娘》的構想來自妻夫木聰，拍攝也始自妻夫木聰，初次與妻夫木聰合作的經驗極愉快，一如日後在大九湖與九寮溪的拍攝。飾演磨鏡少年新婚妻子的忽那汐里，與妻夫木聰一般都是怪姓名，倆皆笑稱從沒遇過與自己同姓之人。號稱「三秒記憶力」的侯導，自然完全記不住忽那汐里這特殊名字，索性稱之為「稀哩呼嚕」（有人禁不住吐槽，導演啊，我看是你的記憶力「『稀哩呼嚕』了）」，三個字對了。片中，磨鏡少年是這位倭國青年流落到唐土後，唐人們對他的稱呼，他在家鄉的名字就叫做聰（包括劇組在內的不少人都以為妻夫木聰的姓名是「妻夫　木聰」，實則是「妻夫木　聰」），妻子亦名為汐里。

當時，忽那汐里尚在尋覓機遇等待崛起，並非日後藉由《家政婦女王》竄紅、如今當紅新生代女星，因為十七歲未成年之故，讓我們體驗到日本法令對未成年演員的限制與保護之深，如每日在居酒屋晚餐，人人方才酒酣耳熱，便見忽那汐里急急忙忙得在十點前把自己關回房間，至於席間人手一杯的酒，則更是碰不得。

以往只見諸螢幕上的妻夫木聰，印象總是娃娃臉而顯得純真稚氣，待到見了本人，才知其人成熟而穩健，低沉好聽的嗓音與少年面貌略略不搭調，在與其他演員的互動中很有領袖風範，懂得如何帶戲，尤其不留痕跡引導當時還略生澀的忽那汐里。下了戲一樣喜歡照顧人，基於是美食主義者，廚藝更是直逼專業廚子，便自覺的肩負起每晚在鳥店為眾人點菜的責任（在日本，像鳥店這一類專業料理店，想點出一桌子好菜，除了要能讀手寫的純日文菜單外，也要精通各食材名稱，兩者缺一不可），會看人點菜，幫老頭們叫下酒菜、幫小鬼們叫比薩、幫女性同胞們叫沒油花不胖人的冷盤清湯……當然大明星兼大廚也好惡作劇，曾幫李屏賓賓哥點來一支三節幾乎有半公尺長的烤土雞翅，心滿意足欣賞賓哥在上菜時的愕然之色，日後賓哥只管那玩意兒叫「始祖鳥翅膀」（儘管根據考古化石，始祖鳥約莫鴿子大小）。

我們在奈良拍攝的景點，有地獄谷新池、若草山、海龍王寺、等彌神社，最後一天小殺青是在京都的東映太秦映畫村拍攝內景。

奈良公園境內的地獄谷新池與若草山，讓我們飽受自然環境折磨（當然與後來的大九湖相比根本連邊都沾不上），主要拍攝聰與汐里的相識並在走婚，兩人第一眼見到對方，是湖中的倒影，做為場景的地獄谷新池是森森林木環繞的一池幽靜，美則美矣，實際上泥濘難到達，且滿是乾癟飢餓的水蛭，死命要往人身上黏，一整天拍下來，慘遭水蛭放血的人無數。稍晚magic hour 拍攝若草山下掌燈行過的走婚隊伍，是要前往汐里家的聰。秋夜冷而戲服單薄，一個 take 拍完，必定要把大堆毛毯往演員身上蓋，稍一不慎就讓妻夫木聰著涼感冒，下工後穿著戲服直奔醫院打點滴去（多虧是在古都奈良，這麼做不致嚇到路人），留下氣急敗壞的侯導拿下帽子猛抓頭，狠罵一干沒照顧好演員的工作人員。

走婚，是母系社會特有的婚姻方式，如今只見諸雲南的摩梭人。男女兩人並無明顯婚姻結合，當兩人情投意合，男方會在天黑後掌燈至女方家中，且必須由偏門或後門進屋，二人幽會一夜，男方於天亮前離去。現今日本社會父權高張，很難想像歷史上的日本也曾是個母系社會，至少在磨鏡少年生活的那個年代便是。因此侯導安排兩人對戲，要忽那汐里始終表現得比妻夫木聰強悍、主動，有種「是我選擇了你」的霸道。除了母系社會之外，也是雙方的家世，女方地位要更高點，片中沒機會清楚交代的兩家人背景，都是新羅渡海到日本的移民後裔，女方是雅樂世家，男方則代代相傳為鑄匠，這一類專業人士在當時的日本社會，地位是要高於一般平民的。

女方強勢於男方，也表現在海龍王寺一場戲上。海龍王寺建於飛鳥時代，過去保佑的是航海平安，及至今日交通工具多樣化，則擴展至護佑陸海空所有旅行平安（素有嚴重恐機症的我不免一拜再拜拜了又拜），故遣唐使渡海唐土前都會至寺裡祈願，我們在此拍攝的場景就是磨鏡少年遣唐前夕，亦是偕妻前往祈願。由僧人主持的儀式間，少年不時回望立在庭階前的妻子，妻子在面紗擺盪時隱時現的面容（天曉得為了等盪開面紗的風等了多久），並非離情依依，是堅決與毅然，要少年放心，只管離家渡海去，這個家門有她來守住。

《等雲到》

我們在海龍王寺拍攝時，那天陽光不穩，陷入拍拍停停的等光狀態，稀客卻是這時來訪，野上照代大老遠從東京前來探班！事前連絡電話中，老太太對我們的關切表明了「會請一位年輕朋友開車帶我來」，待兩人到了現場才曉得，應當是「會請一位『比我年輕的朋友』開車帶我來」（當時老太太可是已八十三歲！），「年輕朋友」根本是位白髮蒼蒼的老先生（後來知道他叫井關惺），是野上的屬下製片組的小老弟，侯導索性與二老出至寺外街上的小咖啡店暫憩。小咖啡店像是町村的聚會所，年邁店主人與一干熟客全是鄰居，咖啡香氣氤氳間全是閒話家常，倒讓我們成了一夥闖入者。

我自己，或者該說我們一家人與野上的緣分，遠遠在海龍王寺的町村小咖啡館之前。印象裡，家中客廳的玻璃茶几上，三不五時會出現的新瀉「味暖簾」米果，盛在無分毫裝飾的方形錫鑞盒中，樸實無華卻是好吃極了，總讓過往來人順手開蓋撈一個兩個去的蠶食殆盡。走高價精緻路線的「味暖簾」，在日本亦不上一般通路在市面販售，欲一嘗其味只能郵購宅配。我們家自沒有這等神通，是野上，每當侯導不論拍片或看景或公務至日本，但凡停留五日以上，便會收到野上宅急便寄來的「味暖簾」。

清楚曉得野上照代這個名字，遲至山田洋次二〇〇八年的作品《母親》，正是改編自野上的著作《給父親的安魂曲》，是野上回憶幼年的自傳，一部片子看得天文天心兩個大作家一把鼻涕一把眼淚（誰說灑狗血的片子就不好看？），片中野上家年幼姐妹倆，妹妹照美就是野上本人。

深秋風起，奈良地形微隆，更是風烈，我們看著漆黑潔淨的柏油路邊草木搖曳如燄火，雲堡飛掠過格外透藍的日本天空，想到野上的著作《等雲到》。野上是黑澤明導演的場記，兩人合作自《羅生門》始，之後十九部片子皆然。此時也還是聽著野上述說與過去黑澤明導演相處的種種，《等雲到》記錄了野上自己與黑澤明導演拍片的點滴。等雲到，拍電影的大部分時間總是在等雲到，或等陽光、等風起、等霧嵐，我們此刻閒坐小咖啡館，不也正是在等雲到？天文對此的形容是「那種等法，讓我覺得除非把自己變成像一棵植物，一隻最低限代謝活動的爬蟲類，否則簡直難以挨度。」

因此天文多半沒拍幾個 take 就蹺班，開小差去當觀光客。奈良的平成宮跡就離海龍王寺不遠，惟兩者間隔著荒煙漫草待跋涉，灰撲撲色如砂土的長草間特別豔麗的石蒜花，秋日花期，石蒜有花無葉，捲曲如爪的石蒜花彷彿從土壤間直接綻出，紅花石蒜如火焰如血色，白花石蒜質感溫潤如脂玉。在日本，此花是《法華經》中的接引之花曼珠沙華，更廣為人知的別名「彼岸花」，彼岸花開在黃泉三途川邊，花香喚起亡者前世……然而在中國，在我們的唐朝，石蒜花並無死亡意象，反倒因其花形色討喜而被當做喜慶用花，也許將來我們要拍攝田季安大婚，會讓男女老少在髮間配上一朵紅豔的石蒜花。

石蒜花荒地不小，我倆就這麼帶著一褲管的各色草籽去逛了平成宮跡，仰看在這些年間一一修復妥善的遺跡，年復一年如候鳥來到奈良的我正好見證了修復的進程，從幼年初來時只見山崗上一墩墩宮室的地基，恰如其名的遺跡狀，到這些年眼見朱雀門與大極殿早已色澤嶄新又不失歷史滄桑。我倆訝異於平成宮與唐代長安的高度相似，彷彿將長安城搬越了時間搬越了空間安座於此。我們的劇組那廂拚命著，竭盡所能的追逐著那個時代，而眼前這遺跡就是那個時代。

逛完平成宮跡返回，野上仍與年輕朋友閒坐小咖啡館，一旁的侯導也顯得安然，就是剛剛，搶在雲的縫隙間拍到了要的鏡頭。

街道向晚，一車車人與器材準備打道回大御門，大家開始想著鳥店的烤雞肉串晚餐，出外景的日子，吃永遠是最苦惱人的民生問題，也是收工後最讓人期待的享受。石階上方的海龍王寺，扶疏林木後亮起燈火暖暖的光暈，有貓聲嗷嗷怪叫，我們一聽放了心，輪廓酷似洋人的海龍王寺住持，為了出遊不歸的愛貓一整日心不在焉，現下該是要放了心。

來探班一下午，野上本又要與年輕朋友開個八小時的車回東京，侯導眼見著不行，硬留兩老住宿一夜。是晚鳥店晚宴，賓主盡歡，野上半杯燒酌（這玩意兒幾乎無一絲酒味）下肚即爛醉，與忽那汐里兩人嘻嘻哈哈花枝亂顫，活脫脫倆中學女生，宴罷抬野上回房，大夥兒不忘叮囑與野上隔房的侯導，聽到隔壁傳來巨大摔倒聲，千萬要儘速馳援哪！

次日大清早，野上還是由年輕朋友載回東京去了。

侯導在日本的好人緣不止於此，十天拍攝下來，來探班的人們絡繹於途，最是特別的是小殺青那天，在太秦映畫村遇上深秋暴雨，只感淒涼苦寒，想到待會兒的日式冷便當，更覺灰敗，卻有附近餐廳送來大批咖哩飯，基本款的咖哩飯香熱蒸騰，盛裝的瓷盤還燙得拿不住。大夥兒驚喜感激涕零之餘，忙想知道是哪位好心人喊的外送？

原來行善不欲人知的是小林稔侍，小林是老一輩的演員了，許多日本電視劇中都能見其身影，大半飾演父執輩之人。小林與侯導結識於《珈琲時光》的拍攝，曾聞小林在看完《珈琲時光》的首映後，熱淚盈眶：「原來我是這麼好的一個演員！」小林從此感念侯導，凡是侯導到日本不論開會看景或者拍片，一定前來探班，遇上片約多人忙抽不開身的狀況，也會隔空訂個餐館請侯導吃一頓，或者如同這回的雨中送暖，送上大批本該在拍攝現場難以奢望的熱食。

不然小姐太可憐了

這一趟奈良外景的重頭戲非等彌神社莫屬，拍攝的汐里為聽舞一曲送別。負責這一整段的雅樂老師（這位老師在拍片期間穿著戲服開車行遍大半個奈良，也不知有無嚇到交通警察）指出，舞蹈模仿鳥類的形姿，朱紅舞衣與頭冠也是鶯的樣式，這種仿鳥的舞蹈，據說在雅樂中，就是專門為人送行的。我們不放心又問雅樂老師，到時就只有妻夫木聽一人坐在庭前觀舞，會不會犯規？雅樂老師打包票沒問題，雅樂舞蹈本來就有為眾人而跳的，也有為一人而跳的。

初來乍到新的外景地，開機拍攝前必定要擺個桌案祭天地拜一番，這是電影人的信仰，不拜，彷彿各種 NG 或出包就要洶湧而至，遇上海龍王寺或等彌神社一類宗教場所，便就近一拜當地神明。我們在等彌神社也不例外，一番虔誠膜拜後，神社的管理人並無自覺的微笑告知我們，神社供俸的都是二次大戰為國捐軀的英靈。拜都拜完了的我們面面相覷，總覺得上當誤拜了迷你型靖國神社，有些不是滋味，還是侯導安撫大家，既來之則安之，就當作同人家地主打打招呼吧。

雅樂老師在片中飾演汐里父親，汐里的母親兄姊也就是老師現實中的家人，拍攝時直接為汐里配樂，惟老師指出，忽那汐里畢竟學舞不久，加上是個西化的女孩子（忽那汐里是澳洲生澳洲長的），舉手投足的節奏迥異於自幼浸泡在雅樂中的舞者，因此他們奏樂，必須去追、去配合忽那汐里的節奏，演奏的效果對他們而言當然便是大打折扣不堪入耳，然而我們凡俗的耳朵聽不出，照樣癡迷極了。

開拍前雅樂老師一家調音試奏，高亢樂音很快就把附近町村散步的退休夫妻、遛狗的家庭主婦們全引過來，一位再普通不過牽著黃金獵犬的太太一開口，帶著哭腔的中文（日本人說中文的腔調永遠像在哭）直截了當問道：「請問這是在拍電影嗎？」我們鎮定微笑答是，實則膽戰心驚，心想以後可不好在路上隨便用中文說日本人壞話。當然不一會兒後妻夫木聰出現，便把太太們又全引走了。

這是奈良試拍最成功的一場戲，無論是正面拍攝忽那汐里，或相反機位拍攝觀舞的妻夫木聰都好極了，忽那汐里跳得比想像中好多了不說（雅樂老師抱怨過忽那汐里練舞常常翹課），侯導也相當欣賞正面拍攝的妻夫木聰，妻夫木聰目光迷離帶淚，正與忽那汐里的堅毅對比，忽那汐里舞動的衣袖不時入鏡又出鏡，很有味道，「若說奈良的試拍肯定會用的部分，八成就這一段了。」

等彌神社庭院裡有一棵同根生長的夫妻樹，旁邊還立著木牌當小景點，我們在拍攝空檔一一去跟樹合照，開玩笑的說該要把妻夫木聰抓過來也合照一張，畢竟這可是真正的「妻夫木」！

等彌神社回到大御門，仍是一個鳥店的夜晚，大夥兒正在店門口吆喝著揪吃喝團，瞥見美術組的孟芸跟莉亞（侯導記不住兩人名字便就很土的喚作「大美小美」，「大美術組與小美術組」的簡稱）提著兩大袋茶葉返航，不免打趣，美術組怎麼身兼生活製片來了，這麼體貼要幫大家泡茶，給大美小美白了眼，說茶葉是要拿來「做舊」用的，煮好一浴缸的茶再加醋定色，浸泡過的布幕自然就有了用舊感。兩人語帶威脅的嘮叨，這活兒大概要熬夜做到明早，到時候累得頭昏眼花，也許真會誤把加過醋泡過布的茶當早餐茶送去食堂也說不定……大夥兒聽著連忙討饒，不敢再招惹兩位小姐。

鳥店殺青酒，喝的是海龍王寺與等彌神社送的酒，海龍王寺香火盛比較有錢，酒是大吟釀，裝在質感十足的寶藍色毛玻璃瓶中，瓶身一張和紙故意貼得稍歪，毛邊白紙上金字草書「雨下」（侯導口中的「兩下」）二字，而等彌神社送的兩大瓶就只是普通的吟釀。大夥兒先是優雅品味大吟釀，有了仰仗十分囂張，指著吟釀嘲笑哈哈這是要拿去做燒酒雞的吧！待大吟釀下肚兩個寶藍瓶子皆空，酒癮也犯上來，到末了還是你爭我搶的把吟釀灌完了，基因上缺乏酒量的日本人照例首先陣亡——小坂自始至終頂著張關公臉窩在角落傻笑，天文好心扶小坂回房，還讓眾人再三叮嚀，千萬要鎖好門，小坂弄丟了無所謂，全劇組費用都在小坂房裡不可不慎哪！

那就是二〇一〇年的奈良試拍外景，任誰也沒想到，所有人要到整整兩年後方才重逢，在儼然已是噩夢一場的湖北大九湖，正式開始《刺客聶隱娘》的拍攝。

兩年半後的宜蘭九寮溪，與我們第三度相逢的妻夫木聰，不知怎的從侯導身上嗅出了不對勁，苦苦哀求侯導，有關奈良的那段外景，把他的戲份剪光光無所謂，可千萬別去動忽那汐里的鏡頭啊，不然小姐太可憐了！

只能說妻夫木聰的直覺非常準確，我在寫下這一段文字時，《刺客聶隱娘》正送進剪接室作業，從侯導那裡知悉，剪接的結果完全是現在進行式（這一點，侯導在拍攝時便已斷言），我們拍攝的大量回憶畫面根本放不進電影節奏中，當然也包括這一段完全是回憶的奈良外景，也許到時候電影問世，又只能作為沉下水面的那一大塊冰山，留待觀眾自行體悟了。

湖北

拍攝日期

2012, 10/17 – 11/20

我們第一次外景，大隊人馬開拔至大陸月餘，總共待了武當山南岩、神農架大九湖溼地、利川海蝕洞、隋州銀杏谷，都在湖北境內。嚴格說來，這次大規模出外景並非愉快經驗，幸虧拍攝工作剛剛展開，大家都拚勁十足，吃苦當吃補，若到了工作後半期，可能真要引發工作人員暴動了。

因為拍攝工作剛起步，一切都在磨合中，拍攝本身也不順利，拍攝的鏡頭很多，能用的卻很少。劇組裡上至幾位大頭下至工作人員，在這段時期都抓不準侯導要的東西，然而侯導並不強硬修正指責，就讓他們拍、讓他們去做，自己則想辦法在其中誘導出要的東西。對此，侯導自嘲「年紀大了，心跟著軟了」，年輕時，人該糾正就糾正、該解職就解職半點不手軟，現在做不來這些事了，只能採用柔性誘導法。

這是我的第一次外景經驗，也是第一次跟拍，本來編劇工作應該至開拍即止，卻是又接下側記的工作，幾乎是要從頭到尾全程參與這部電影了！從燈光昏黃情調十足的星巴克走入荒郊野外，工作階段的轉換衝擊很大，不是科班出身的我，又再一次經歷邊做邊學的過程，專業術語、名詞，拍攝現場的運作與規矩，幾乎都是現學現賣來的，比起逐漸上手的後來幾次外景，是一段分身乏術的學習兼工作之旅。旅途中，因為畢竟是掛著編劇頭銜，除卻能熟稔打鬧的台灣同仁，比較疏離的大陸工作人員們，不明就裡的把我當作大頭看待，開口一句謝老師閉口一句謝老師，可真嚇壞我了！

船小好掉頭

工作人員興奮、摩拳擦掌，各各都說這是侯導拍片有史以來最大製作的一次。光看劇組也是，浩浩蕩蕩百餘人，車隊二十輛，頗有千乘萬騎西南行之感。

但侯導看了就煩，煩了就拿下招牌白色棒球帽狠勁撓頭殼，劇組中老鳥總耳提面命菜鳥，一見侯導拿下帽子抓頭，記得就地找掩護躲砲火！

「什麼大製作？都是他們在說！」侯導忿忿道：「對我來說，拍電影最多就三十人的劇組，船小好掉頭，像我們拍《南國再見，南國》時那樣，打游擊拍法，會遇上困難，可是想出來的解決方法就一定很棒。」

侯導說，二戰之後，所有鏡頭都在戰火中丟失了，義大利導演狄西嘉（Vittorio De Sica）只憑著一顆50釐米的鏡頭（數字越大，鏡頭越窄越利，50釐米大約等同人的視野，20釐米以下大約就是魚眼的視野了）拍完整部電影，很克難且限制多，其間必定困難重重，然而就如侯導所說，想出來的將是真正的解決辦法，而且會很棒。《南國再見，南國》應是侯導最接近如此理想的拍攝經驗，故侯導始終懷念，且一再提起，一顆25釐米鏡頭，小編制的劇組，半成形的故事，由台灣北往南順拍下去，重點在隨機捕捉主要演員高捷、林強、伊能靜間的互動，所謂劇本，只是設定給演員一個大概的情境而已。

反之——就是我們眼下的狀況，器材準備太周全了，反而會處處受到器材牽制。且器材一多，照顧器材的人跟著多，編制難免擴大，如此應變速度就變得很慢。武當山與神農架山中雲嵐變化無常，壯闊的雲海來得快去得更快，要捕捉此類鏡頭講求機動性，一看到景就得馬上停妥攝影車、人員就位、架好攝影機拍攝，一連串動作得在幾分鐘內完成，攝影組的大編制幾無可能辦到，好幾次，等攝影組準備就緒了，侯導望著雲海散盡陽光普照的群山生悶氣。

湖北的拍攝，攝影組啟用了升降鏡頭（crane shot），用搖臂控制，俗稱「大砲」，升降鏡頭的好處在移動軌跡平滑順暢，可拍攝各種角度。然而「大砲」名符其實的體積龐大，每每組裝起來要大半個早上，光是照料的人手就要三十幾人，侯導看了這管砲就討厭，砲下包圍著三十幾人更讓他抓狂。

「拍攝各種角度幹嘛？那些角度拍了，你倒貼給我都不要！」侯導怒道。

我們的大陸總製片劉杰，晚餐桌上的閒聊提及親身經歷的大砲慘劇，某次外景時，收工後圖省事把大砲留在現場沒拆走，次日發現大砲已被村民當廢鐵拆賣了云云……作為聽眾的侯導，洩漏的羨慕之色太鮮明，鮮明到讓旁人紛紛提醒，導演哪，可別當真偷偷雇人來這麼幹！

即便不提編制大小，團隊本身就是一種挑戰，拍電影離不開團隊合作，「它牽涉到太多的人，任何團體形式的創作，效益取決在團隊中能力最弱者，而非團體平均，這就是鎖鏈原理。」鎖鏈的強度不是環環相結的平均值，因為最弱的那一環不知什麼時候突然就斷了。所以作家唐諾理解但無法接受這種創作形式：「寫作相較單純很多，只需要一支筆一疊稿紙，找個咖啡館坐下來就可以完成，一個人可獨立作業，你不用把畢生夢想交付在他人身上，特別是這些人的能力往往遠不如你。」

侯導完全認同這般看法，也不覺遭受批評：「如何把最弱轉化為最強，這是我覺得電影工作最有趣的地方。」（牡羊式的豪言？）。惟笑說完抬頭，眼見拍攝現場川流不息的工作人員，便又把帽子拿下來了。

武當山，宗教聖地的暴民們

舉世聞名的武當山，世界文化遺產、國家重點風景名勝區和文物保護單位，古名仙室山、太岳山、太和山、謙上山、謝羅山等等，是道教名山，目前也是全中國最大的道場，應當不用多作介紹。我們在武當主要的拍攝地點是南岩宮，相傳是真武飛昇之地，直接面對金頂，是武當山三十六巖中公認風光最美的一處。天乙真慶宮石殿倚絕壁建造，長廊建築直接嵌入山巖中，我們用作片中某深山道觀，道姑嘉信公主的藏身處。

武當山給我們外景隊的第一課，可不是身在宗教聖地的心靈感悟，也非能拍到稀世美景的雀躍，而是活生生的遊客橫行霸道震撼教育。我們在南岩拍攝外景，當然事先有向武當山當局提出申請，然而當局核准我們的申請，卻未真正管制遊客，任遊客與我們起嚴重衝突。

一早開工，當局調來協助的公安簡單關上南岩宮的門表示現場已封閉，那時太天真的我們懷抱著可以悶頭工作一早上不被打攪的心情，徐徐置景完、決定機位後要正式拍攝，南岩宮薄薄的木門就被遊客撞開，撞倒工作人員們衝進來的遊客，惡聲惡氣見人就咆哮，內容無非千篇一律的「我們買票進來的，你們拍電影的算什麼東西！」「嫩片有啥看頭！」（說這話的同時卻又拿相機對著 monitor 來個十連拍），接著站上我們的器材箱拍照，直接掀開舒淇遮陽兼擋臉的陽傘猛拍，再不然全無公私領域感的劈手抓起我們配戴的工作證：「聶隱娘？什麼東西？」、「噯，就是那個女鬼嘛！」

兇悍聞名於世的中國公安，苦笑著一排雕像模樣在旁，攤手表示他們無能為力。

狀況很讓人氣結，事後我們解嘲：「今天劇組中應該又添了一批台獨生力軍。」反而過去有脾氣差之名的侯導，倒是對現場橫行流竄的遊客看得很開，一旁散步到遊客散去，趁著中午遊客午餐與一團一團遊客間的空隙，一個鏡頭一個鏡頭的搶拍，完成第一天的拍攝。

「不是遊客的錯，他們買了票也不能不讓他們進來，」侯導事後表示：「錯在管理當局沒有制度化。今天要封閉南岩拍攝，你就要從入山口一路公告上來，也要停售南岩的票。你武當山要作國際景點，借人拍外景若成為常態，制度化管理、設專責機構是絕對必要的。」

侯導寬厚以待遊客的野蠻不文明，我們工作人員的牢騷也只好吞回肚裡。那時我們尚且不明白，數個月後當我們經歷日本京都各寺廟，與宜蘭九寮溪和棲蘭山的山林，那些拍攝現場遠比武當山南岩更開放難以封閉，但日本的台灣的遊客們，對我們淨空拍攝場地的請求都相當能體諒並配合，甚至只要求後退三公尺卻退了十公尺的太配合了，個人主義強烈的遊客（「這裡是公共場合我為什麼不能拍照／大聲說話？」）都是少數中的少數，絕大多數的遊客都抱持著善意，安靜的遠遠圍觀，把拍攝當成個新奇難得的東西在欣賞，以致我們都有些不好意思起來，也沒有啦，我們不是在幹件多偉大的事。

侯導也回憶起法國拍片的經驗，法國人就更酷了，你在街上拍片，法國佬理都不理的走他的路。法國電影工業發達，對法國人來說，拍片是件太習以為常的事了，唯獨他們對肖像權非常注重，哪怕路人只有入鏡幾秒鐘、從邊邊角角掠過，製片都得拿著肖像權同意書追上前，請對方簽過名了，才算完成整個作業流程。

與大九湖相處

我們轉景到大九湖當天，過午兩點從武當山出發，直到夜間十一點多才到，實歸因於車師傅不知打哪兒來的自信，開著導演車帶頭直衝，結果當然是嚴重掉隊（或說遙遙領先），迷路在深夜的神農架山路，車上載著個氣壞了的導演與很識相不吱聲的其他人。

迷路在深夜全無照明的深山是段恐怖經驗，除卻撞車或者衝出路面落崖等現實顧慮，光是遠望車前一片漆黑，而近處車燈照亮撲面而來的，全是路旁枯盡的灌木，灰白空枝細密如骨骸。當車師傅繞著繞著，侯導總要爆出令人毛骨悚然的一句：「這個地方不是剛剛才經過？」

緊接著峰迴路轉，我們忽地就闖入了大九湖小鎮，小鎮雖晚仍燈火通明，臨湖的小公園，兩排 LED 燈在夜裡光彩絢麗，鮮紫藍豔的燈光撲面來，頗有鬼魅感，彷彿誤闖了宮崎駿在《神隱少女》中架構的不思議之國，又像誤闖駝峰航線或者百慕達三角，走在那山路的某一處給拉進異空間去。

但那只是我們對小鎮的第一印象，事實上，小鎮如同早個數十年的台灣，認為水泥才是文明植物皆屬蠻荒一類，全鎮光禿禿未見一樹，黃土路雨時泥濘晴天飛沙走石，有銀行、手機行、中小學、有護理師沒醫師的衛生院、幾間名為超市實則是阿婆店的小店，旅館則是依山蓋了一整排，裝潢華麗（俗氣？），然而就只是個空殼，客房裡吹風機熱水壺電腦齊備卻沒一個真正能用。這些名為某某大酒店、某某飯店打著四星招牌的旅館與鎮上四處能見正在起的新房子，竟都是空心磚敷上白粉的假房子，一問才知，當局打算統一規劃成立大九湖渡假村，此鎮不久後就要徵收，在一新房換兩房的徵收政策下，當地人紛紛蓋假房子來給徵收給拆，形成了漫山遍野粉白假房子林立的怪現象。

惟管理當局積極建設的溼地觀光設施，頗有一步到位的先進感，比起日本或歐洲的一級觀光區並不遜色。濱著小鎮的一號湖岸，公園設施相當舒適，空間配置敞淨，當然還有那兩排實在搶眼的 LED 燈。

環繞整個湖區的木棧道也相當有質感，只是每片木板一模一樣的木紋與木瘤透露了這玩意兒其實是塑料的，是以一結霜，便滑溜得站不住腳。至於廁所，是比「一條溝」式略好的「一個洞」式，有門但沒門鎖，上個廁所頂好找伴兩兩成對的去照應。

我們都市人碰到的第一個震撼教育，大九湖氣溫白天攝氏十度，晚上會掉到攝氏零度以下，而沒一間旅館有暖氣。當地人說法是，空心磚房子留不住溫度，暖氣開了也是白開。那就先用葉片式電暖器，但湊合著蓋起來等拆的房子何來完善的電路配置？幾束銅線多幾個人吹頭髮都有跳電的危險了，自然電暖器開了即跳電，一跳再跳，大九湖的第一晚，我們一共燒了四個電閘，旅館老闆氣急敗壞，卻也不知怎生是好，只好用低耗電的電毯取暖，這意味著一回房就得往床上窩去。

熱水有歸有，要搶。整棟樓的熱水依賴白天的太陽能來燒，燒好一水塔用完就沒了，於是殘酷的考驗了同事情誼，「熱水當前，沒有朋友」，晚點再洗澡，熱水八成都被同事們洗光光。唯一例外是侯導與幾名大頭住的「星期五酒店」，設備最佳，熱水不依賴太陽能可全天供應，久而久之，星期五酒店的居民很能體諒同事之苦，會招呼三五好友來自己房間洗澡，形成了劇組裡「要洗熱水澡，頂好有個星期五的朋友」之說。

大九湖的溼氣是另一駭人處。台灣氣候溼，但大九湖有多溼？一件洗好的衣服晾了四天還在滴水，一件乾的衣服掛起來也會變潮。一覺起來，床頭牆壁結滿水珠，人人困惑了幾日才討論出解答，那是人睡了一夜蒸出來的體溫溼氣。手機鈴聲因為滲了溼氣而雜音滿布，聽來萬般詭譎。大九湖的溼，無所不在。

大九湖在電影中，全景用作我們稱為「桃花源」的村落，意即避戰火隱居乃至與世隔絕的一座小山村，人心純樸不知外在紛紛擾擾，這麼兩相對照，未免帶諷刺意味。曾經，隨團的會計秋盈得去銀行提領一筆巨款，提款時便覺寒毛直豎，乃因無數鎮民全圍在銀行窗外，帶著「要花掉這麼大一筆錢，你很困擾吧？需不需要幫忙？」的熱切神色。

在這裡做什麼事都要錢，漲價的速度也飛快，餐廳菜單、商店標價的漲價以日計，且並不在意漲價的痕跡示於人，點個菜、買個東西，都可見被塗畫掉昨天的前天的大前天的價格就大剌剌並列在今日標價旁，且又全鎮聯漲，要各家比價是絕無可能的。

大九湖殺青當晚，酒店老闆招待劇組在酒店地下室唱 KTV（據說是小鎮唯一一套 KTV 機器），侯導與工作人員在門內高歌正歡，門外上演的卻是各各酒店老闆上門與製片組激辯討價的戲碼。我們住宿的任何項目都要收錢，如頭一晚燒掉的四個電閘，自然是我們買單，又咬定我們弄髒毛巾，甚至要加收整棟旅館的毛巾錢，「毛巾錢」後來也成為我們出外景的一大典故。老闆們還把不少報廢多年的物品費用一併入帳，製片組忍氣吞聲一一付清，除人生地不熟外，也是因侯導習性，說不準我們會重返這裡補拍，為了這也許會發生的一天，還真不能撕破臉。

大九湖，我們的攝影棚

大九湖溼地位在湖北神農架山間，海拔將近兩千公尺，高山盆地間一共有九個大小湖泊，故此得名。是個必須開十二個小時山路的車才會到的偏僻地方，然而遊客仍多，大半都是攝影愛好者，前來拍攝自然景觀如亞高山草甸，各類型沼澤如泥炭蘚、紫茅、香蒲、睡菜、苔草等。湖區與周邊崇山峻嶺的國家保育類動物也多，然而令人震驚的是，我們就見過一盤駭人的炒二級保育動物黑熊肉！

九座湖泊，其實比較像是大片沼澤間九個水深處，湖面多浮島，小島上秋黃蓬草，大島上更有空枝喬灌木，背景的山廓多嵐霧，雨時更是雲海翻騰，湖水映著遠山，多是深灰淺灰的色調，偶爾帶點暗藍墨綠，活生生就是水墨畫，看景的我們驚嘆，原來水墨畫也是一種寫實畫哪！侯導尤其興奮，直說這是個值得砸大錢拍攝的景，「這就是一部傅抱石風格的水墨電影。」

大九湖春夏短秋冬長，秋天即冷得像冬天，清晨的沼澤區往往覆霜如積雪，赭紅枯草覆蓋銀霜，入眼成片的灰灰紅紅。晨間霧氣也大，有湖面蒸騰起的溼霧，是侯導喜歡的有層次的好霧；也有山頂滑下平原的乾霧，因為僅有白茫茫並無層次之分而不受侯導青睞，就是壞霧了。霧氣瀰漫雖不致伸手不見五指，大概也只能看清眼前人罷了。一般出外景，霧氣是最難掌握的東西，在大九湖，霧反而最好連戲，偶爾幾個無霧的早晨、或是近中午霧氣散去，若不想早早收工曬網去，就只有請出場務領班、曾獲金馬獎年度台灣傑出電影工作者的王偉六六哥放煙霧（這種煙餅燃燒的霧可是很臭的），二十天待下來，六哥已搏得「煙神」美名。

湖區不大，車行一周半小時不到，我們用過的景點，一、二、三、四、五、六號湖，搖錢樹，灌木叢，蔣家農舍、石家農舍，相距都在十分鐘車程內甚至步行可達，轉景很快，中午也多半回住宿的小鎮吃大鍋菜而非現場開便當趴，彷彿整個湖區就是我們的攝影棚。某些景物也還真像棚內，如我們前後拍了半個月打戲的灌木叢，日出前的濃霧稀霜，色暗不豐茂的草地有岩石硬泥地裸露，錯落著無葉灌木，不只一人感嘆此景神似霍格華茲城堡外，那一點蕭條、幾分況味的英國荒野。全片拍攝沒離開過攝影棚的《哈利波特》系列，工作人員有空調、有方便的不需擔心加了地溝油餐飲（侯導高度緊張地溝油事件，不准大家碰任何明顯浮著油花的食物），有不用揪團開車前往的廁所。

我們的攝影棚沒有這麼多好東西，且這個攝影棚沒加蓋，攝影棚最大的優點（不受天氣左右的拍攝進度）我們享受不到，而大九湖的天氣可是天天不同、時時變化，住了一個月，我們也大約捉摸出一些規律，例如連戲最重要的霧，雨天當然無霧，雨天放晴的隔日尤其無霜無霧，是景物極難看無趣的一天，然而再過一天，就是霧景最美、千萬要把握的一天……等等，沒有霧氣景物實在連不起來時，「煙神」的表演時間便又到了。

然而侯導不認為非要製造煙霧來連戲，「拍戲本來就是隨機應變，你要抓牢客觀實體，就什麼狀況都可以拍，下雪有下雪的拍法，大霧有大霧的拍法。若沒有清晰的客觀實體，就很容易受到外在環境牽制，搞得天氣一變，馬上就不知道要怎麼拍了。」客觀實體，即角色演員，盯緊了這些客觀實體，這一點在大九湖尤其重要，畢竟天氣環境變化太快，很多東西拍不到就是拍不到，拍法時時刻刻在調整，而重拍，也是家常便飯（侯導對自己這方面的「惡名昭彰」非常滿意）。

同理，侯導也會去拍進度之外的東西。磨鏡少年關切負傷的隱娘，這場戲就是侯導的即興之作，日出前白霜如積雪的草原，兩人一前一後走過，少年關切隱娘傷勢，想方設法要靠近查看，隱娘卻不搭理的大步閃繞開，少年無奈，只有再邁步窮追……二人無語的背影戲劇張力十足，霜冰在他們腳邊一寸寸退去，草原由銀灰眼看著褪為赭棕色。為了這個鏡頭，大隊人馬在六號湖邊的公路上待了兩個多小時，要知道，當時我們得在兩天內拍完十一場戲，侯導放著沉重的拍攝進度不拍而去拍計劃外的鏡頭，也許令人匪夷所思，小姚為此下了很好的註解：「如果你完全按部就班的拍，也就只能得到計劃中的東西。」回看我們的拍攝過程，許多特別驚豔的鏡頭都是侯導的臨時起意之作，惟每一遭，還是要讓工作人員死一堆腦細胞與繃斷好幾條神經。

威牙（Wire）

我們在大九湖的外景多為打戲，第一場打戲選在通往版壁岩與神農谷的公路旁，一處秋草枯黃的山坡，因鄰近神農架其中一處景點太子埡（唐中宗李顯曾來此遊歷，遂得名），故代號太子埡山坡。

打戲免不了要演員吊鋼絲，鋼絲俗稱為「威牙」（wire 音譯也，拍片時稱吊鋼絲反而非常奇怪沒人聽得懂）。這是我這輩子第一次看到威牙，論打戲也是初體驗。侯導不喜歡太過依賴威牙，只當它是輔助，畢竟侯導要的是「跳」而不是「飛」，講得更明白些，就是物理作用，「跳到人能跳的高度就跳，人跳不到的高度還硬要吊威牙，那就是飛了，我不要這種東西。」當然，武俠片只能跳到一般人跳的高度，那也未免太普通，像聶隱娘這樣的高手應可以跳得比平常人稍高些，這「高些」就用威牙來輔助達到，也只有物理性能讓觀眾感受到角色的能量，而侯導拍片最在意的便是能量。

太子埡山坡的第一場打戲就有吊威牙，是道姑與隱娘師徒分道揚鑣的最後一次交手，道姑自隱娘背後躍身襲來。侯導對道姑演員的起跳點再三調整，為的是讓演員跳起到撲擊而下的動作間沒有「飛」，也就是斜上斜下的三角形，而非中間還夾雜了一段「飛」的梯形。

同理，稍後在大九湖岸榆樹林裡拍攝的打戲也是如此，此一場戲是隱娘與精精兒開打，隱娘埋伏樹上，由枝椏躍擊林間的精精兒。這個鏡頭，隱娘是冷酷的獵捕者，撲擊精精兒的動作要狠要俐索，一跳要直線而下，可別還滑出個優雅的圓弧線才落地，那便又是侯導避之唯恐不及的飛了，故而要真跳，要做出物理的重力加速度，威牙不過是保護演員，在演員出鏡後不至於真的摔傷。

我們的女主角舒淇，眾所皆知有嚴重的懼高症，而武打戲開場見面禮（稍早的太子埡山坡打戲都是動作組替身，並未讓舒淇親身上陣）卻是要她從約三層樓高的樹上一躍而下，撲擊精精兒。這可苦了舒淇，然而舒淇是非常敬業的演員，仍是一次又一次從樹上躍下，從一開始驚嚇的手腳蜷縮狀到後來漸漸有大鵬展翅之姿，一次比一次有架勢，可如此尚且不夠，她那一臉驚惶的神色鏡頭下還是一清二楚。監製廖慶松廖桑就在拍攝的榆樹林外，笑稱：「光聽她尖叫幾次就知道拍了幾個 take。」

一日的徒勞無功的拍攝後，連侯導都開始思索是否有方案取代跳樹一段，也許改成簡簡單單的由樹後竄出吧。畢竟這一場戲，演員的表情最是重要，用侯導的說法「要有能量」，能量夠了，動作失之簡單也無妨，反之，即便舒淇能強迫自己自空中有幾分架勢，然而「你齜牙咧嘴的，哪裡像個高手？」打戲拍了幾天下來，便知要演員控制表情，遠比控制肢體動作難多了。

侯導尚在盤算，卻是第二天清早，舒淇重返簡直要成為一場惡夢的榆樹林，第三個 take 就跳成功了！大鵬展翅的架勢與一聲大喝都非常到位（雖然出鏡後還是尖叫的自由落體），當侯導一喊打板，現場立刻爆出響亮的喝采與掌聲，這也是拍片最動人的場面之一。

「我一想到一直跳不好，導演會每天早上要我來跳，就乾脆一次跳成功。」舒淇分享了她的致勝心得，而侯導也笑：「她知道我的性格，是非得磨到我要的東西才會罷手，所以一咬牙就跳了，也就成了。」

舒淇一跳成功，解決自身大患，也為我們掙來大半天假。收工走出榆樹林時，一旁有導覽木牌，道此樹林名為「搖錢樹」，這些榆樹屬西蜀榆，相傳古時一書生拾金不昧，將拾獲的一串銅錢掛在樹上，當時民風純樸無人去取，數日後，榆樹竟結出串串如銅錢的果實，人們不明就裡的也將銅錢掛上枝頂，祈求錢能生錢，「搖錢樹」遂此得名。侯導一見大樂，直說我們是在搖錢樹拍搖錢樹，這部片子要大賣了！

停不下來的導演

侯導喜歡運動，逢路便走、有山必爬，看到一對椅把非要撐著來幾下子伏地挺身，故而六十多歲的人了，健步如飛，乍看身子瘦削實則肌肉厚實，還信誓旦旦告訴大家他從年輕到現在都有時下最夯的人魚線。

大九湖各景點離得近，若是驅車往返各點，往往屁股還沒坐熱就要被趕下車，侯導得了這個藉口不上車，每每換景都沿著環湖公路健走，一個點走到另一個點。

會走路與不走路的人，活在不同的世界中，對距離的認知完全是兩套，雙方無法溝通且覺得對方簡直的匪夷所思。不走路的人，一個捷運站走到下一站都覺得遠在天邊；對走路狂而言，沿著一條捷運線起站走到底站根本稀鬆平常。

劇組裡走路的人，除了侯導就只有副導妙紅，還有我，我們仨自組了個走路幫，採取兩個跟著一個的三角陣法，很快就成了轉景時固定的公路風景。起初總讓車師傅們非常驚惶，車輛開過身旁時，總要猶猶豫豫靠邊兜過來，探出車窗苦勸侯導上車，侯導擺擺手繼續走他的路，我倆連忙跟上，侯導健走起來腳程快得很，一不小心可是會被落在後頭的。

跟著侯導健走，頭一個好處就是暖，暖身尤其暖腳。先前就聽友人描述真正的寒冷，像是北京冬日的冷，那種冷「是從地底下一路冷上腳底板的」。在大九湖，我總算明白什麼叫做從地底下一路冷到腳底板，哪怕鞋底再厚、穿了再多層厚襪，只要隨處一站，不久便覺腳丫子先是刺癢，像是萬蟻鑽爬，那刺癢很快就變成劇痛，撐過劇痛後便是全無知覺，讓人疑心腳趾頭是否已經凍掉。至於解決之道，在鞋子裡塞暖暖包之類的大半成效不彰，除了走路還是走路，走個五分鐘十分鐘便雙腳發燙，可撐個一小時不用窮擔心腳趾凍傷壞死之類事。侯導對一堆人猛喊腳痛卻又不走路，露出點匪夷所思之色，招招手要我跟妙紅跟上，三個人又健走去了。

再來的好處就是順便看景，我們的預定拍攝地點，大致還是以湖區既有的景點為主，然而一些好景卻是藏在景點與景點間，也許是深林之中，也許是一面山坡後，也許是湖對岸，若是坐車轉景，便都是模糊一片飛掠過車窗的景物，永無被發現的可能了。因此侯導健走，也肩負了看景的責任，不知有多少好景都是侯導在公路邊健走時發現的。

久而久之，車師傅們習慣了，也不停車招呼，每每我們仨走到公路邊，看著車隊頭尾相接從身旁呼嘯而過，細數著這是導演車、這是攝影車、這是錄音車、這是場務車……

除了走路，侯導也是個靜不下來歇不住的人。拍攝現場的 monitor 前，場務組一定會為侯導準備好導演椅，然而這個導演是從不坐導演椅的，導演椅最大的用處，就是讓侯導硬壓著我或其他要盯 monitor 的人坐上去，侯導解釋自己這習慣，是因導演椅「會不由地製造導演與工作人員的階級距離」。某些導演甚至是不下導演車的，在車上看著 monitor 遠距離盯場，侯導對此作法大表無法認同。

「monitor 只是讓導演大致掌握拍攝出來的效果，你哪知道 monitor 外頭的狀況？那一面牆外、那一個轉角後有什麼東西。」

尤其台灣的電影業，導演的定位完全不一樣。好萊塢是製片制，導演就只是片場的一環，劇組分工細膩，導演要做的就真只是到各組已經安排完畢的現場導戲而已，而製片權責之大，甚至有能力叫導演捲舖蓋走人，一部電影只要劇本夠好、製片夠強，甚至沒有導演也還能拍下去（也莫怪我們的製片組每每被導演或各大頭罵得像小媳婦一樣時，總要羨慕自己在好萊塢喊水會結凍的同業一番），當然，厲害的導演也還是能讓自己有舉足輕重的影響力。反觀包括台灣在內的許多亞洲電影，導演就是片場的靈魂，莫說沒有導演，只要導演稍稍菜鳥沒經驗些，往往只能與工作人員大眼瞪小眼相看兩不厭，足以使拍攝完全停擺。且導演制下的導演，可沒人把現場打理得舒舒服服妥妥貼貼的送到跟前只管導戲就好，而是什麼都得管，從陳設置景到道具服裝無一不管，故而留洋回來拍片的導演們，現場調度的能力往往非常差，只因他們的認知裡，這些本就不該在導演的職責範圍內。

導演制下的導演事事都得管，侯導對此太習以為常也太熟練了，正因為如此，侯導確實無暇在導演椅坐個片刻，現場太多需要指揮的地方了，每個 take 拍完，要及時調整之處也不算少，侯導永遠都是在現場與 monitor 間來來回回折返著。

當然，侯導管事慣了，有時未免也管得過多，灌木叢一場戲拍完，吊威牙的吊車駛出灌木叢時卡在泥濘中，侯導按捺半天，畢竟還是下場去指揮移車。每回大規模轉景總要花上一天撤器材，副導們總要以先一步去看景之名，將侯導打包上導演車載走，先行送去下一個外景地，以免侯導又要指揮大夥兒搬器材。固然導演制的導演總要事必躬親，然而有時候，能完全由我們處置的事情，就交給我們來做，停不下來的侯導，休息一下吧。

蠶豆，纏鬥

副導小姚，大多人稱之為「姚大人」，是始自《海上花》拍攝時期的稱呼，當時劇組間人人皆互稱大人，時至今日，只剩姚大人還是姚大人。

小姚也是個冷笑話大人，走著走著會突然對馬路上常見的蚯蚓乾正色道：「等等回去別太早睡嘿，我還要找你報帳。」乃是因事前被警告大陸搶錢浮報嚴重，公司的會計此次被我們抓來一塊出外景，看緊帳冊，而會計小姐的大名叫做秋盈……蚯蚓也。

仍是某日晚餐——我們的故事時常發生在晚餐桌上，小姚忽面色凝重，對著眼前一盤蠶豆語重心長嘆道：「這就是我們這麼多天在灌木叢搞的東西啊！」眾人著實怔上老半天，才為此一姚式冷笑話笑罵不休。

是的蠶豆，纏鬥也，聶隱娘（尖叫著）跳下樹襲擊精精兒後，二人惡戰纏鬥一場，一戰二戰與三戰，是往死裡打的生死搏殺，這場戲占據了我們在大九湖的大部分工作時間，地點則是我們稱為灌木叢的一塊公路旁林地，林地入口狹小而內部深邃，長滿的灌木比人高不了多少，落盡了葉片的灌木剩下細密如網的深紅色空枝，偶爾結著成串的豔紅小果實，小紅果透露它們的身分——海棠樹，可別小看這些海棠樹，高山植物生長緩慢，它們都已有百歲以上的年紀。日出前樹枝會結滿霜晶如銀樹，待日頭一高融霜後，霜化為透著虹光的露珠，便是一樹的晶瑩璀璨。

直到灌木叢纏鬥為止，我才真正明白打戲的拍攝方式。我們在電影中看到行雲流水般的打鬥鏡頭，其實是由非常多的鏡頭剪接而成，每個鏡頭往往就只有簡單一兩個動作而已，用動畫般的方式一格一格串接在一起，單個鏡頭比想像中零碎得多。

得如此拍攝，是因正面拍攝、無法由替身演員代打的狀況下，演員武打的底子很有限，記不住也難以執行複雜的打鬥動作，只能以單一動作慢慢串接起來，加上侯導對演員神情要求極高，這一場戲拍起來異常緩慢，加以出外景總會遇上幾天完全無法拍戲，導致我們離開大九湖的時間一延再延。

纏鬥一場戲予人的痛苦折磨感，並非耗時本身，而在進度遲遲無法推進的困頓。光是拍攝前的準備就極為費時（當然占去最多時間的仍是侯導討厭到極點的砲），每天都要從日出前開始準備，順利的話，近中午能夠開工。

當然，等戲的時間一長，就能多聽侯導談戲。侯導對灌木叢的纏鬥自有看法，動作組現行的拍攝法，亦即前述用短碎的鏡頭串接成完整動作，侯導不愛，認為如此拍出來的東西「流暢有餘，但一點能量都沒有」，對許多武打片中已經玩爛了的這些東西，他不感興趣。

如何呈現隱娘與精精兒的生死鬥，侯導的想法很有趣，認為她們的戰鬥「要像兩頭母獅子一樣」。母獅子，當然不是暗指兩人是兇女生，精確點說，是像肉食動物的打鬥方式，肉食動物牙尖爪利，天生配備了精良的武器，正因為如此，肉食動物自覺打鬥誤傷皆可能致命，絕不輕易陷入無意義搏殺中，強者間的鬥爭保有分寸、不對示弱者窮追猛打，這些都已內化為牠們的天性。反觀草食動物看著柔弱可愛，然少了肉食動物這層制約，打鬥起來遠比肉食動物血腥兇殘，不打到其中一方傷殘絕不罷休，在人類圈養的環境中，鬥爭的敗方更失去了最後一道防衛機制——逃走，往往會遭勝利者持續施暴至死、至被支解為止。

這是動物行為學的始祖勞倫茲（Konrad Lorenz）在其著作《所羅門王指環》（*King Solomon's Ring*）提出的理論，他舉例野兔間的兇猛爭鬥、家鴿拔光羽毛的凌虐斑鳩、即便馴養了仍會殘忍牴死母鹿小鹿甚或人類的麆鹿（小鹿斑比是也），都是我們認知中可愛馴良的動物。相較之下，被認為邪惡殘酷的狼與牠們的後代狗，牠們的鬥爭有分寸得多，開打前種種儀式般的威嚇舉動其實都是避免打鬥的手段，威嚇中的一方一旦示弱，便能輕易免去鬥爭，即便仍是不可免的打起來，只要其中一方擺出恭順臣服的姿態，將脖頸等要害送到敵手齒牙前，打鬥都會立即停止。勞倫茲觀察此狀況下的勝利者，牠們似乎很想一口咬死敵手，偏就有種無形的拘束阻止牠這麼做，牠會對周遭空氣做出咬殺的假動作、會惡狠狠示威，就是不會做出致命的一擊。不只豺狼等猛獸如此，勞倫茲在猛禽類的烏鴉、海鷗、蒼鷺、火雞身上，也都觀察到此自我約束的天性，他推斷動物們自我約束之因，是為種群的延續，不會因為打個幾場無聊無意義的架就導致滅種。

《刺客聶隱娘》的武打，侯導將之分作兩類，殺手的打鬥與世俗的打鬥，前者如隱娘、道姑或精精兒，後者則是田季安、夏靖等人的武功，世俗的打鬥再是厲害，與殺手的打鬥完全不在同一層級，根本無以匹敵（因為角色分配得恰好，我們也笑稱這是「女人的打鬥」與「男人的打鬥」，並免不了要補上一句：「這些個沒用的男人！」）。因此就能以勞倫茲的動物行為學來解釋了，世俗的男人們是草食動物，打起來兇殘不放手，敵手不死不罷休；女殺手們就好像肉食猛獸猛禽，不作無謂打鬥，當然原因與動物略有不同——殺手的世界處處險惡，永遠不曉得下一場打鬥是否就在眼前，不能在無謂的鬥爭中傷了自己以致在要面對真正敵手時無力還擊，是最基本的自保之道。

所以在灌木叢惡鬥一場的隱娘與精精兒，末了躍至樹叢外的湖上浮島對峙，隱娘一擊打裂精精兒面具，得知精精兒身分，我們會發現兩人的殺氣霎時煙消雲散，好像沒發生過這一場似的，甚至眼中已沒了對方的掉頭離去，乃因為兩人得知對方身分，進而曉得其意欲何往，斷定了「這個人對我無害」，殊死的惡鬥忽就戛然而止。

惟我們的工作可沒法也跟著打住，多虧了姚式冷笑話，灌木叢一場戲在劇組裡的代號，從此便成了「蠶豆」。

玉米不行，蘿蔔可以

劇組在大九湖吃的是大鍋飯，一張張圓桌任大夥兒自由入座，成員次次不同，唯有固定成員的是侯導那一桌，俗稱「大頭桌」，多設在大飯廳之外的偏間，同桌進餐的尚有賓哥、廖桑、小姚，文英老師偶爾也會參加，大頭桌方便廚師每晚多添幾道葷食加菜，然而其實不必要，盡是老弱婦孺的大頭們，食量普遍極小，到末了，都是侯導吆喝著大家一人端一盤菜，出去替永遠吃不飽的動作組與技術組加菜。

大頭桌還有個功能——工作會議，次日或之後的拍攝方針，大多都在大頭們酒足飯飽後，圍著一桌剩菜議定的。惟萬萬沒想到，大頭桌的工作會議，竟也能是一堂農業畜牧課。

那一日，我們借到的一號湖岸廢棄農舍正如火如荼置景，要在數天後當作桃花源村長家拍攝，負責監工的小姚忽在餐桌上冒出一句：「到底蘿蔔或玉米可不可以？」追問之下，是農舍必須布置些曝曬吊掛的農作物，小鎮上這些作物多歸多，其中又以白蘿蔔與玉米為最大宗，但唐朝究竟有沒有這些東西啊？

除了侯導這名3C產品絕緣體，在場眾人紛紛變出「文房三寶」（智慧手機、平板電腦、筆電），一番低頭指尖滑弄後，查證了白蘿蔔與同源的綠蘿蔔是中國土產的作物，至於玉米則原產美洲，要傳入好歹也等到大航海時代，相對於中國歷史已是明代的事了。小姚摸摸鼻子站起來，外出下令置景人員千萬藏好每一根玉米。「玉米不行，蘿蔔可以」成了之後幾天，劇組裡相當火紅的一句格言。

還有辣椒如何，小姚搞定了蘿蔔玉米，折回晚餐桌發問，那在大九湖也不算少見的辣椒穿幫不穿幫？這一查找卻是個大坑，辣椒種類太多，一般辣椒尚且不知，至於斗篷椒（蘇格蘭產）、魔鬼椒（印度產）、燈籠椒（墨西哥產）這些種類是鐵定不行的，如何區分這些辣椒種類也是一門學問，小姚不一會兒即耐性盡失，外出嚴令現場不准出現一根辣椒。

當然回台灣後詳細查找資料，我們鬆了口氣，無論哪一種辣椒，都是中南美原產的，今日中國的辣椒，是大航海時代與玉米相偕來華的。

又一日餐後，還是小姚沒頭沒腦的發言：「到底豬的顏色有沒有差？」原來是村中的豬多，當地稱這些野放飼養的豬為跑跑豬，同理，亦有跑跑雞、跑跑鴨、跑跑羊……就是沒有跑跑牛。而某幾場戲要有豬隻當背景，毛色繁雜，黑、白、黑白花皆有的跑跑豬，唐朝究竟有沒有這樣的豬種？

再次求助文房三寶，得到的結果是，無論黑豬白豬花豬，都是中國土產家豬固有的毛色，然而以現代中國的豬隻品種而言，白豬多是約克夏豬或藍瑞斯豬，花豬則為漢普夏豬，光聽品種名也曉得是不折不扣的舶來品。而黑豬自有一種古樸感，除了是中國家豬自古即有的毛色，也最像牠們的野豬祖先，彷彿被馴養還是不多久前的事。事實上，章回小說裡記錄的豬隻大多為黑色，就是第一名豬——豬八戒，在《西遊記》裡也是「黑臉短毛」的黑豬造型，並非今日戲曲或影片裡的大白豬。

小姚默然起身外出，整個下午在鎮上挨家挨戶商借黑豬。

六哥在拍攝現場的工作內容因此又多了一項：趕豬。凡是黑豬以外的豬一律要趕，正因為是跑跑豬，足跡遍及小鎮每一隅，凡室外戲都很難防止跑跑豬由四面八方入鏡，與跑跑豬相處日久，也會發現跑跑豬各各超愛搶鏡頭，往往一邊淨空了，牠們兜一圈又從另一頭入鏡，氣急敗壞之餘，也實在很難對豬動氣，與豬四目相對，次次都還是要驚嘆牠們是這麼聰敏可愛的動物。

玉米不行，蘿蔔可以；白豬不行，黑豬可以。又到劇組放飯時間，大頭桌開飯了，今晚的農產課程工作會議要暫停一日，過了幾天借黑豬借蘿蔔生活的小姚將是今晚主角——台北傳來的好消息，在第十四屆台北電影節以紀錄片作品《金城小子》奪下百萬首獎、最佳紀錄片、最佳導演獎三大獎！侯導吩咐準備幾道大菜，開了台灣帶來的金門高粱，要為小姚慶功呢。

大明星的「格」

王小棣導演的《飛天》拍攝札記《飛天脫線記》中，有這麼一句打趣的話：「想接近大明星嗎？來拍電影就對了！」

的確，工作人員最接近大明星們，第一線接觸，最知道大明星在景框外的模樣，很可能對大明星完全幻滅，也可能比誰都要癡狂的成為忠實粉絲，端看大明星的「格」。

在大九湖拍攝了半個月的那早，拍的是在灌木叢惡鬥一場後，飛躍至浮島對峙的隱娘與精精兒。冷雨溼霧，溫度雖在零度以上，卻可能是體感溫度最酷寒的一個早晨，從早晨等戲等到近中午，痛苦不堪的眾人開始軍心渙散，好不容易開拍了，舒淇與周韵兩位小姐卻抓不太到感覺，侯導也一樣「感覺不對」，二人從對峙到殺氣全消、到其中一方掉頭離去，幾個轉折，節奏始終抓不到，彷彿還是得有個觸發的點，哪怕只是點風吹草動，也都好觸發二人接下來的動作。

侯導忽地靈機一動，迅速驅車回小鎮搬救兵。救兵，是昨兒個深夜才到的妻夫木聰，以侯導向來保護演員的習慣，絕對會讓舟車勞頓的妻夫木聰休息個一天再上工，然而眼下，似乎只有妻夫木聰能解救此刻尚在淒風苦雨中的劇組。

侯導的打算，是在這一場加入劇本裡沒有的磨鏡少年，讓看見二人對峙的磨鏡少年奔上前去，一聲呼喚隱娘打醒了二人，精精兒轉身躍離浮島而去，隱娘亦沿岸往回走，擔心隱娘的少年則隔一水追著隱娘……少年的出現，正是那個觸發點，打斷二人對峙、推動二人各自掉頭離去，同時藉此一場，不無深化隱娘與少年互動的作用（儘管鏡頭中呈現的，隱娘並不搭理少年）。

妻夫木聰接了這臨時通告，沒有半點怨言的馬上出現在梳化間，三年前短暫合作過的他，相比之下，當年尚有幾許年少青澀，而今儼然是沉穩的美男子，當下迷倒梳化間一票人（清一色女性同仁的梳化服三妝組，那日大清早便在勤奮打掃萬年未整頓過雜物如山的梳化間，邊掃邊爽朗笑說這是為了迎接帥哥），待梳化完畢到了現場，又是一陣大騷動，女性同仁們一邊互嘲花癡，一邊團團包圍妻夫木聰不放，頓時把大清早風吹雨淋的淒苦全忘光了。

舒淇大嘆當場被打入冷宮，故作吃味狀：「你看，你看，他才吸個鼻子，馬上一整圈衛生紙遞上去，我在這裡（連打幾個假噴嚏），都沒人理我！」

妻夫木聰之迷人，除了大家很不諱言的直說：「就是個帥哥！」更大的原因來自他無可挑剔的好脾氣，沒有任何架子，從不遲到的總按通告準時出現在梳化間，及最重要的，非常體貼照顧工作人員們，在三妝組為他整理戲服或補妝時，也順手替對方攏上會漏冷風的領口；在四處扎人樹枝的灌木叢拍攝時，不厭其煩替大家折掉臉邊可能會傷人的細枝。種種看似不經意的小動作，出自這名在日本演藝圈如日中天的新生代明星，尤其不容易。

待戲時，我們的磨鏡少年會拿著相機在旁拍花花草草，好個怡然自得的背影，又或原地蹦躂著打拳暖身，全不要人照顧侍候。不上戲時，也常常不驚動大家的跑來現場，同大夥兒擠在monitor前觀看，手邊不停地幫人折樹枝，時不時替某個take打得特別來勁的舒淇與周韵叫好。

此外，這位大明星還是個不折不扣的吃貨。

妻夫木聰愛吃，品味與食量兼具又不太忌口，與他同桌吃上一頓飯，便會對他如何還能保有修長細瘦的體格好奇不已。日本除了北海道之外，鮮少吃羊肉，過往沒太多機會接觸羊肉的妻夫木聰不出幾天就徹底愛上這一味，說得最溜的一句中文就是：「我喜歡吃羊肉！」（此外也會說閩南語「好呷」），曾有同仁們吃烤全羊忘了喊他去共享，讓他事後滿地打滾哭鬧：「我喜歡吃羊肉我喜歡吃羊肉我喜歡吃羊肉我喜歡吃羊肉我喜歡吃羊肉……」頗似多年前一支經典肯德基廣告。此外酒量也好，好得不像沾酒即醉的日本人，惟在工作期間喝酒非常節制，甚至冒著被嘲笑的險喝無酒精酒類，這是他非常敬業之處。

舒淇儘管老愛在眾人擁戴妻夫木聰時，擺出深宮怨婦百般吃味之色，實則也是與眾人打成一片，時不時會在等戲時替侯導或賓哥馬一下肩膀（不過更多時候是以匕首刺殺之）；在三姑六婆們聊天喀零嘴時搶過零嘴，當場用打火機點燃了示眾：「看吧，這就叫做卡路里，你們繼續吃，就是把這些卡路里通通吃下去！」每日收工之後眾人忙亂，這時的人力總得一個抵三個的用，大夥兒搬器材都來不及了哪還有空注意花了一整天製造的滿地垃圾，有時便見隱娘黑色的身影在川流人群間，一個一個拾著散落的紙杯。

大陸演員絕不降尊紆貴的來與工作人員吃大鍋飯，舒淇與妻夫木聰卻非如此，舒淇儘管為了身材考量，晚餐向來吃得極少甚至不吃，卻總愛來與眾人圍桌閒聊，妻夫木聰更是每頓飯都來展現其好胃口。兩人儘管語言不通，卻很能隔著餐桌一搭一唱，逗我們大樂，有他倆同在的餐桌總是熱熱鬧鬧的，有趣極了。

相較之下，大部分大陸演員似乎不好相處，太愛四下找人聊天的雷鎮語與隨和又氣質高雅的咏梅例外。然實際接觸之後，發現這些演員也非高傲之輩，頂多有些不食人間煙火，不太懂得與侯導之外的「下人」相處，如周韵，不了解的人會當她性格驕縱，索性私底下稱之為「大小姐」，實則大小姐相當純真直率。但凡身體微恙，大小姐當天便絕不上工拍戲，追究原因，卻只是大小姐很單純的認為「生病就該休息」，還會對我們的反應頗感不解，「難道你們不是嗎？」天知道整個拍攝過程尤其到了尾聲時人人累倒，有多少劇組同仁都是抱病在幹活的。

曾在演員訪問中，我們問及妻夫木聰，為何不顧一切非接演這部片子不可？要知道侯導曾放妻夫木聰一個大鴿子過，那時電影籌備中期，劇本還是半成品，我們這邊語焉不詳的狀況下，那頭妻夫木聰的經紀公司已替他空出一個月檔期預備接演，八字沒一撇的那時，那一個月自然是沒拍成，片約如山的超級大忙人妻夫木聰平白放了整整一個月的大假，還因此來台玩了一趟。那時經紀公司即勸妻夫木聰放棄這個片約，妻夫木聰想都不想一口回絕了。

「這是侯導的片子耶！侯導耶！」妻夫木聰略顯激動的這麼回答我們。

鏡子似的局外人

磨鏡少年被阿城貶得一文不值，追究原因，或許磨鏡少年是個格格不入的存在，其主場的桃花源山村，節奏也明顯放緩，明顯異於其他部分的快節奏。

水療法，這是我們私下在談論宮崎駿的電影時，稱呼他習慣在片中插入一段節奏慢的橋段，多半是在劇變（或大災難）之後，有讓主角們盤整心情重新出發的作用，轉折往往也都發生在此，這些橋段皆有或多或少都脫不開「水」的意象，故曰水療法。

一定要在每一部片中放入水療法，我們猜想宮崎駿自有其堅定意志，有個他一再嘗試想達到的目標，因為在我們看來，這些水療法橋段大多不甚成功，節奏太慢了，甚至是整部片中讓人難耐的敗筆，如《風之谷》男女主角二人落入流沙下領悟到森林自我淨化的能力，如《魔女宅急便》動了感情而魔力衰弱的小魔女夜宿森林中的女畫家家中，如《紅豬》變豬的飛行員主角回憶起在雲層之上目睹各國戰機匯集成閃亮雲帶而自己陣亡的同袍們也一一加入其中，《魔法公主》重傷垂危的男主角在森林深處的靜水池邊彷彿見到步步生花的山獸神為他治癒了傷勢……

如此遲至《神隱少女》問世。《神隱少女》無庸置疑是宮崎駿最好的作品，其中水療法的海原電鐵一段，小女孩千尋憑著四十年前的電車票，與一干雜牌軍的同伴，有無臉男有變成肥老鼠的巨嬰小少爺有嗡嗡如蠅的湯烏，搭上不曉得去往何方更不知能否有回程的電車，兩車廂樣式古典的電車行過下雨就會變成海洋的不思議之國原野，海上有藍天襯著的雲堡，有地平線上的房舍，有一閃即逝的平交道，入夜鬼魅似的霓虹燈一一飛掠過車窗外，車窗玻璃映著小女孩好長的人中、萬般專注的側臉……很有可能是老爺子這輩子創作出最精采的一段，讓我們能了解水療法原來是有這般作用，則宮崎駿嘗試了大半輩子老是失敗的水療法，也可以理解了。至於海原電鐵一段何以不同於其他水療段落的如此成功？我想，仍是貼緊現實的問題，水療法儘管大部分著重在劇中人內心的轉換與個人感受上，然而它還是得顧及普同的、每個人共有的經驗與體會，才不至於太過形而上，讓觀眾完全無法參與其中，不是惶恐看不懂，就是索性在久石讓的樂聲中睡倒。

桃花源山村一段的作用就很像水療法，故而天文與我不無擔心，尚在劇本會議時，已時不時提醒侯導，這段可千萬要小心謹慎處理好，讓它成為我們的海原電鐵段落，而非重蹈了宮崎駿早先作品的覆轍。

除了水療法，桃花源山村這麼不同於其他部分的原因，當然還有磨鏡少年，我們的磨鏡少年自不是原作中那個連彈弓打鳥都不會的無用之人（隱娘辭別劉昌裔離去時，請劉昌裔為磨鏡少年留個閒差虛職，也是順便吐槽了少年的一無是處）。磨鏡少年的定位十分有趣，他是個完完全全的「局外人」，他是倭國（日本）人，直接的就與所有人語言不通，他完全在聶隱娘的世界之外，離藩鎮、離節度使、離刺客的世界很遠很遠，然而飽受這個世界糾結的隱娘，需要的正就是個與這一切完全無關的局外人，磨鏡少年的出現，讓她看見自己過往無從想像的視野，因此片末體悟了一切的隱娘翩然離開，會選擇與磨鏡少年同行。

我們這部片曾有一設定，即貫穿全片的「鏡子」意象，鏡子這樣東西一再出現於隱娘各階段的幼年記憶中，這當然也與侯導談過的「回憶的主觀鏡頭中沒有自己」有關，隱娘藉由鏡子看見自己，察覺到自身成長與歲月流逝。而磨鏡少年，他以磨鏡為業，同時拓印收藏鏡背銘文；他背負著古老的家傳銅鏡，這面鏡子可避邪驅魔，照出山精老魅的原形，這些都是具象的鏡子，實則磨鏡少年自己就是一面鏡子，這面鏡子只為了映照隱娘，照出隱娘從小就被壓抑遺忘的另一面，因此我們看到，隱娘與磨鏡少年相處時是非常放鬆的，舉手投足帶著童真與稚氣，甚至讓人覺得，她隨時在下一刻就會綻開笑顏（儘管整部片拍下來，侯導沒讓舒淇笑過一次）。

這是磨鏡少年在我們這部片中的存在意義與不可動搖的地位，我們沒法子說服阿城，只好打氣似的不斷彼此提醒，磨鏡少年很重要噢，他可是聶隱娘乃至整部片子轉折的關鍵，到時候可不能拍著拍著就不小心把他拍成隱形人了。

唯獨這一鏡子意象，在電影開拍後便漸漸被遺忘，鮮少提及了。

要不要兩人世界

大九湖處處好景，一共拍掉八萬呎底片，然而是拍攝起步階段，很多東西還是實驗性質，到頭來審視一遍，能用的東西遠比想像中少得多，一定會用、篤定會用的，是蔣家農舍內的幾場戲。此地的老式農家很有意思，原色土牆、南麥草稈築成厚厚茅頂，這類老屋在當地人眼中都是等待翻新的老舊東西，翻新手法則是粉刷白牆、茅頂換成黑色布瓦，這是我們認為很難看的東西，總要在一大堆黑黑白白的醜陋新農舍中想方設法找出幾個碩果僅存的老式農舍，並暗自希望管理當局的文化保存觀念能在老農舍遭趕盡殺絕前有所進步，不過我們也曉得，應當保護的對象，在如此時間競賽下往往是落敗的一方——拆毀比保護要容易太多太多了。

農舍的主人，農民們也對我們的審美眼光無法理解，當我們對著他們缺乏財力翻修不及的老農舍讚嘆不已，尤其是那厚重歷盡霜雪的南麥茅頂時，農舍主人一臉匪夷所思之色，聽到侯導格外欣賞茅頂上綠茸茸的青苔，下巴幾乎掉到地上。這是文明觀點的衝突，我們惋惜當地人不知珍惜應當要珍惜的事物，卻也不免自省，在現代生活中早已享盡一切好處的我們，是否有資格「妨礙」他人對便利生活的追求？

葉晏孜繪圖，黃文英提供

蔣家農舍就是典型的老農舍，位在離湖稍遠的山坡上，背倚山林，要上到農舍先得爬過泥濘滑腳的山坡（可憐了技術組扛重器材的苦役們）。農舍主人是一對老年男女，年過八十的屋主蔣老先生，和我們本以為是蔣老太太的七旬老婦，探問過後才曉得老先生與老太太非親非故，是男鰥女寡，當地政府遂安排兩人同住，好在晚年能有照應。老先生老太太正是我們在大九湖遇上為數不多的好人之二，儘管蔣老先生的兒子時時在現場徘徊伺機削錢，老先生老太太卻是純真好奇，搬了張凳子到泥濘小院子中，同我們在 monitor 前守上一整天，微微蹙眉緊盯的模樣專注極了。

兩老任由我們這群不速之客「霸占」屋舍一週之久，過了一輩子農舍生活，無法接受我們請他們去住一週旅館的提議。我們因此對老先生老太太十分過意不去，盡可能在這期間照料兩老生活，並在院中為被趕出屋的兩老生火取暖，燒得一院子濃煙刺鼻，在場眾人無不燻得淚流滿面，而屋內，地爐前的舒淇一樣被火煙燻得涕淚交加，以致當聶家父女一場情感戲時，舒淇意外造成戲裡戲外的人皆情緒崩潰，大家索性哭作一堆，便賴給煙霧也就是了。

是的，情感戲。蔣家農舍在片中是桃花源村長家，是聶家父女與磨鏡少年在村中的棲身處，三人之間許多細膩的互動都在此場景中，拍攝時，侯導多次對演員的情感調整，手法也很精巧。

在農舍內部拍攝的第五十二場隱娘照護聶鋒傷勢，與第五十七場磨鏡少年為隱娘療傷，在劇本中都是兩人世界，著重在兩人相處的情感流露，然而侯導在五十二場加入了老者與田興、五十七場加入聶鋒，這麼安排令很多劇組人員生疑，認為會破壞兩人世界的氛圍，然而結果如何，不拍出來還真不曉得。

一開始拍五十二場時，飾演聶鋒的倪大紅面對擠在面前的隱娘、老者、田興三個人，連喝一碗湯藥都是三雙手一塊捧到嘴邊。以演員角度而言，場面擁擠而尷尬，連演技實力派的倪大紅都明顯捉摸不著情緒；以劇中人角度來說，聶鋒畢竟是一員大將（都虞候等同於今日憲兵司令），在人前自有矜持，不可能當著老者與田興的面吐露心事，因此在侯導陸續將老者與田興「趕出去」、恢復原本的兩人世界後，倪大紅的情緒便很明顯到位，太到位了，激得舒淇不顧劇本的痛哭。

至於第五十七場，聶鋒的在場反倒有意想不到的效果——去除所有情色的暗示，回歸這一場戲的本質，亦即隱娘與磨鏡少年的相知相憐，是很動人而純真的情感。畢竟現在的電影觀眾已經被訓練得太好，一見舒淇與妻夫木聰女的美男的俊，又各自形單影孤，加以寬衣療傷併著真情流露，可能都在心裡默念：「要上床了、要上床了，這下子總該上床了吧？」而屋角臥鋪不引人注意、靜定注視兩人的聶鋒，正好打破這樣的情色暗示（雖然大家打趣道，聶鋒拿著劍緊盯磨鏡少年，比較像「你小子敢對我女兒出手，我就——」），也提醒了觀眾，這世上多得是比男歡女愛更動人的情感，我們的視野不覺已被限制得太狹隘了。

蔣家農舍內狹小雜亂，小到除了演員，只能勉強再塞下攝影機與攝影組外加侯導，然而鏡頭中的農舍內部，唯一的光源就是地爐小火，照出暗橘色為主的色調，昏暗卻又輝煌，人物側顏在光暈中很有唐畫的味道，即便不是動人的真情，光這畫面也值回票價了。

片中的舒淇在地爐邊為父親煎藥，我們只見她手上忙個不住，卻不知她手上的活兒究竟是什麼，方才好奇著，一個鏡頭拍完舒淇已走出農舍，拿著剛烤好的紅薯分送工作人員品嘗，熱騰騰的紅薯燙得拿不住，讓人卡通式的在兩手間拋來拋去，在酷寒中工作大半天，這現烤紅薯簡直讓人瘋狂！

就是不願戲劇化

如同兩人世界，不拍出來不曉得效果如何，有些調整亦然，不把每一套修改拍過一遍，永遠無法得知哪一種效果更好些。

少年向隱娘敘述古鏡之語以及自己身世的一段，劇本中原先是放在日暮時分，桃花源村村長家院子裡，忙碌磨鏡一整天後的少年收拾磨鏡器具，對著好奇探看的隱娘解釋。侯導第一次調整，將這一場改到了同一天的深夜，同樣在村長家院子，也就是蔣家農舍，鏡頭由屋內倚著牆睡著了的聶鋒，向左 pan 過狹小的前面門廊，來到院子中央升起的火堆，火堆旁的少年，撫弄銅鏡沉入了回憶中，久久方才察覺到隔火堆注視自己的隱娘目光，乃大方遞出銅鏡，娓娓道起銅鏡從何而來、自己從何而來。

這一場戲讓妻夫木聰瞎擔心了頗久，本以為整段對白完全要用中文來說，敬業如他，並非懶得學中文，而是擔憂怎麼講都講不好。侯導告訴他，絕不幹逼演員硬說自己不熟的語言這種事，第一個效果就會很差，演員不可能表現得好。是故，所以《悲情城市》，侯導他寧可讓梁朝偉當個啞巴，《海上花》把梁朝偉的王蓮生一角改作廣州來的買辦，仍說自己的母語，偶爾一兩句生硬的上海話也符合劇情需要。

妻夫木聰放了心，上戲時，自行調整了他的對白，調整不大，效果卻自然很多。我們原先的設計是，少年第一句話「唐土古鏡，妻家的傳家寶，能避邪驅魔」用彆扭的唐語道來，因語言不清，下一句「萬物裡，老久老久成了精的，能幻化成人形，眩惑人，只有銅鏡可以照出原形，所以古來的入山道士，皆用明鏡懸於背後，則老魅不敢近人」直接改用日語（片中稱倭語），接下來自己的身世一大段也用日語說，故而他要練習的只有第一句中文。在待戲時，卻聽他連接下來的「萬物裡……」也在練習，以為他搞錯了要提醒他，才曉得是他要這麼改的，認為下一句話直接改口的轉折太生硬，遂改作中文續講了「萬物裡」後，少年詞窮

葉晏孜繪圖，黃文英提供

了，輕微的「啊、呃」了聲，尷尬一笑，用日語流利開始道來：「老久老久成了精的……」這樣的改動非常好，侯導認為，這代表演員機靈，同時能充分掌握自己的角色。在日後的演員訪問中，妻夫木聰自言最滿意的就是這場戲。

我們工作人員也普遍覺得把這場戲搬到半夜極好，一來是劇情安排，這是劇本中最忙碌緊湊的一天，日出前，田興聶鋒、元家黑衣殺手、隱娘等三組人馬大玩連環追逐；到了早晨，隱娘與少年聯手救下田興聶鋒；中午自村店出發，途經海蝕岩洞上山；過午到桃花源村，少年磨鏡，隱娘看顧聶鋒；暮色，兩人終得偷閒，乃有了這段銅鏡與身世之語……接下來，劇本就「一宿沉寂」帶過，如此到了次日清晨，方才有了隱娘與精精兒殊死戰。時間銜接上，似乎下午太過忙碌，而晚上空白了一大塊沒有任何交代，將這場戲由下午搬到晚上，正好填補了這空白，聯繫了出一條完整的時間線。

二來是戲劇效果，調整到深夜的這場戲分外有味道，戲劇效果足。大九湖萬籟俱寂的深夜，天幕澄黑，星河如緞，入耳惟有蟲聲唧唧，妻夫木聰獨白的嗓音低沉好聽，兀自迴響在巨大的寂靜下，宛若直叩心頭。火堆旁的兩人，火光明亮臉孔，使兩人輪廓更加深邃好看，尤其是專注聽著少年獨白的隱娘，眼珠子中映躍的火光，更襯其專注熱忱，讓人相信這場戲所傳達的，儘管少年兀自用日語敘著，隱娘卻是聽得懂的。

喜歡這場戲的人占大多數，那一晚收工，人皆沉浸在方才的美好氛圍裡，想聽侯導好好點評誇讚一番，卻見侯導搔抓腦袋似不甚滿意。

「（這場戲）放在這裡太刻意，好像安排的一樣。」侯導也沒明確指出哪裡不好，但了解他的人都明白，侯導就是感覺不對。

「好像安排的一樣」，侯導的老習慣又發作了，但凡對侯導有點認識，都很清楚侯導這點好惡。「如果想出來的每場戲，都帶有作用和目的，這個場景引起下個場景的發生，下個場景旋即又搭上下個場景，一個連一個的，侯孝賢立刻就顯得不耐煩，齜牙咧嘴道：「太假了。」」此應該就是郭松棻說的，可以去「『圓』而故意不去『圓』的那個意思罷。」《戀戀風塵》書中是這麼描述侯導此一習性，在他談論這場夜戲時，當年「齜牙咧嘴」之色浮現無遺。

至於我們勸他的，這場戲搬過來，一整天的時間線會比較完整，隱娘少年不會天亮忙到天黑結果到了晚上沒事做。侯導瞪大眼睛：「沒事做就沒事做，人哪有一天到晚都有事做的？沒事做就去睡覺！」

回頭去翻翻天文的《戀戀風塵》一書，不難發現，從《戀戀風塵》到《刺客聶隱娘》，侯導不見丁點妥協。《戀戀風塵》主要記敘了該片前期的劇本建構與後期的剪接調整，各篇章著眼點不同，侯導不愛嚴謹的結構、不愛刻意安排、不愛直線敘事、不愛分鏡、不愛設計的東西、不愛伸進來干預的手……總歸出一句話：就是不願戲劇化。也許真是沒辦法逼他拍出一部商業片吧，先前拍攝玉玦或精精兒面具，稍微拍攝個特寫鏡頭介紹一下這些關鍵物品，暗示說它們很重要以後還會一再出現請多看幾眼噢，侯導才看著 monitor 便大搖其頭。

「我操，我怎麼會出拍這種商業片鏡頭來？」侯導這麼嗤笑自嘲著。

不過我難免也學學天文，當侯導又對他認為太安排太戲劇化的橋段動刀時，向他抗議：「導演，我們又要少幾千張票房啦！」侯導笑笑，照砍照刪不悟。

到此漸漸能明白了，何以當初侯導宣示《刺客聶隱娘》將是一部商業片，他會嘗試大量戲劇化手法時，所有同他合作多年的老夥伴們都聳聳肩，擺出一副「聽聽就好」的神色。

結果這場戲調去了利川重拍，地點在谷地與岩洞交錯間，電影裡的時間則是稍早，一行人要從村店登山道桃花源村的半途。侯導認為，人在行路時心思空白，容易東想西想，加上四周若隱若現的空谷山歌（是當地人真正歌唱的環境音，而非特意錄製），彷彿能參雜著當年新婚妻子鶯舞於庭的樂曲，隱娘又是那麼美（大家打趣笑道，還是除了採藥老者的那頭黑驢外，方圓幾里內唯一的雌性生物），很容易就引發少年對故土的思念情懷。少年對隱娘自述身世，侯導希望「更不經意，更不安排」下發生，最終方案是在一行人午餐稍歇時，隱娘與少年為長輩們收拾碗盤，不經意地談起，比起張力十足的夜戲，改在這裡似乎有點平淡，然而侯導依舊覺得太刻意，最好是「兩個人連坐都不用坐下，站著講完」，例如為馬整理鞍轡，站在馬邊把話說完。可惜的是，在利川停留的那唯一一天已日暮西山，而大忙人妻夫木聰再也壓榨不出一天檔期，站著談話的構想也只有忍痛放棄。

拍攝這一場戲的餘波，是芝嘉身為場記得盯著現場，慘遭彆腳中文近距離洗腦，接下來到湖北外景結束，時不時會聽到芝嘉用日文腔中文碎唸著：「唐土古鏡，妻家的……」

可愛也可恨的山中精靈

利川位在湖北西南角，山明水秀，觀光業還沒大規模發展起來，自然環境保存得好。

我們主要取景當地的岩洞，崇山峻嶺間，谷地與岩洞相接，岩洞出一洞又一洞，岩石孔隙多，洞中並有水流；谷地位在岩洞與岩洞間，草地潤澤綠茵，夾著兩旁峭壁，上懸一線天。當地人說岩洞是海蝕洞，由地殼作用抬升到內陸深山裡。然而在地理上，利川算是雲貴高原的最北分支，有雲貴高原最代表性的喀斯特地形，即石灰岩溶洞與洞中伏流，並會生成鐘乳石及石筍，這些東西，我們確確實實都有在拍攝的岩洞中看到。

會來利川外景，除了看上岩洞太特殊的景致外，也因當地山歌。利川的居民多少數民族土家族，居民就在懸崖絕壁頂端小小平坦之處築屋種玉米而居，兩邊崖頭的山歌彼此呼應唱響，嘹亮又悠遠，又好像漫山遍野的塵霧，朦朧且明亮。我們在利川當地的地陪，同時也被我們抓下海臨演的立高叔，受過當地政府表揚並報導，算是小有名氣的地方人物，尤其擅唱山歌，收工後領我們繞後山山路上到崖頂他精心布置的家屋，厚南麥茅頂，夯土外牆掛得滿滿曝曬風乾的玉米，一隻看家的大山雞像小狗的讓人摸摸頭。立高叔一路山歌高唱不絕，嗓音高亢拔尖卻不刺耳，那般中氣，是要唱得對面山頭清晰可聞的，還要不失調情的活潑——山歌內容，千篇一律的是少男少女的彼此調情。

這些土家居民好像山中精靈一般神奇，不光只是那若遠又近的好聽山歌，我們在一線天谷地拍攝時，拍著拍著，竟有村民接二連三從近乎垂直的峭壁（那個峭壁被侯導稱作馬頭峭壁，因其形狀好似一張將嘴吻埋入草中的長馬臉）攀下來看熱鬧，動作溜活可比猿猴，我們看著瞠目結舌之餘，還要疲於奔命防堵他們入鏡穿幫，這麼做好像打地鼠遊戲，好容易圍堵了一處出口，便見其他人又從四面八方各處冒出，防不勝防之餘，也讓我們打心底敬佩他們的好身手。

極遙遠處的山脊，兩面山脊接好似刀削，卻有精靈沿著陵線牧牛，牛鈴聲悠遠恰與山歌應和，讓人驚訝的是笨重的耕牛如何上到陵線的，莫不是牛隨著山中精靈生活久了，也沾染上他們的靈氣了？

唯獨這些山中精靈超會打劫。

在停車場，早該先行收工撤離的錄音車和運馬車都還杵著不動，侯導秉持事必躬親的精神上前關切，先問錄音車怎麼了，只見錄音組氣急敗壞告狀，山中精靈們偷了他們一綑電線，被人贓俱獲逮個正著，卻不料對方說不還就不還，侯導協調一番無效，只有示意製片掏錢了事，我們不禁定論，這不叫偷電線，這叫「擄線勒贖」。

贖回了電線，侯導趕錄音組上車離去，轉而關切運馬車，卻見車後斜斜搭放好讓馬匹上車的木板前，竟在半天之間多出一堵金字塔也似的沙堆，馬師們與車師傅正同另一夥山中精靈吵得熱烈，原來是精靈們堅持，馬匹上車必定會踩壞沙堆，而這堆沙要價六千人民幣！

不在場的其他人難免要問，那不就上車去、把車開出去個幾步路就好了？我們只能說想得美，車頭前早就被堆滿了桌子椅子的一大堆家具！到此我們不免啼笑皆非，想要買路錢就直講好了呀，何必布置這麼一大堆還找些踩壞沙堆等等的荒謬藉口？

跟下山的立高叔很快站到了同胞那一邊，和事佬樣的勸我們花錢消災，眼下真是四面楚歌了，一番討價還價後，沙堆以四千塊人民幣成交，村民撤走家具，黑馬黑驢踩著沙堆上了車（說真的，沙堆並未坍塌多少），運馬車與導演車一前一後絕塵而去，將雲霧繚繞的山谷與悠揚山歌遠拋身後。車上的我們賭咒發誓再也不來此外景了，然而回想起山中精靈們搶錢的神情，與高唱山歌時一樣的興高采烈，一樣的純真無邪，於是乎頓悟了，這就是他們的生活方式，對他們而言，就如吃飯睡覺下田耕作一般何錯之有，則我們除了釋懷，也別無他法了。

雷鎮語粉絲團

銀杏是極其美麗的植物，大阪的御堂筋，這條道路為銀杏行道樹所夾，將御堂筋來回走個一趟，應會對銀杏之美深切有感。

尤其是秋天即將落葉的銀杏，一樹微有青綠的金黃，小小葉片並不焦枯捲曲，一一呈現精雕細琢的扇形，樹型也美，深色直挺的枝幹，無開枝散葉的雜亂感，唯一的缺點就是銀杏果，好吃的白果是種子內核的部分，至於它的種皮，掉在地上給秋陽曬一番，又不幸讓人一腳踩個稀花爛，則當場四溢可怕的稀屎臭。

隨州據稱是炎帝故里，同時正是隋朝楊家的發跡地，是因「隨」涵義不佳，楊家得了天下才去「隨」的「辶」邊為「隋」。隨州是中國主要的銀杏群落之一，當地就有這麼個地方，洛陽鎮的銀杏谷，一整個谷地的銀杏，據當地導覽稱有上萬株。儘管谷地本身幾無觀光設施，只有谷口立著個意義不明的大算盤，幾座介紹隨州古今名人的石碑，一條石磨鋪成的步道，相當簡陋，當地卻頗有把此銀杏谷發展成渡假村的野心。

我們挑中的隨州外景地便是銀杏谷。

早幾天在大九湖，因再過數日就正式到了神農架封山的下雪季節，唯恐錯過下山時日要被困在山上過冬（村民乘人之危不曉得會開出何等價錢來），侯導一度考慮，是否將隱娘與精精兒結束打鬥的對峙移下山來拍，就在銀杏谷找棵千年大銀杏為景，侯導的想像畫面美呆了，想著打鬥的兩人撞上樹幹，震落一樹銀杏葉如黃雪，隨兩人對峙，飛雪似的落葉漸漸平息，待末了一葉滴溜落下，精精兒面具縣裂。

「你這根本是《英雄》裡某一幕！」收到天文隔海的吐槽，加以大九湖的拍攝險險趕在下雪前結束，侯導便沒實行這個盤算。

在銀杏谷拍攝的剩下村店一個鏡頭，用作村店的農舍外方場，三棵巨大銀杏環繞，坐在樹下的田興給打瘀青了半邊臉，遣隨軍回魏州城求援，又好奇探問採藥老者營生，以及磨鏡少年身世，二人對白多，對話的同時，與隱娘在村店中照料聶鋒的少年外出提水，小短腿來回奔行，我們拍了幾個 take，妻夫木聰便來回跑了幾趟。

此鏡頭開拍前，monitor 前已密密麻麻擠滿號稱「雷鎮語粉絲團」的成員，以團長小郭為首，嚷著要好好享受偶像雷鎮語在鏡頭中的一舉手一投足。說起雷鎮語，很多人當他是劇組的寶貝，所到之處，真如同一場雷陣雨過境，因雷鎮語酷愛找人聊天，且話匣子一開便無了時。鏡頭裡的雷鎮語，一直有過度表演的問題，其實雷鎮語外貌挺拔是個上好衣架子，口條也非常不錯（後來議事廳一場完全看他揮灑好口條），在大陸專演蔣介石，卻是在對岸演藝圈的氛圍下養成許多積習，喜歡搶鏡頭，多半是一大堆細碎的動作，如走出房子的同時伸著懶腰，如一大群人行路時要回頭招呼每個人跟上，如跟誰講話時手一定要指著誰，如一個人坐在牆角包紮手傷時把條綳帶左一圈右一圈的繞得起勁……

以上的動作是在大九湖岸民宅，雷鎮語的首度演出，一個 take 還沒拍完，大夥兒紛紛背過身去悶笑，小姚一臉詭笑晃來 monitor 前，腳下猛踢副導妙紅不住，惹得妙紅邊憋笑邊向他嗆聲：「又不是我要他這樣演的，你踢我幹嘛！」

回到隨州三棵樹廣場，眼見雷鎮語坐在樹下哼唧扭動著，可能想表現出頭痛難耐吧（前一場田興被擒，被黑衣人刀柄敲頭），侯導吩咐雙機拍攝，一機正面拍攝田興與老者談話，一機追著磨鏡少年提桶奔出村店 pan 向山溝邊，再追著打了水的少年 pan 回村店，田興與老者的談話始終都在，成了 OS。我們一看不妙，轉而詢問的眼光看向侯導。

「到時候當然用 B 機拍的，小短腿（侯導對妻夫木聰，或者該說對磨鏡少年的暱稱，實則妻夫木聰儘管不算高，腿可不短）跑來跑去多有意思，A 機正面拍的，哄哄他（雷鎮語）而已，到時候拿他的聲音當 OS。」侯導賊笑。

A 機拍攝的鏡頭逗樂了廣大的粉絲團，雷鎮語一個 take 拍完，跑來 monitor 前細細欣賞，與眾人同樂，惟並不清楚眾人究竟樂的是啥。

一下午的秋陽曬得谷地暖騰騰的，卻也蒸散出爛了一地的銀杏果可怕的稀屎臭，滿坑滿谷氣味濃烈如凝塊，讓想待下去的人都有些吃不消。我隨侯導爬上谷地邊沿一處小土坡看景，侯導左看看右看看不甚滿意，遂放棄了留此多拍一日的念頭。從山坡上瞭望銀杏谷，日暮的銀杏谷，除卻了大算盤與石磨步道，再沒別的了。銀杏美則美矣，然秋日金黃不過就是這數日光景，餘他時候，不是好看但不特別的一樹青綠，就是寒冬寂寞的空枝了。

「想開發成渡假村，想得美了。」侯導不禁搖頭嘆息。

儘管如此，隨州當局的渡假村計劃依舊堅決，數日後我們接到請求，要我們先行剪接好隨州片段供宣傳渡假村用，此一全然不懂電影工作的外行人要求，自然是氣壞侯導了。

侯孝賢挑戰侯孝賢

「長鏡頭」（long take）已被認為是侯導的註冊商標，然而侯導一開始使用這種長拍手法時，還不知道此一名詞。

侯導使用長鏡頭，起因於早年對拍片方式老舊的改革，這在天文的《戀戀風塵》有詳盡描述：「彼時為了省錢省時省力，都以一個鏡頭一個鏡頭拍，好比兩人對話，往往先把一個人講話的表情都拍完，再拍另一個人講話，之後剪接成一場對話。演員也沒有講話的對象，頂多在攝影機後面舉著拳頭當作給演員一個視線，每個鏡頭又短又碎，談不上發揮演技，多半只好對攝影機不自然的擠壓出各號表情。當時侯孝賢就替演員感到辛苦，心想有一天他做導演的話，定要先解脫演員的這種不幸。幾年後，他跟陳坤厚輪流執導拍了六部電影，就開始一點點實現他們的想法。先拍得長，拍得全，讓膠卷跑，演員演，一場戲不剪接分割的一口氣拍下來。而這場戲，重點如果是在某個角色身上，再切入單獨拍他，而雖然單獨拍他，所有參與這場戲的人還是要配合著照樣又演一遍。如此拍完的一部電影，總是使得老板們抱怨不已，他們怎麼也想不通，為什麼從前兩萬五千呎可以拍成的電影，現在非得至少四萬呎拍不成。」

侯導也很清楚記得這段往事，笑說：「當時我拍就對了，哪管拍攝手法，到很後來才知道這就是他們說的『master shot』。」

豈止很後來，直到二〇〇八年上海舉辦巴贊（André Bazin，1918 -1958）研討會，特別邀請侯導出席，侯導遂請筑悌（侯導涉法事務的法語翻譯）找出巴贊的片子看，筑悌慘呼巴贊沒有片子呀，他是《電影筆記》（*Cahiers du Cinéma*）的創辦人，寫實主義電影的理論大師，法國新浪潮電影之父。侯導這才把巴贊的經典名著《電影是什麼？》翻了一下，笑說：「怪不得他們會找我討論巴贊，因為我是一個活生生的例子還在那邊，是恐龍沒死還存在的範例。」

長鏡頭拍攝的代表作，侯導自認是《海上花》，幾乎是一場一鏡頭，因此依賴軌道車拍攝、鏡頭跟隨演員的動作移動，如起身沏茶之類微不足道的動作，都是刻意安排好的。然而侯導認為《海上花》已將長鏡頭發揮到極致，他已厭倦如此手法，要嘗試改變了。

侯導想用 BOLEX 攝影機來拍攝《刺客聶隱娘》，BOLEX 其實是一間瑞士的攝影機製造廠商，我們所說的 BOLEX 攝影機是它所生產的16釐米攝影機，時至今日，BOLEX 幾乎已成為這一型攝影機的名稱。BOLEX的一大特色，在它的動力來自手動發條，手動上滿一次發條約可拍攝二十至三十秒（當然可接電動馬達，則拍攝時間不在此限），以前戰地記者用BOLEX拍攝，拍完不重上發條，隨手一扔便有專人拾取回收，自己則取攜帶的新機繼續搶拍，這就是侯導認為有趣的地方。

「若是用BOLEX拍灌木叢會怎樣？」返台的機場候機時，侯導這麼問。

一個鏡頭二十幾秒，每二十幾秒就是一個新的開始，當BOLEX的一個鏡頭拍完，演員仍自顧自演下去，不會停下來等待攝影師，便是考驗這攝影師的能耐，並逼迫攝影師無法在那裡擺「框框」（frame）或東想西想的拍一大堆東西，二十幾秒只夠他把眼前的人拍好，「我這部片打算的就是這種做法，找一個好景，就把景丟開，專注拍人，用BOLEX拍。」此方式拍出來的打戲，一個個鏡頭不可能拍得完整，得到的將是片段、不連貫的鏡頭。

「攝影師要非常了解人，懂得如何去捕捉人，很清楚這個take要拍什麼，下一個take要拍什麼。」侯導說：「BOLEX拍出來的東西不是完整的，但能拍出演員的能量，我本來就不要接得很順但沒能量的打戲，用BOLEX來拍灌木叢，再跟磨鏡少年尋找隱娘的鏡頭剪在一起，我也不知道會剪出什麼來，會很過癮。」

同時，《刺客聶隱娘》片中將有不少十三年前的回憶畫面，侯導也希望用 BOLEX 來拍攝回憶畫面：「人的回憶是片段、閃動的，破破碎碎印記的很強烈很適合用 BOLEX 來拍，你軌道車拍出來的長鏡頭，根本不對嘛！」

BOLEX 集中、手持震動、粗粒子的畫面，也才是侯導要追求的質感，反之，對現在攝影機日益精進的細膩解析度、行雲流水的運鏡，侯導搖頭：「全是死的東西。」

侯導打算以 BOLEX 來挑戰自己過去註冊商標的長鏡頭，卻也感嘆一路走來的工作夥伴們跟不上自己的躍進，一聽侯導要用 BOLEX 拍攝整部片，幾乎人人都搖頭道不可能，惟副導小姚能理解侯導要的東西，侯導帶著「知我者小姚」之色，畢竟是做了些妥協，本來打算以 BOLEX 拍完整部片的，現在留作僅拍攝回憶畫面部分。看侯導的神色，顯然沒放棄要用 BOLEX 拍攝整部片的想法。

也許再等下一次吧。

京都

拍攝日期

2013, 1/15 – 1/26, 2/3 – 2/7

善言不如善聽

京都外景是非常非常愉快的經驗，特別是在我們受過大九湖的洗禮後，更能體會日本物質生活的美好，與收工後的愉快生活。看到大夥兒「我們以後多來京都出外景吧」的涎著臉，身兼總製片的廖慶松廖桑總要板起臉訓斥：「你們知道日本開銷有多大嗎？每天開門就要多花三倍的錢，我看再來出一次外景我們資金就光光了。」

多虧我們住宿的飯店挑在京都五條，五條是寬闊平直的聯外道路，放眼荒蕪沒啥逛頭，若是挑在熱熱鬧鬧的四條，尤其是百貨商店街林立的四條河原町（以台北來說，大約等同忠孝復興一帶的東區精華段），可能每天要上工了，還得去市街上抓人回來。

我熟悉京都，京都是我從五歲至今旅遊過十七次的地方，熟悉的程度堪比台北市，故而出京都外景，工作之外的生活多了許多樂趣，收工以後除自己過過遊客生活，偶爾也拉著侯導一塊出去，侯導想著工作的事無心玩樂，又因為京都夠熟，待的時間夠長，能以一種近乎日常生活的步調過下去。兩個人多一起吃頓飯，去超市添購日用品，侯導很照顧人，超市買了大量便宜水果總四下分送掉，並買幾雙保暖刷毛拖鞋給大家——拍攝寺廟的戲必須脫鞋，冬天的木地板可是會凍得人腳板劇痛如刀割的。

（也不曉得侯導是否有刻意散發，短短幾天之間，收工後來敲門詢問的同事們，詢問的內容很快由劇本討論徹底變成了京都旅遊指南。）

我與侯導第一次同遊京都是我八歲時，一九九四年京都遷都一千兩百年祭的那個夏天，那時候是長輩與晚輩的關係，這一次則是工作夥伴，我們一塊逛街時，談論的卻不盡然是工作內容，大部分時間，是我跟侯導鬼扯淡一些奇怪知識。

我有點知識狂性格，惟樣樣通樣樣鬆，什麼都能談，可都不太深入，又感興趣的都是些冷僻知識，想跟別人分享心得，往往造成他人掩耳逃離，而侯導卻不，侯導是修養與素養都好得不得了的聽眾，我說什麼就聽什麼，聽得津津有味。逮到個理想聽眾，我自是滔滔說個不停，往往事後回想起來，仍覺得自己太白目賣弄了點，然侯導的反應卻著實讓人感佩。

侯導不是神，不可能樣樣都通，事事都懂，但他對於未知事物的絕佳的態度，是他之所以能超乎常人的原因，「侯孝賢總是不論從誰那裡都可以得到啟發似的，化為自己所有。『善言者不如善聽者』，他就是善於聽人講話，裡裡應外合，與人無隔。所以他也善學，而又豁豁如無學，不落在一個範典名目上。」這是《戀戀風塵》中對侯導的側寫，時隔近三十年，侯導的好習慣依舊半點沒變，對我這後生晚輩近乎胡扯的灌輸各種知識，他不鄙夷的照單全收，照單全收了，往往就在下次上工拍片時對其他人演講，現學現賣。

現學現賣，這就是我最敬服侯導之處。侯導並非錄音機式的轉述我灌輸給他從唐代歷史到京劇到動物學到民航機到京都導覽到農作物到水圳埤塘的雜知識，而是必定有他融會貫通的體悟，我聽得出哪些是我對他絮叨的東西，但哪些知識已不再屬於我，而是侯導自己的東西，屬於「侯孝賢」的一部分。侯導將我已熟稔不過的知識摻混了我聞所未聞的體悟，是非常新奇的經驗。也唯有像侯導，人生歷練深厚，又有善聽、多聽的好習慣，知識準備充足，任何新東西都能觸動他，讓他自有一份體悟。

京都市區內的琵琶湖輸水道密布，如白川，如高瀨川，如哲學之道，日本人將這些已無實際功能的人工圳道整治得極好，皆是富有價值的觀光資源，一排臨水的料亭在春花秋月下有多風雅！相較之下，也曾水網密布的台北市，人工的圳道先是成為臭水溝，或骯髒的大排，進一步加蓋箱涵的潛入地下，消失在我們的城市中，要尋找還得發展出一套水圳考古學。我看著京都的水圳有感，與侯導談論起怎麼尋找台北的瑠公圳遺跡，有好些特徵，如歪斜的巷道、相較兩旁明顯低矮下去的民房，細察路邊偶爾還可見橋墩殘跡……還有還有，我隨口拋了一句，看廟，早年人們喜歡把廟蓋得面朝水道，故而被幾條歪巷迷惑時，找找看哪條歪巷有廟宇面對著，那地下八成尚有瑠公圳涓涓流過。

殊不料次日，侯導藉由「台灣早年人民有將廟面朝著水道蓋的習慣」，對工作人員們洋洋灑灑發揮一大篇演講，談人與土地的關係，談建築與歷史相依的脈絡，談先進國家保留建築

即保留歷史的態度，談老建築例如老火車站的何去何從……這段演說，在回到台灣的日後，侯導聲援即將被台灣科技大學拆毀收歸校地的山城眷村煥民新村時（台科大校方甚至還不曉得拿這塊校地何用，反正先拆掉收回來再說），又更完整理論更縝密的論述了一次。

侯導也是個可愛的聽眾，容忍我的任性，任我拖著他跑。曾在京都的超市，侯導正伸手向最大一山最肥美亮麗最特價折扣的和歌山蜜柑時，遭我橫手阻止，我換上了綠色和平組織的口吻，正色說：導演啊，和歌山的東西要抵制的，你知道和歌山是日本捕鯨的大本營嗎？和歌山的漁夫假傳統文化之名多殘忍的殺害鯨魚跟海豚啊！導演你是電影人，應該知道前幾年的奧斯卡最佳紀錄片《血色海灣》吧……云云。

「欺負動物最沒意思了，好，抵制他們！」侯導立馬改挑廣島蜜柑，叨念著。

之後侯導每每上超市，看到和歌山的水果，總要嘟囔著抵制和歌山。外景工作如麻，加上拍攝內容不時調整，侯導的心思全花在工作上，我想到了後來，侯導應該也不記得抵制的初衷到底是什麼。

京都外景結束前幾天，侯導照例來到超市，又要批走一大堆分送給劇組的水果，和歌山不愧是農業基地，不只蜜柑，各種水果都占了最大宗。

侯導說：「喔對，要抵制和歌山。」伸出去的手一改方向轉開了。

走閣道

我們在與日方借景拍攝的接觸過程中，充分認識了日本人是個極有禮貌但也極不友善的民族，排外心很重。借景這檔事，對日本劇組易如反掌，對外國劇組難如登天，唯一的方法就是取得日方投資，故日本的資金對我們並非不重要，然而我們爭取日方投資的最大理由，仍是為了取得借景寺廟的拍攝權。

日方由松竹映畫公司投資，松竹映畫的製片山本一郎故而全程陪同，山本同時也是山田洋次導演的編劇，表面上有著日本人皆然的謙謙有禮，卻也是少數硬脾氣肯衝撞不退讓的日方人員，綽號昆蟲，據說是侯導看他長得像昆蟲便這麼喚他。侯導為人取綽號的才華遠遠不如他拍電影的才華，比如前松竹製片市山尚三，曾在《好男好女》、《南國再見，南國》、《海上花》等片擔任侯導的製片，因其姓氏市山的發音為Ichiyama，侯導索性音譯為「一隻野馬」。

何以借寺廟如此重要？實在是日本將唐代文化保存得太好，好到讓我們這些唐人的子孫汗顏，在先前的編劇會議上，阿城即道：「眼下要找唐代文化，只有往日本去。」立足京都的寺廟，很快就會有時空錯置感，真以為自己回到了唐代，而非在現代文明城市的包圍間。例如待了最久的大覺寺，深色原木的建材與同樣青黑的屋瓦，庭園植栽不是秀氣的小花小草，反倒扶疏如林，比起現下華人世界大紅大綠質感如塑膠玩具的廟宇（民族學出身的我，盡可能秉持公正看待各文化，卻仍極度受不了台灣的交趾陶剪黏藝術），才真正像是宗教場所，有肅穆、飛升之感。

除了打戲，我們在京都的寺廟幾乎只做一件事：走閣道。

閣道，顧名思義，是構造類似亭閣的廊道，更白話粗俗點的形容就是有加蓋的廊廡，多半架高在庭園花木之間，用作兩建築間交通的管道。要原木色有質感的閣道，要閣道外深邃沉綠的庭院，要兩者完美的搭配，我們別無選擇的只能求助於日本，方才有了這一趟外景。

幾個寺廟如大覺寺、東福寺、清涼寺，外加一個平安神宮，閣道各異，演員們形形色色來去，場景情境各不相同。冬天拍攝閣道可非樂事，閣道木地板大冰塊似的會凍傷人腳，也才會有侯導要買刷毛拖鞋分贈眾人禦寒。木地板不須細看，光憑腳丫子踩上去體會到的厚實感，便知鋪成的木料頗有厚度，似立體的木條而非薄薄木片，也只有如此才不會輕易因受潮或日曬而變形翹起，並在人腳經年累月的踩踏下打磨得光潔，看著竟有點熟悉，讓人想起外曾祖父家，苗栗銅鑼的重光診所，二樓的檜木地板正就是這模樣，侯導在那裡拍攝的《冬冬

吳孟芸繪圖，黃文英提供

的假期》，是我出生前的事了。

當然最出名的閣道是東福寺那條通天橋，我們拍攝時值深冬，橋外最負盛名的楓樹只有紅棕色空枝，不過也罷了，東福寺盛極的秋日楓紅搭不上那一日拍攝的氛圍，那場戲是小田季安領著乘坐步輦的嘉誠公主，聶鋒聶田氏夫婦護衛公主，並有大群女官與中軍，一群人縞素潔白，疾步過閣道往都事廳去，要發田緒之喪。那是場攝影師的技巧展演，至少是讓沒太多跟片經驗的我看得極過癮。只見賓哥與小姚各持攝影機，在縞素隊伍中穿梭拍攝，兩人自行決定鏡頭該如何捕捉、該捕捉誰，卻又全然不妨礙演員們的行進，古裝的演員與時裝的攝影師交錯如舞，好教旁人眼花瞭亂。

清涼寺的庭院的L行直角閣道，夜戲拍攝田季安出浴，這場戲讓人對張震敬佩有加。「水氣氤氳裡，不停步讓婢侍以緇棉布巾一披換一披的印乾身體，出屏風外，已穿上便衣，繫好襟帶，走閣廊，一路燭照進了胡姬寢處。」一照眼便知這場戲的難度，婢女皆日本人，初時排演別說是披衣，連張震的腳步都追不上，一群人笑不可遏。可憐了張震，在零度左右的深夜裡打著赤膊來來回回不知走了幾個take，為讓洗浴過後的效果更逼真，還得噴得一身水珠，卻見當事人氣定神閒半點不覺冷，反倒興致勃勃拉侯導討論這場戲的心得，舉凡「田季安在踏入閣道時，身上應該已披著一件緇衣，增加連貫感，不會讓婢女披衣的動作像是打踏入閣道才開始的（儘管真是這樣沒錯）。」又檢討道，如果有機會，緇衣的下襬應該做得更長些，如此「披上去以後能夠任其自然滑落，更瀟灑氣派」，也難怪張震心得一堆，這場戲對於塑造他所飾演的田季安的形象，太重要了，除了一再強調的氣派，更重要的是他的王者之氣，中唐藩鎮的節度使等同一國之君，田季安無疑是個跋扈君王，我們認為的跋扈是「不在乎」，這比傳統印象的殘暴還重要，田季安出浴走閣道，充分表現對婢女這類下人的「不在乎」，當她們是空氣，視之如無物，自然也不會體貼她們為自己披衣而稍有停步。

平安神宮水上的泰平閣，夜景極美，閣道在打燈下映照得朱紅輝煌，下方池水平靜無波，邃黑的水面映照閣道倒影，一模一樣的兩閣道上下相接成圓。那場閣道戲，與清涼寺是大不相同的風情，拍攝夜宴舞畢了退出的胡姬一干女子，就像幼稚園小學的遊藝會過後的小女生們，拾著掉落的珠翠，一路打打鬧鬧走過水上閣道。除了謝欣穎，其餘舞伎與掌燈的婢女都是日本人，依然是日本人的敬業，侯導要她們在這場戲笑鬧，她們便拚了命的往死裡笑，笑得東倒西歪走路不穩，太 high 了，讓我們都好奇想問問到底啥事可以樂成這樣，應該是有史以來最開心的一夥群眾演員了！

最有意思的則是大覺寺的那條矮小閣道。在日本街頭來個即興的人類學觀察，會發現日本人的整體身高提升是這一代人的事了，老一輩的日本人仍是矮，那些七旬八旬以上的日本老先生老太太，個頭矮得像是另一個人種，大覺寺閣道太矮的頂，正符合老日本人的身高，而身高一米八以上的張震與阮經天小天，兩人休想站直了走路。偏偏那一場，是田季安去見田元氏，並無夫妻之情的兩人一番言語角力刺探後，田季安步出田元氏居所，在閣道上對夏靖明言，這是他要引元家與隱娘相爭的計謀。而張震彎腰駝背頭冠時不時撞上閣頂，還要狂言說我這是一石二鳥之計的模樣，逗得下頭的我們大樂。

「這就是田元氏的陰謀，故意把閣道蓋成這樣，要整她老公用的，告訴田季安，你來到我的地盤上，就別想要抬頭挺胸，連走路都不讓你好好的走！」侯導也還是老樣子，精通此類現場點評的功夫。

青苔

大覺寺的青苔，是許多人的噩夢，對侯導而言，卻是拍攝打戲的一大功臣。

除了各閣道，我們在京都一波三折借到的寺廟，都用以拍攝節度使府。拍攝期間，面對的是廟方的嚴格監視，寺廟裡幾乎什麼都碰不得，偏偏我們在此有隱娘與使府中軍們的大量打戲，動作劇烈免不了會傷及四周，遭到廟方嚴格禁止。如其中一段打鬥，動作組原本的設計，是隱娘與中軍們打著打著忽地脫身，由庭院直接縱上廊道，廟方說什麼也不同意這個動作設計，原因是，庭院裡打鬥會讓小石子卡在靴底，這樣粗手大腳的跳上廊道，絕對會把質感十足的木地板刮出一道道白痕。

差點讓我們拍一半被大覺寺掃地出門的事件，是田季安擲殳（一種長木柄金屬頭的兵器，似矛槍，周代用於車戰，然而殺傷力太差漸被淘汰於實戰中，轉作裝飾性大的侍衛兵器，或象徵軍事指揮權的信物，漢代之後，唯有節度使之類高位者能使用）一場戲，我們借用大覺寺的舞台為節度府露台，田季安持殳奔過露台，一躍下露台的同時朝隱娘擲殳。先不說這場戲，露台下各組工作人員從頭到尾無心工作，人人皆嚴密提防殳會朝自己飛來，保持著一腳踏出準備隨時逃閃的姿態，卻不料露台地板太滑，張震挾殳滑壘過露台，與跑在前頭的小天連環車禍的撞成一團，惹得我們大笑，笑完才知大事不妙，不銳利但仍是堅硬材質的殳頭在露台欄杆劃了兩道很不起眼的擦痕。

先是日本總製片小坂好一似晴天霹靂，呼天搶地著完了完了要被趕出去了，日方製片們也是個個臉色發青，不待收工便列隊去向廟方道歉謝罪去了，廟方反應亦一如預期，動怒揚言趕人，到頭來可憐了昆蟲山本，學生似的寫了悔過書保證絕不再犯，我們才勉強能在大覺寺繼續拍下去，儘管侯導一口咬定這件事自始至終是廟方藉以宣示權威，做做樣子罷了，並無當真趕人的意思。

對於拍攝時老有一個或數個和尚在旁盯場，同仁們大多反感不已，甚至會有些不理性的言語出現，最大的衝突點在青苔。日本寺廟的青苔，多用作草地以替代韓國草皮，事實上，青苔地深碧翠綠，茸軟的質感遠比韓國草好太多，且日式庭院多大樹，青苔對日照的需求比韓國草低，在深邃樹蔭下仍能生長良好。除了青苔地，庭院中稍有年齡的樹木也大多蓋滿了青苔，樹幹裹上一圈綠茸茸分外可愛，而不論是我們借景的哪一間寺廟，對這些青苔都是非常慎惜的，嚴禁我們碰傷刮傷任何一片青苔，亦即我們拍戲，輕微的如女眷們閒步庭院，劇烈的好比隱娘與中軍們打鬥上樹，這些通通都是嚴禁事項——都會刮傷青苔。

對此，很多人大表不滿，甚至仗著言語不通，當著和尚們的面直接開罵：「幾片青苔寶貝成這樣，刮壞了再長就好了啊。日本人真是小氣巴拉！」恰巧侯導路過，把這些人狠狠訓斥了一頓。

「尊重！我們來這裡作客，就要懂得尊重人家！他們說重要就是重要，不要碰就是不要碰，哪怕是青苔也一樣！」侯導厲聲斥責，前面聽得萬般不滿卻孬孬不敢回嗆同事的我，等到侯導幫忙出了口惡氣，暗自叫好。

在大覺寺庭院拍攝隱娘受中軍們包圍打鬥的一場戲，動作部分受到青苔的嚴格限制，設計好的繁複招式因此完全不能用，即便打鬥時再小心謹慎不刮傷青苔，多練幾個 take 磨也都把青苔磨禿了，這反倒讓侯導終於能藉此調整早該要修改的打戲。侯導對這部片子的打戲定位，打一開始就是「不需要打那麼多」，原因在闡述刺客的成本時提及過，刺客不是武士，不與人纏鬥來回過招的。對武術組的選擇，侯導起初不考慮香港或大陸的武術組，是因為他們已太嫻熟本行了，對任何片子都有一套處理方式，導致不同導演不同主題的片子打起來卻都一模一樣。侯導剛開始中意的是歐美的武術組，認為將西方的武打放進古典中國題材將是很有意思的結合，且不論是考慮過的《神鬼認證》武術指導傑夫・依馬達，或《007首部曲：皇家夜總會》的跑酷小組（龐德在馬達加斯加追捕炸彈嫌犯，兩人在工地建築間溜活攀越追逐，想必也是讓人印象深刻的橋段）。這一類的武術組，正是侯導追求的，結結實實滿是物理感的實打實跳，幾乎不用侯導最嫌惡的威牙，惟聯繫、時間與資金之故，最後不得不放棄，仍用大陸的武術組。

於是我們的動作組，武術指導明哲是董瑋的大弟子，實際執行所有的打戲，董瑋自己則改掛名武術顧問。可憐的明哲，得說他在這段工作期間，必定遭受侯導的深刻折磨，明哲認真敬業，有初出茅廬想要有所表現施展的企圖心，也因獨當一面的經驗尚且不多而時有惶恐，若不讓他照著規矩來拍（即一連串不同鏡位的碎鏡頭，連接成行雲流水打鬥動作的傳統拍攝方式），便會讓他慌了手腳大大失措，侯導數次嘗試與之溝通，換來的都是近乎哀求的回答：「導演，可以讓我們先把設計好的東西拍完好嗎？」早先，侯導到此便不再為難明哲，讓他順著老習慣拍，自己則想辦法在大量不要的拍攝成果裡挖出可用的，如此直到這一次，青苔問題擺在眼前，讓侯導終於找明哲促膝長談，徹底講清楚自己的武術理念。

侯導認為，除卻隱娘刺客不纏鬥的指導原則外，他也不願讓片中每一場打戲一模一樣，到頭來模糊了焦點。每一場打戲各有性格與表達方式，隱娘面對田季安夏靖或中軍們的世俗武功，無須動用真功夫，尤其對中軍們，更是「才不跟你們玩」；對精精兒，則是真正殺傷見血會要命的死鬥，前前後後纏鬥了三大段而難分高下；與道姑了帳交手，則是高手對高手，一招定勝負。若是每一場都用一樣的打法，怎麼區分彼此高下？當隱娘用對付精精兒的同等力氣去對付中軍們，那豈不也是把中軍跟精精兒當作同一等級的對手了？那究竟是中軍太厲害還是隱娘精精兒太不厲害？

「這樣下去，高手都變成低手了。」侯導末了補了句個人風格的冷笑話。

明哲安安靜靜聽完也聽進去了，大覺寺後期的拍攝有了大幅度修改，不再你來我往的纏鬥，隱娘與中軍虛幌幾招便上樹縱走（儘管侯導覺得如此打鬥依然嫌多，日後八成還會剪掉大半）。日後蒙古的打戲中影的打戲，明哲確確實實都有記著侯導的這一番原則，唯獨老習慣總是根深柢固，時不時還要侯導在旁校正提醒罷了。

弓，篝火，與鐵傘

西域妖僧空空兒用以施法謀害人的小紙人，在京都初登場，美術組興沖沖的剪出了了小紙人，向侯導展示的結果，卻給一句話狠狠打了回票：「這好像男廁標誌。」

侯導理想中的小紙人，應是日本陰陽道的「式神」，比較像《神隱少女》錢婆婆的那群小紙人，會執意追殺白龍不放，會貼在千尋背上逛遍湯屋，不那麼像擬真的人形，反倒有些圖像化，成群飛舞起來更像群鳥。可惜美術組不明白，竭盡全力的把小紙人剪得頭手完整像個具體而微的人——像男廁標誌。

幸虧在京都露面的小紙人只有讓小天從地上撿起來的驚鴻一瞥，太遠了根本看不清是啥東西。日後小紙人回到正主空空兒手中，一切問題迎刃而解，飾演空空兒的畢安生老師一張紙在手中就撕出了小紙人來，肢體歪扭詭異的手撕紙人比男廁標誌有味道多了，此乃後話。

京都外景的主軸之一，就是侯導幾乎與美術組公然宣戰，雙方鬥爭沒一天停過。事實上，綜觀整部片的拍攝過程，除了製片組因為團隊生活直接的摩擦很容易被當眾修理外，最大的砲彈坑就是美術組了，侯導的不滿卻也都其來有自。

如節度使府庭園的篝火，侯導想像中的篝火，是木材炸裂鮮紅鮮紅滾著黑煙的火盆，不料美術組準備好的「篝火」，是一盆燃著淡淡鵝黃色火焰的酒精，但凡夜色一深，那火焰更是似有若無飄忽如鬼火。

如中軍們使用的弓，美術組閉門造車每日一弓，卻是一拉斷弦或是彎弓搭不了箭，外觀也沒因為缺乏實用性而好看些。侯導氣得大罵，現有的資源卻不懂得利用，無論日本或台灣都有射箭協會，協會收藏的弓箭不乏樣式古典兼有實用性的，就算對方不願意讓我們拿來拍戲，至少也可以借來照著做一把吧？

太超過的一次，是大覺寺的庭院戲，田元氏等一干女眷旖旎過庭院（當然得小心腳下青苔），隨侍田元氏的婢女要舉傘蓋為主母遮蔭。拍攝當日，美術組送來精心打造的傘蓋，重逾三十公斤，渾然的鐵骨錚錚全無偷工減料，眾人譁然之餘，輪番上前試舉，不說女性無人能撼鐵傘，男人們能將鐵傘稍舉個片刻的也寥寥無幾，自信身強體健的侯導初時不信邪，不聽眾人苦勸的將傘硬接過去一舉。

「唉唷我的天——」侯導十足卡通模樣，連人帶傘摔在地上。

連男人都不一定拿得動的鐵傘，是要婢女從頭舉到尾？侯導從地上爬起來後開罵，說不定全劇組只有震亞拿得動！侯導指指我們高大魁梧的武術副導，是打算讓震亞下海反串婢女嘍？

我們看著吳震亞想像他穿戴起來的婢女模樣，忍著不敢笑。

無辜捲入戰爭的是日方美術指導，二〇一〇年十月的奈良試拍，老先生那時即負責所有道具製作，侯導還對他的能力盛讚不已，「看他好像隨手弄弄，好簡單的樣子，就把道具做出來了。」卻是到了這一次，老先生彷彿魔力盡失，做什麼都不對，自己也非常懊惱，我們不忍苛責只是暗地裡頗感訝異，闊別兩年，老先生究竟出了什麼事？

「兩年前，我們拍的是日本的東西，只要講清楚我們需要哪一類的道具，多半是各種生活用品，放他自己去做就好，」最後是副導慈穎找出合理推論：「這次不一樣，我們拍的是中國的東西，美術老先生就無法作主了，他只能聽我們一個口令一個動作。」

侯導發洩畢鐵傘造成的滿腔怒火，冷靜下來，直指出美術組的根本問題：「他們（美術組）從來沒把東西想成是實用的來做。」

點篝火，沒真心想到要照明；製弓製箭，壓根不覺得是可以打鬥的兵器；打造鐵傘，可曾想過這玩意兒是要讓人舉著走路的，更何況舉傘的還是柔弱女子！類似的問題在先前的中影室內戲也層出不窮，聶府內部的陳設，美術組怎麼調整都不對勁，當時侯導即講明了，問題核心在於美術組並未把聶府當成真正的生活空間去陳設。

「其實最簡單的方法，就是找個人在裡頭住十天半月，那感覺就很對了。」侯導提出解決之道，卻也曉得大概沒人願做此犧牲。

美術組的滿腹委屈不難體會，卻很難為他們叫屈，只因根本問題在此，太明顯也太容易指出來了。美術組始終是勞役繁重的一組，沒有假日，日日開工總在其他組之前，在別人收工後還得留在現場收拾道具，或做隔日的陳設，某次美術組竟是全劇組最先收工的，還被當作天大的新聞迅速傳遍。美術組的盡心盡力是我們有目共睹，惟美術道具這種東西，堪用就是堪用不能用就是不能用，一翻兩瞪眼，並無沒有功勞也有苦勞這回事。

美術組對於侯導種種的不滿，總停留在「侯導不喜歡這次的東西，我們拿回去改良一下就是了」的層面，不會更深一層的去探究「侯導為何不滿」與「侯導滿意與不滿的原則」，更不曉得貫通這些原則、不知道舉一反三。舉個笨例子說明之，就好像被打火機燒到，體悟到的不是「火很燙，火不能碰」，而是「打火機很燙，打火機不能碰」，於是下次碰到瓦斯爐又要被燒一次，碰到篝火（不准用酒精燒），也要被燒一次，碰到火炬再被燒一次……不被全天下的火燒過一遍，不會領悟到火是很燙不能碰的。我們的美術組出包犯錯，就頗有此味道，每當面對新的外景新的需要，不被侯導電上幾回、打個幾次回票，是交不出令人滿意的成績的。

芳宜老師說故事

《刺客聶隱娘》的故事，橫跨了十三年，也就是隱娘被道姑帶走之前與回家之後兩個部分，最初的版本，兩部分的故事分量相當，隱娘被道姑送回家差不多是中場的事了，即便不是商業片的節奏，也很難允許一部電影的主軸拖延到此方才浮現，故而十三年前的回憶部分不斷刪減，刪減到成為片頭，刪減到由完整的敘事轉作片斷跳躍的回憶，侯導對於 BOLEX 拍攝的想法，正適合運用在回憶片段上，故而每次拍十三年前的場景，總是賓哥拍攝敘事的畫面，小姚持 BOLEX 在旁捕捉片段的回憶畫面。

然而一路累積下來的 BOLEX 回憶畫面，進了剪接室，發現無一能剪進影片中，這部片子一如侯導所說，是個現在進行式的片子。勉勉強強塞進了片中，也太重要非塞進去不可的，只有青鸞泣鏡的部分，那是隱娘的回憶，幼時的她隨嘉誠公主坐在白牡丹如千堆雪的軒堂前，聽公主撫琴，講青鸞泣鏡的故事，多年後的隱娘於是乎明白了，她與嘉誠公主一般，都是青鸞，來在了異鄉陌土，沒有同類……

初讀《刺客聶隱娘》劇本的舒淇，就是給青鸞泣鏡的故事惹哭的。那日舒淇首次定裝，邊梳化邊捧著剛出爐的劇本定稿殺時間，卻是眼看著鏡中的她紅了眼眶，對於侯導的關切，僅簡短答以：「被打到了……」

這一段一共拍了三次，大覺寺小池畔的庭石青苔地拍了一次，侯導認為周遭植物木茂盛導致景物太雜亂，移到高台寺庭園又拍一次，高台寺庭園幾株矮松，草地是雪水浸泡後的棉黃，錯落放置著那六株隨我們跑遍海內外見多識廣的塑膠白牡丹，把它們複製貼上成一片白牡丹花海是阿弟仔一干後製組的活兒。

這場戲回台灣又拍了一遍，因為年幼隱娘更換演員，劇組總不能為此專門出一趟高台寺外景，便挑在中影附近的故宮至善園，至善園的庭園景物不輸高台寺，就是一堆水泥丹頂鶴要想辦法拿塑膠牡丹遮掉，再來就是我們拍攝時值一月，至善園的白梅怒放，就是最缺乏植物學知識的人也曉得梅花牡丹一同盛開是個不可能的景象。

飾演隱娘的小演員雖不致像大九湖或蒙古的群眾演員那般難搞，然而也好不到哪去，尤其小隱娘性格迥異於一般孩童，不能讓小演員順性而為，要求一高，很難讓小演員完全配合上，多虧了許芳宜幫我們把小演員顧得妥妥貼貼，就靠著說故事，一共說了三個故事。事後聽了這件事的天文斷言，許芳宜是個懂小孩的人，很清楚要怎麼抓住小孩子稍縱即逝的注意力。

「罽賓國王得一鸞，三年不鳴，夫人曰：『嘗聞鸞見類則鳴，何不懸鏡照之。』王從其言。鸞見影悲鳴，終宵奮舞而絕……」這是許芳宜說來給錄音組收音的版本，同時也因為正面拍攝，嘴型必須正確不能亂講。

吳孟芸繪圖，黃文英提供

應付完錄音組，許芳宜笑笑對著小朋友：「我說故事給你聽。」於是有了許芳宜版本的青鸞泣鏡（或曰鳳凰泣鏡）：「從前從前，在西域有個叫做罽賓國的國家，那裡的國王得到一隻鳳凰，這隻鳳凰三年都沒有叫過。皇后說：『聽說鳳凰看到同類就會叫，怎麼不讓牠照鏡子試試看呢？』國王聽了皇后的話，結果鳳凰看見鏡中的自己，牠就大聲的尖叫，一直叫一直叫一直叫一直叫……整個晚上，牠就一直叫著，叫到剩下最後一口氣，牠還是用這口氣一直叫一直叫，最後就這麼死了……」

應付過攝影組，換小姚用 BOLEX 拍攝嘉誠公主的背面與小隱娘的正面，許芳宜又笑笑：「講我跳舞的故事給你聽。」卻原來是個驚悚回憶：「有一次我跳舞，才一上台，我的腳就斷掉了，那時候我不知道，腳斷掉之後，我還跳了整整二十分鐘的舞，那時候我一直跳一直跳，只覺得腳有一點點痛而已，結果舞跳完，我的腳已經變成紫色、變成黑色了，我的團長一看就要我馬上去醫院，醫生幫我打石膏，一層一層石膏蓋上去，一層又一層、一層又一層……三個月過得很快，我去醫院拆石膏，你知道醫生怎麼幫我拆石膏嗎？他直接用電鋸去『滋』，當電鋸『滋』過去，我的腳也流血了，因為它不僅『滋』過石膏，也『滋』到我的肉……」小朋友聽得目不轉睛，未露半點驚嚇或齜牙咧嘴（聽得歪鼻斜眼的工作人員倒是不少），反倒還把小隱娘受青鸞故事深深吸引的模樣表現得真傳神。

順利拍完收工，小朋友從此黏上芳宜老師了的跟前跟後，甚至連陪同小朋友前來的阿嬤都吃味起來，嚷著孫女都不理她了。

阿嬤：「老師很忙，不可以一直纏老師喔，我們回花蓮去好不好？」（祖孫倆是花蓮人）

小朋友：「不要！花蓮好山好水——好無聊！」

自認說了俏皮話的小朋友咯咯亂笑，攀著許芳宜要一塊逛街去，一大一小相依的背影，信任而孺慕，看著倒還真像，真像是嘉誠公主與小隱娘。

姬路

拍攝日期

2013, 1/27 – 2/2

姬路的外景為期一週，夾在京都的拍攝之間，我們來到了姬路書寫山上的圓教寺。

書寫山位在姬路市郊約十分鐘車程處，標高只有三百七十一公尺的小山，卻異常陡峭，幾個陡坡峭直得驚人，一般車輛抓地力不夠，絕對會倒退嚕下來，上山唯有兩個辦法，搭收費貴得嚇人的觀光纜車，或用四輪驅動車載上山，我們的四輪驅動車數量有限，故而每每載運人或器材上山，總要把車子塞到不能再滿。

歷史超過千年的圓教寺就盤踞在書寫山上，一共有東谷、中谷與西谷三個谷地，與谷地間的山頭，幅員相當大。我們主要在寺廟中心的中谷一帶活動，使用的場景包括摩尼殿，與圍成ㄇ字型的常行堂、食堂、大講堂，這些地點與吃飯休息兼梳化間的圓教寺會館間，連接交通的各山坡路陡直得驚人，夜間還很嚇人的缺乏照明，我們往往都要成群結隊的揪團才敢通過，省得讓日籍的魔神仔拐了去，卻是還不勞魔神仔動手，就先讓彼此的黑影絆摔成一堆。

東谷是圓教寺入口，就侯導與我散步兼看景來逛過一遍，有數條不錯的山路，侯導想在此拍攝元家殺手的追逐戲，可惜聯絡不及就沒了後續，這場戲在日後選定了宜蘭九寮溪拍攝。西谷邊緣的觀景台同樣是只有我倆到過的地方，觀景台遠眺瀨戶內海與海上大小島，據說天氣好時可見最遙遠處的四國，可惜冬天的海面總是霧灰霧灰的，我們待了一個星期，啥也沒能看到。

圓教寺境內有許多侯導熱愛的大樹，清一色的杉木，有悖於大家對高寒植物生長緩慢的印象，杉木長得很快故而木質疏鬆，看似巨大得像神木卻頂多數百歲而已。侯導見樹就兩眼放光，吆喝著大家拍這拍那的，即興的鏡頭多出一大堆來，如此尚且不夠，又打包了一堆樹木空鏡預備著回到台灣後做棚內拍攝用。

借用圓教寺拍外景的劇組，我們不是第一批，二〇〇三年的好萊塢電影《末代武士》，主角是俊美有餘演技實在很不怎麼樣的湯姆．克魯斯，也是在此出的外景（儘管劇組中看過該片的人，沒一個看得出使用的景點在哪）。圓教寺冬日寂寥，甚至只有住持一人留守，也不知孰為因果，老住持對電影工作非常著迷，總要在monitor前伴我們一塊拍戲，同時談起《末代武士》在此拍攝的種種，也算是在艱辛的寒冬深夜裡，為我們排遣憂煩。

所謂素人

先前提及，尋找雙胞胎公主演員的過程一波三折，片子都拍了三分之一了，侯導這才找上許芳宜，以事後之明，這個選擇可真是挖到寶了，據說當時侯導與許芳宜談定，許芳宜只說：「剛好我上一場舞劇的角色也是公主，一個瞎眼的公主。」就一口答應下來了。

許芳宜在轉景姬路拍攝圓教寺時正式入夥，她的加入，對整個劇組影響深重，要說救了大夥兒也不為過。

許芳宜的第一場戲，是在圓教寺摩尼殿拍攝序場，道姑在廂房陰影中訓示隱娘，只見許芳宜，在大殿偏隅陰暗的旮旯就地一坐，一腿半盤，一腿弓直手肘支膝，整個人的重心深穩，不動如山的好似可以坐到天荒地老。

「哇塞你看她這個穩得……」侯導在摩尼殿外廊道看monitor，給許芳宜這動作嚇傻了，明明是看似簡單誰都會的姿態，許芳宜這一坐就是與他人不一樣，侯導認為，這就是舞者的能耐，還是一流舞者的能耐。

在許芳宜加入前，就是侯導與舒淇這麼老練的電影人，仍遇上了瓶頸：捉摸不著聶隱娘的狀態，尤其是隱娘離開十三年後回家，如何面對一切的心理狀態，兩個人都不曉得。如此影響了劇組整體的氣氛，讓我們在中影文化城的第一階段內景、在京都前半段的外景，老有說不上來的沮喪與遲滯感，那是《刺客聶隱娘》的拍攝過程中士氣最低落的一段日子，連帶使劇組裡摩擦都多起來，小姚還曾負氣出走過，一整天不見人影，或是在辦公室沙發一坐生了根怎麼也不肯到現場。

然而來到姬路、許芳宜入夥後，演員間起的化學作用似乎讓舒淇終於能掌握隱娘的心理狀態。當舒淇的狀態校準了，侯導也跟著能掌握，這對下面的工作人員是很大的鼓舞，從圓教寺開始，能明顯感到拍攝進度的俐落與行雲流水，或許過程艱辛，侯導的脾氣也沒少發過，但回頭看看，不僅進度超前，拍到能用的鏡頭更比想像的要多很多——遠比湖北大九湖的拍攝成果豐碩。

舒淇同時也不諱言，自認肢體動作嫌僵硬的她多向許芳宜學習，畢竟能善加掌握肢體，對舞者對演員都是一樣受用的。許芳宜基於自身職業，不能讓肢體變得僵硬，待戲時總能看她擺出各種柔軟甚至怪異的姿勢，而現在多了舒淇也跟著時時擺弄，兩人在戲裡戲外都成了師徒。

侯導也愛打趣，說兩個人連雙眼距離寬、額頭圓的特徵都很像（有大陸工作人員當真錯認過兩人），其實道姑跟隱娘才是母女吧？又說等回台灣拍師徒了結並一招過手的戲，要拍兩顆綳額頭磕在一起的畫面，被師徒倆異口同聲罵：「你真的很無聊欸！」

許芳宜多次強調：「這是我第一次參與電影工作。」認為先前在《逆光飛翔》的經驗不太算數，因為該片中她演的是「自己」。在劇組裡，許芳宜也還處在看什麼都有趣、做什麼不叫累的菜鳥狀態，偶幾次被侯導支使去做了白工，也無半點不悅。外景期間，下工後不似其他演員搶時間窩回房間猛睡，還會抓工作人員上街逛。以演員來說，許芳宜算得素人演員，但不是那種在大街上隨手拉來的素人演員。

廖桑談起他的研究生班或是金馬學院的經驗，一屆學生中特別亮眼的作品，拍攝者往往都不是科班出身，甚至是醫生等八竿子打不著的行業。電影人一如其他行業，有時難免會太受本身所學制約，此時素人用完全不同的角度去看待、去拍攝，激發出的效果往往驚豔、令人意想不到。當然了，這絕不代表科班不重要，素人們令人驚豔的表現往往就是剛開始的作品，之後就有如混沌被開了七竅，失去了令他們顯得如此出眾的特質，又沒有深厚的科班底子作為支持，很快就無以為繼。

因此侯導喜歡用的一類素人，是在自身本行已有相當成就者，他們能將本行的豐富經驗帶入電影中發揮，與電影人相互刺激，相輔相成，又因自身底子夠紮實，不會有前述開竅之後，無以為繼的問題。

因此我們能看到，以電影圈經歷來說，許芳宜自然不如舒淇，卻還是能成為舒淇師法的對象，甚至拯救了侯導與舒淇兩個老資格的電影人，救了我們整個劇組。

看看這猴子三人組

胡姬遇襲一場，闔道上趕來照料胡姬的三位婢女，都是工作人員。

在好萊塢，臨時演員是一專職的行業，不是人人皆可下海，然台灣電影不似好萊塢，並未形成電影工業，臨時演員便真是名符其實的路人甲乙丙了。此狀況下，工作人員是很理想的臨時演員，尤其是婢女、家僕或中軍這一類，戲份較群眾演員略重，又不需台詞不須表演的角色，工作人員隨傳隨到，不用敲檔期，連戲方便，對拍攝狀況也較快能掌握，更不會拍了照片就放上臉書放上部落格導致消息外洩。故而片中的這類角色，絕大多數是工作人員，除了技術組導演組的人離不開現場較能「倖免」外，開拍後較沒事做的製片組、梳化服都相當容易中選。

稍早在中影文化城拍攝的道姑送隱娘還家，聶府一場，眾聶府男僕清一色是男性工作人員下海扮演的；稍後拍攝夏靖領中軍圍殺空空兒，一群中軍也混了好幾個工作人員在裡面。其中最有趣的是我們的服裝仙齡，高個子濃眉大眼的女孩子，自然就中選被抓去臨演聶府婢女，然而仙齡真正中意的角色是使府中軍，也許是因為高個子演婢女老要被笑是巨嬰之故吧！在中影水井一場戲，仙齡終究悲願達成，其實穿了軍服、黏了鬍子的仙齡意外的英武，更花了老半天模仿男人走路，不曉得是不是最帥的一位中軍，但絕對是非常性格的中軍。

「聶府待遇太差，婢女待不下去，跑到節度使府謀職當中軍了！」這是我們對仙齡轉行一事的評論。

文英老師也曾打過我的主意，因我學過幾年馬術，約略算是懂馬，恰有一場戲需要多位騎馬女官，就讓文英老師在梳化間前牢牢逮著，眼看著逃生無望，正巧許芳宜要來梳化，「文英老師你看芳宜老師來了，」我用近乎卡通的方式，趁文英老師打招呼，落荒而逃。

懷有演員夢的少男少女們，對充任臨時演員一事老要抱持不切實際的夢想，甚至認為是走上星途的跳板，對任何臨演的機會緊抱不放。若看過導演組是如何在劇組中「捕捉」臨時演員的，美夢應會清醒大半。臨時演員太苦悶了，往往大清早梳化好，傻坐鎮日也輪不到自己一個鏡頭（梳化後豈有可能舒舒服服坐臥），甚至在梳化後還得繼續堅守崗位，相信不少工作人員的手機裡還存著這麼些照片：一位英挺的節度使府中軍，舉著 boom 桿現場收音，或另一中軍手持窩機看著導演指示 cue 演員動作，更有辦公間埋頭打電腦的聶府男僕。好不容易輪到了上戲了，短短幾個鏡頭，也許等電影上映時，興沖沖進了戲院，才發現自己被剪得一乾二淨！

因此，遭到「捕獲」的工作人員，往往是漫畫卡通式的給拎著後頸拖進梳化間的。最是驚喜的，殺青前幾天，製片組已進入收尾工作，忽把所有臨演過的同仁全傳喚到辦公室——原來是發工資了！大夥兒驚喜，還以為工作人員臨演都是無償義務勞動呢，給製片組的白一眼，是當咱們劇組公然違反勞基法嘍？

臨演的工資，當然也便宜了我們這些沒臨演的傢伙，當天就給吃吃喝喝完了。

也因為是工作人員，大家彼此熟識，梳化後的模樣難免成為同事們消遣的對象。侯導即指著胡姬的三位婢女直言：「這三個傢伙，一個不能說話（因為滿口台灣國語），一個看不見（不能戴眼鏡），一個不能張嘴（因為有牙套），不就是非禮勿視、非禮勿聽、非禮勿言的那三隻猴子嘛！」

「猴子三人組」遂此得名。

我們回不去了

「我們回不去了。」

這可不是紅極一時的電視劇《犀利人妻》，當然也非原典出處、張愛玲經典《半生緣》的終篇，而是兩個老男人的嘆息，侯導與賓哥，在看過沖洗出來的大九湖毛片時，有了這般感嘆。

回不去，指的是全球的電影業再也回不到底片的時代了。對老電影人而言，底片拍攝有其不可取代的意義，不應被數位的浪潮徹底打入歷史，然而當前的趨勢恐怕事與願違，科技進步連帶影響電影業，加速底片與數位拍攝的此消彼長，二〇一二年伊士曼柯達公司破產，更被認為是宣告了底片時代的終結，當時全球電影業的底片拍攝約剩下百分之三十，以當時衰退的速率估計，未來有可能萎縮至百分之十。

如此衰退是有連動性的，如沖印業者的生存，現下亞洲大規模的底片沖印廠剩下日本與泰國，海峽兩岸的沖印業相較零星，然而除了日本沖印廠，各地沖印廠的沖印品質都急遽下降中，乃因沖印量不足，業者要節省成本，首先便是減少沖印藥水的更換，如此沖印品質自然大大下降，對岸的沖印廠甚至時不時會發生將底片「煮了」的恐怖案例，卻不料這事也發生在我們身上，還是在台灣，中影公司也將我們的底片「煮了」，此乃後話。惟日本人秉著一貫的敬業精神，不論沖印量多少，藥水該換就咬咬牙換了，不惜血本的作風下，保護住了沖印品質。

侯導的拍攝習慣，在哪一國拍攝的東西就在哪一國沖洗，比照大九湖的底片在北京沖、台北的底片在中影沖，在京都與姬路拍攝的部分也就在當地沖印，比照毛片之下，日本的沖印品質著實太讓人驚豔了，畫質與色彩都遠遠高出兩岸沖印廠好幾階水準。在看毛片時，日方人員還在旁很不好意思的解釋，這只是初步沖印的毛片，讓我們大致看一下而已，畫質很差，拿不上檯面。

也難怪這是許多人共同的推測，以亞洲而言，在底片拍攝式微、沖印業者為保本而不得不降低沖印品質，不斷惡性循環下，或許沖印業最後只剩日本這一方立足之地，亦即將來我們沖底片，只有往日本去一途，然而將來的底片拍攝是否足夠養活僅存的日本沖印業，還真不曉得。

對戲院而言也是，當底片拍攝萎縮到一個地步，很多戲院便不再播放底片拍攝的影片，眼下已有不少戲院只有數位播放的設備，而這是趨勢，有底片播放設備的戲院恐怕會越來越少。拍攝、沖印、播放這三個相關行業的連動，都再再將底片推往消失。

究竟底片與數位拍攝有何不同？在圓教寺拍攝中軍夜晚圍殺空空兒的一場戲時，我們搶 magic hour 拍攝。近景是大群奔過的中軍，遠景的圓教寺食堂與大講堂用作節度使府外觀，打燈打得輝煌，呈現橙朱色為主的色調，相較頂上的天空是墨水的幽藍色，兩者互為補色，又一明一暗，視覺效果鮮明又不刺眼的好極了。因天空的顏色恐怕仍賴後製調整，後期製片李志清（劇組暱稱為阿弟仔，大陸工作人員如動作組發不出閩南語「仔」的音，直接喚為「阿迪」）負責盯場。阿弟仔看著 monitor 感嘆，底片感光與數位感光，就好像一面牆與一張紙的差距。以那片幽藍天色而言，數位攝影「拍到就是拍到，沒拍到就是沒拍到，一翻兩瞪眼」，可若是底片攝影，只要能夠拍到，那怕是微弱的一點點，都可拍出層次，這是數位遠不如底片的地方。老一輩的電影人大多抱持此看法，歐洲攝影師協會即認為，底片終究不該完全被數位攝影取代。我們的「光影詩人」賓哥就更是如此了，堅持底片拍攝而不接觸數位，內化成了他的風格。

倒是劇照師蔡正泰泰哥不這麼悲觀，對底片與數位兩種攝影方式也是持平來看。泰哥認為，不同的情境下各有不同適合的拍攝方式，能交互運用底片與數位攝影的優點，方才是攝影師的優勢，以拍電影為例，好萊塢的電影就適合用數位來拍，一來好萊塢電影幾乎脫離不了特效，用數位拍攝便於直接轉入特效製作，再者，好萊塢追求的畫面效果在聲光色彩鮮豔，反倒沒那麼注重光影與厚實感，「用底片來拍也是浪費」。相較之下，當前台灣的電影還是適合用底片拍攝，尤其是侯導的這一類「非商業片」。

當然，堅持底片拍攝的老一輩人，端看他們談論底片時的兩眼放光，與一聽到數位的嫌惡之色，我想，底片對他們而言，已有超乎對畫面光影的追求，有更深一層的意義與情結在，畢竟會嘆息著「我們回不去了」，代表人對「質感」和「美」的辨別能力因此會力求達到那樣的高標，底片如同所有黃金美好事物，是無法取代的。

求「真」

在圓教寺拍攝的這幾天，夜戲動輒拍到兩、三點，在零度以下的氣溫站個五、六小時是很痛苦的，一時之間彷彿又回到了大九湖（「大九湖」三個字，到後來已成為慘痛回憶的代名詞）。受凍之餘，還要擔心收工後是否下得了山，儘管幾個晚上都算晴明，然陡坡一旦結冰，就是四輪傳動車輛也不能冒險開下山，到時候，我們只有跟山上圓教寺會館的大通鋪與發霉受潮的棉被過一夜了。

所幸這件事在我們停留圓教寺的一週間並未發生，不過我們的運氣也就僅止於此，其餘像是幾乎要引發眾怒的日式冷便當（侯導跟我是少數覺得這玩意兒非常好吃的人），以及製片組疏忽低估了熱水用量之下，只好用溫水冷水沖泡的泡麵宵夜……民以食為天，跟拍片一段時間下來，我真心發現最容易在劇組裡引發糾紛反彈的，就是「吃」這回事，最讓製片組傷腦筋的，也莫過於「吃」，製片組時常被侯導罵的理由，還是「吃」。

圓教寺的拍攝進度很有壓力，乃因節分祭，節分意指季節的分際，即立春、立夏、立秋、立冬的前一天，其中又特別專指立春前一日，各寺廟都會舉行節分祭，日本訂為二月三日，會有撒豆驅鬼等等的活動，故而我們非趕在二月三日前拍完並撤下器材不可，事實上，圓教寺本已布置好祭典的紅白藍綠黃五色除障旗，是我們千拜託萬拜託才撤下的。若是節分祭到了還未拍完，我們可是會給撒豆驅走的。

有了這天大的好理由，明哲尤其摩拳擦掌，逮到機會就勸侯導應該要上大夜班、拍通宵、拍到天亮再收工……侯導沒一次答應，儘管拍攝進度如前所述的非常沉重，侯導依然不願讓大家尤其是演員上大夜班，拍到半夜兩點多三點，對侯導來說已是妥協的結果，還是妥協的極限了。侯導理想的狀況是，每天讓大家睡到中午，吃了午飯晃悠上書寫山，花一個下午慢慢準備，打燈的打燈、陳設的陳設、練打的練打，吃過晚飯再開拍，拍到十二點收工下山睡覺，完美的一天。

對我們質疑這樣過日子，會不會太開心了？好像不是在出外景而是來渡假的？侯導自有一套論述：「拍電影是，你把一群志趣相投的人集合在一起，大家共同為自己的熱忱奮鬥，就不要把人搞得痛苦不堪，情緒一壞了，影響到工作，也拍不出什麼好東西來。更何況，電影固然是當下每個人的生活重心，也不是那麼天大了不起的東西，值得把身體都賠進去。」

故侯導自豪，自己大概是數一數二照顧演員、保護演員的導演，這不是為了要博得好名聲，而是非常現實的考量，可謂利他也利己，對演員好，演員心情好，也才有工作表現，你要一個滿肚子火的演員如何表現出開心的微笑？

儘管侯導最大限度的保護大家，在圓教寺的一週內，苦難折磨還是很難免去，其中又以冷占了大部分，在山上，燒熱水需要很原始的升炭爐燒，往往炭爐才現火光，便見一大群人往炭爐兜攏過去，死死賴在炭爐邊大半晚，連工作都顧不得了。

侯導也有被凍急了的時候，自我怨怪起來：「我操，拍的這些東西明明都可以在棚內搭，棚裡有空調又舒服，我們幹嘛偏偏要跑來這挨餓受凍？」

這時候，總有白目鬼（通常是我）跳出來發問，說導演啊，那我們就在棚裡拍完就好了呀，為何還要大費周章把人馬拉到荒郊野外來？便見侯導神色一凜，前後文矛盾起來：「那怎行？棚裡拍出來的東西，全都是假的！」

雖不免要稍稍取笑侯導的矛盾，卻更敬佩侯導對「真」的追求，侯導有多在意要拍到真的東西，幾乎到了要與自己過不去的地步。例如現場收音，現在電影中的音效，絕大多數都能在錄音間混音出來，然而侯導嫌這樣的音效太假，非要在現場收音不可，如此就得與各種環境雜音搏鬥，如日本無孔不入的烏鴉叫，如拜空運進步之賜到哪個荒郊野外都躲不掉的飛機引擎轟隆，如夜深了會在至善路上鬼哭神號的飆車聲，如一溪之隔東吳大學恣意歡放的歌唱大賽……這些聲音，絕大多數都無法叫對方閉嘴，只好抓準了空檔拍攝收音，如要躲車聲，就只有等外面馬路跳紅燈了，趕在綠燈前快快搶一個 take 算一個 take。

現代環境下收古裝劇的音效，本已困難重重，有時干擾還來自自己人，因此飽受磨難的是錄音師朱仕宜小朱哥。小朱哥非常專業也高度敬業，就是人暴躁了點，故而干擾現場收音者一律殺無赦，輕則白眼伺候，重責直接挨罵，就連大頭也不能倖免。曾經某早晨等賓哥決定機位，廖桑與我乃逮了空去登山，早晨神清氣爽，我倆又都是知識狂的什麼話題都可聊，越聊越大聲，越聊越放恣，待繞山一圈回到現場，讓早已磨刀霍霍等好的小朱哥狠唸一頓，原來也是為了等戲，小朱哥派了兩個助理到山裡收音，結果深山幽林沒錄成，錄到兩個吵吵嚷嚷的登山客。

我倆沒立場頂嘴，不吭聲的乖乖聽訓。

不只收音，拍攝本身也是，舒淇曾在臉書放過一張照片，照片背景蒙古高原清澈湛藍的天空下，站在山脊的侯導跟賓哥仰天不知同看著什麼，神情專注，是UFO嗎？不，一道飛機雲而已，飛機雲不散掉，沒辦法開機拍攝。

那是發生在大九湖的事了，那個清晨又是侯導的即興之作，本只是帶人外出拍空鏡，侯導見棲了一樹的大黑鳥與湖岸水禽，臨時決定要拍攝精精兒登場，人類察覺不到精精兒的行跡，警覺如飛鳥或其他野生動物，卻會為精精兒的氣息感到恐懼，我們要捕捉的是樹上鳥群驚起、水禽低撂過湖面的鏡頭。這些本都可以用電腦特效來做，但侯導認為，可以用複製貼上來增加鳥群數量，然而省不了一定要拍到幾隻真鳥，才能做出正確的大小比例、飛行軌跡與速度。

於是那是漫長挑戰的開始，我們這才理解到自然攝影師的難處，要捕捉到動物特定的行為簡直曠日廢時到不可能，我們起初等，等看那滿樹的鳥肯不肯賞光飛起來，意識到牠們可能才剛棲穩了要睡一整個白晝，也意識到自己並非國家地理雜誌的攝影隊，乃開始採取自然攝影絕對禁止的人為干預手段。

侯導不怕丟臉的哦哦啊啊發出各種怪鳥叫，自覺可能選錯了鳥種語言不通，改撇著上海腔（侯導與所有語言不通者的溝通方式）喊話：「你們飛起來，我付你們每個一百元人民幣！」見鳥們不為所動，加碼到了三百元、五百元人民幣，鳥群無動於衷。大陸製片與車師傅們好心幫忙，組了個樂團，就地取材拿湖岸邊公共設施的垃圾桶，或當鼓打擊，或拿兩垃圾桶蓋當鐃鈸敲，一陣廟會般的鏗鏗匡匡下來，鳥群還是理都不理。

最後使出殺手鐧，製片飛車回鎮上買了煙火回來，煙火一放，鳥群應聲驚飛走，還不只如此，環繞湖岸的蘆葦叢紛紛竄出小水鴨，在水面划著人字急速遠去，一整座湖的鳥類空路水路逃離現場，場面壯觀極了，侯導滿意的鏡頭到手。

「好好說話你們不聽，吃硬不吃軟，早知如此，何必當初！」侯導末了不忘對飛向遠山的鳥群背影用上海腔喊話。

事後才曉得我們差點又害小朱哥抓狂，小朱哥照慣例派收音助理到湖岸樹林收音，想著的是晨禽鳴囀，收到了侯導鳴囀，更還有上海話腔喊話、垃圾桶打擊樂、壓軸煙火秀……

這都是在攝影棚內遇不到的種種，現下時過境遷，可以心平靜氣甚至當個趣事的談起這些，要知道我們當下可是氣急敗壞，幾乎跳腳的。如同每次給凍怕了，侯導總要搬出《千禧曼波》去北海道夕張出外景的往事來安慰大家，順便取笑差點遇難的廖桑和小姚。那回外景，氣溫大概在零下四十度，那種酷寒下，人能待在室內就待在室內別出去，偏偏廖桑小姚見便利商店就在目光可及的街角，自認為再怎麼冷咬牙撐一撐便是，兩人遂結伴外出購物，差點一去不回……正因為差了這麼點，兩人未能成仁，反倒淪為侯導這些年的笑料。

千里迢迢、不畏酷寒的跑到冬天的北海道夕張出外景，自己的左右手差點因為去便利商店而雪中遇難，此事大概只會發生在侯導的劇組中，是否能舒舒服服在攝影棚中拍出類似的，但差一點的效果？相信是可以的，以現在的攝影技術一定辦得到，但那樣的東西不可能為侯導接受，我們看著這一路以來，侯導對真的追求，看著他為了屏除一絲一毫的假東西所做的努力，忽然覺得，我們似乎也不該為了這些許的煎熬而有所埋怨，畢竟，侯導也沒比我們少捱餓受凍到，不是嗎？

九寮溪

拍攝日期

2013, 2/24 – 3/12, 7/22 – 7/23

九寮溪在宜蘭大同鄉，在往棲蘭山的必經之路上，很多遊客都是遊覽棲蘭山時順便來此，然而九寮溪自然環境保存得完整，亞熱帶林子與高山林相的棲蘭山完全是兩種風光，要把它當做棲蘭山的附屬景點，未免不公平了些。

九寮溪因「九座樟腦寮」得名，泰雅人稱「戈霸溪」，又因水勢強猛向東衝入蘭陽溪，其勢頭「破向東邊」，也名「破礑溪」（總不好叫「破東溪」吧？）。沿九寮溪有近兩公里的登山步道，這就是我們每天的上工之路了，劇組住在半山腰的民宿，每天要到近山頂處的瀑布拍戲，愛爬山的侯導當然很樂的天天徒步前往，跟班依然是妙紅和我，時不時有歎髀肉復生而發憤運動的廖桑加入。

山腰到山頂的瀑布間，依序會遇篤農、豁雲、巴尬、哈隘、臨瀑五座橋，讓我們左岸右岸的穿來穿去，其中的巴尬吊橋，「巴尬」（Pa Gah），是泰雅族語的木背架之意。然而巴尬發音近乎日語「馬鹿」（笨蛋是也），讓大夥兒頓時童心大發，或該說幼稚心大發，哪個倒楣鬼不慎踏上巴尬吊橋，便給指著齊聲笑：「哈哈哈，走巴尬吊橋會變成『巴尬』！」（侯導竟也參加此幼稚把戲），搞得好好一座巴尬吊橋，沒人願意走上去，只能說劇組中時不時一些看似幼稚的行為，是艱苦外景工作下的紓壓之法吧。

九寮溪山林樹種繁雜，除了樟樹尚且能見諸溫帶林相外，其他闊葉樹一概屬於亞熱帶林，更別提樹間藤蔓牽牽掛掛，還附生著成團的山蘇與過貓（可憐能吃的嫩葉都讓登山客拔禿了），相較先前大陸日本的外景地皆溫帶甚至寒帶林，惱人的連戲問題再度浮現。

侯導倒是顯得成竹在胸：「沒問題啦，你以為我沒想過嗎？你看，這些山蘇啊什麼的熱帶林，就是在山腳下，隱娘在這救了幾個人，一行人先到半山腰的村店安置，半山腰比較高，是隋州銀杏谷的溫帶林，然後他們往山上爬，到了山頂的桃花源村，就成了寒帶的大九湖灌木叢了。」至於是當真想過還是信口胡謅，就不得而知了。

隱劍

道姑教導隱娘成為刺客的隱劍之道，侯導煞費不少思量才想通，舒淇也花了一番工夫揣摩，然而對某些人來說，隱劍之道是渾然天成、與生俱來的，根本用不著花費心思領悟。

「某些人」是一隻水蠆，九寮溪的原生居民，水蠆是蜻蜓或豆娘的幼蟲，肉食性且食量還不小，溪流中的小魚蝌蚪都可能成為水蠆飼料，算是這小小生態系中沒有天敵的霸王。乍看灰撲撲像隻蝦的水蠆，與輕靈優雅的蜻蜓父母似乎半點不像，但若有能耐抓牠們兩代人於手，會發現水蠆與蜻蜓不僅長著同一張臉孔，還是張橫眉豎目兇悍不可欺的臉。水蠆與聶隱娘同業，屬刺客之流，牠不刻意隱匿身形，是以保護色融入環境，捕食的水蠆大剌剌就在那裡，然而只要牠不欲他人看見，便無人能見。

水灣輕淺處的這隻水蠆，忙著獵捕溪石上密密麻麻漆黑的蛤蟆蝌蚪誰也不理，侯導與賓哥深深為牠著迷。那早在溪邊拍戲，總是一個 take 拍完，便見兩人急吼吼衝到溪邊探視之。小水蠆很沉得住氣，我們拍了一早上，牠也伺伏在溪石邊一早上，灰棕斑駁的水蠆與同樣色調紋理的溪石，兩者同化為一體，水蠆不動，根本不會意識到牠的存在，即便曉得牠就在那，也往往視而不見。只聽兩人時不時嘆息著唉呀畢竟還是游走了，卻是定睛一看，水蠆不還好端端的伏在那！

侯導忽地頓悟，興高采烈宣布：「好厲害喔，這就是隱劍嘛！牠根本沒有要躲藏，我們卻完全看不到牠！」

是啊，「凡禽獸必藏匿形影，同於物類也。是以蛇色逐地，茅兔必赤，鷹色隨樹。」所指的八成就是這麼一回事吧。是那一日早晨的九寮溪畔，一隻水蠆為我們上的一課。

〈咋咋呼呼的半平〉

元家黑衣殺手在九寮溪山林裡追殺磨鏡少年卻屢屢挫敗的一場戲，在敘事氛圍沉肅的《刺客聶隱娘》中，是獨獨非常有喜感的橋段，事實上，不少人在拍攝過程中是邊忍笑邊幹活的。

阻止黑衣人活埋田興的少年，首先以敵明我暗的伏擊優勢，迅捷襲倒一黑衣人，當行蹤曝光優勢不再了，便仗著自己腳程比黑衣人快捷，引著黑衣人漫山遍野亂跑，跑著跑著不時還驟改方向，或索性穿樹洞溜走，讓衝過頭的黑衣人吹鬍子瞪眼，只有狼狽折回再追。最精采的一招是，少年引黑衣人到一處懸掛如鞦韆的樹藤邊，在樹藤中來回亂鑽幾下子，黑衣人竟就讓樹藤纏得一時脫身不了，少年一溜煙不見，對付另名黑衣人去了。整個追逐過程像快轉畫面，看著有些滑稽，照我們動作組的說法，這場戲他們並未放水，妻夫木聰確確實實跑得比他們快，來自日本的一線大明星，誰曉得這麼能跑！一旁的泰哥也洩氣的放下相機，表示這劇照沒法子拍，妻夫木聰跑得太快，鏡頭追不上他。

樹藤的鏡頭其中一個 take 不幸 NG，原因是二人鑽樹藤太賣力，妻夫木聰的身形又讓人眼花撩亂，飾演黑衣人的動作組一不注意當真讓樹藤纏死了，得讓同仁們去解救下來。

侯導又搬出那句「小短腿跑得超快」。他對磨鏡少年的設定有二，一來自崑崙奴的成分，同為裴鉶筆下人物的崑崙奴，黝黑壯實，是貨真價實的黑人，異邦人、異邦的武術，精悍而敏捷。另一個典故出處，藤澤周平的短篇集《黃昏清兵衛》其中一章篇〈咋咋呼呼的半平〉。先說說藤澤周平的作品，山田洋次導演的「武士三部曲」（《黃昏清兵衛》、《隱劍鬼爪》、

《武士的一分》）便是改編自此短篇集。藤澤周平擅寫江戶時代的下級武士與庶民生活，他筆下的武士們，都不是瀟灑倜儻的大俠，反倒像朝九晚五、顧家的小公務員或上班族，若不是暗地裡身懷絕技，簡直就太普通了與一般人沒兩樣。藤澤設計他們的流派招式也很有意思，都與他們的性格密切相關，且大多從各短篇名可看出端倪。

〈咋咋呼呼的半平〉是膽小又老愛為小事抱怨不休的鏑木半平（咋呼，藤澤周平開頭即定義為沒耐性、毫不顧忌的朝四周泣訴或抱怨），任職土木工程隊的半平看似與劍豪沾不上邊，總愛咋呼以至於同事妻子都練得一套馬耳東風的本事。然而這也是藤澤周平作品共通的橋段，總有藩內的家老曉得平凡又不起眼的各主人公其實身懷絕技，故而在一些無法派出正規殺手的刺殺任務當中，找不同的理由硬逼他們上陣，其中半平給逼出去的理由大概是數一數二窩囊的——與漂亮寡婦私通的把柄給牢牢逮到，半平再是咋呼，也只有硬著頭皮上陣了。他要刺殺的家老與其隨從都是高手，加以半平精通的短刀並非正規武器，正面交鋒是全無勝算的，這一點，在山林裡的磨鏡少年的處境是一樣的，半平怎麼解，磨鏡少年也就怎麼解。

半平怎麼解？他運用伏擊優勢，先摸清楚家老與隨從日常的行跡，趁兩人分開各自落單之際，先收拾了隨從，用短棍直接打碎對方脛骨，如此好整以暇，隔了數日方才刺殺主要目標家老，面對使用長刀的對手，半平「直接闖入對方懷中」，一來運用短刀肉搏的優勢，二來違反打鬥原則的撞個滿懷也教對手失措。半平完成了他的使命，然而這場功勞並無獎賞（暗殺怎好公開褒揚？），充其量就是不再追究私通寡婦一事，則半平再愛咋呼，這苦也不曉得要向誰訴。

妻夫木聰自然聽得很樂，藤澤周平的作品在日本是家喻戶曉的，能被比作其中人物也是光榮，收工後晚餐桌上順便灌侯導迷湯，要侯導多挑幾個藤澤的短篇來拍，他可以幫忙出主意哪篇的主角適合誰來演，首選當然是淺野忠信，先前磨鏡少年的演員全不考慮淺野（以淺野老成的相貌，實在很難飾演「少年」），讓侯導自覺欠了淺野一回，得找機會補償回來。

當然，我們的磨鏡少年不似崑崙奴或鏑木半平是個高手，侯導特意告訴妻夫木聰：「你不是個高手，但是你善用優勢。」妻夫木聰很能理解侯導的意思，所以我們看到這一場戲的磨鏡少年，起初利用的是埋伏優勢，行跡暴露後很快轉變為利用速度優勢，交替使用不同優勢，來彌補自己正面交鋒並不在行的弱處。打鬥時，揮舞起短棍並不優雅，而是怎麼方便放倒敵人怎麼來，擺平第一名黑衣人就是用短棍打碎脛骨，同時衝撞敵人，迎向敵人與之撞個滿懷，以短棍肉搏，其中不少動作狼狽而驚險，幾乎就要被砍殺，即便後來的追逐，少年也數度趔趄摔倒，對黑衣人的每一下殺招都拚盡全力才能躲過。

推廣藤澤周平的短篇集，也是侯導在拍攝現場的例行公事，舒淇與小天都是這系列的愛好者（雖然小天每每談論起來，「哪篇哪篇好酷哦！」的口吻更像在說某漫畫某電動），兩個人在盛讚之餘的小埋怨也一模一樣，就是各篇的篇幅未免太短小精簡了點，才剛剛看得起勁、入戲對人物產生認同感，「嗄，結束啦？」

侯導也時常自比藤澤周平的人物，〈愛忘事的萬六〉的樋口萬六，萬六是個健忘到被迫退休賦閒的老人，由兒子媳婦供養，凡事皆可忘連家人都會忘記。萬六一如藤澤筆下的其他人物般不露鋒芒，唯有大事臨頭才展現其世故老練、智慧通達的一面，同時一樣的暗藏絕技，解決了媳婦遭上司欺侮一事，也如其他人物，在事件結束後又回到平時老樣子，莫怪媳婦對萬六的感激不出幾日，又回復過去對待健忘老人的嫌惡。

有感於記憶力大衰退的侯導自稱萬六，想了想，自己健忘的程度恐怕在萬六之上，乃改口：「我就是『萬八』啦！」又數日，自我進化為「萬十」。

當然侯導下的最後一句定義，恐怕要惹火妻夫木聰的廣大粉絲群。侯導說，他就是要妻夫木聰像隻蟑螂一樣，跑得超快，追也追不上，打也打不死！

老娘受夠了

我過去的馬術教練是這麼評斷馬兒的：「馬很笨，但記憶力超好。」在九寮溪山林裡拍攝田興一行人突襲元家黑衣人時，總算對這句話有了深切了解。

九寮溪拍攝時用的馬匹都是台灣馬場養的「嬌嬌馬」，這些馬，大半時間踩著的都是馬場室內軟軟的沙地或木屑，不像大陸固安馬場的馬過慣了火裡來水裡去的日子，光是運來九寮溪，踩上大自然的泥土地，就夠嚇死牠們的，至於要上到山頂的林地拍戲，還得要請木匠幫牠們打造一條直通上山的木棧道，牠們才肯踏著這康莊大道上山。

「你們是動物耶，沒幾代前的祖先還是生活在這類地方的野生動物耶！」我們有時難免這麼苦勸牠們，當然不敢指望牠們聽得進去。

「嬌嬌馬」也非常愛作怪，愛使性子，當然不難看出牠們的滿腹委屈，牠們急著想脫離這蠻荒的山林回馬場去吧？總是時不時的，看見馬術教練們牽著馬原地反覆兜圈子，這舉動往往讓人看得一頭霧水，原來是為了要破壞馬的平衡，馬在兜圈子中竭盡所能維持自己的平衡，也就沒有作怪的餘力。

山林一場戲，是兩名黑衣人騎過山路，忽見空背的田興坐騎站在路當央，二人驚覺有詐，正要戒備時，聶鋒領著中軍由樹林竄出，一刀斬一名黑衣人下馬，中軍們迅即包圍剩下一名黑衣人……我們當然無法一鏡拍成，黑衣人騎馬遠遠而來，勒馬停步是一個鏡頭；兩黑衣人立馬站定山路上，受聶鋒等人突襲是一個鏡頭，兩者剪接在一起方才像是黑衣人騎馬趕至、勒馬即遭突襲。

如同所有打戲需要反覆磨練，我們也得讓黑衣人騎馬就定位，一次一次遭受突襲砍殺。聶鋒等人突襲時總要呼喝個幾聲振振士氣，斬人下馬的動作也相當暴烈且免不了拉扯到馬匹，兩者都會嚴重驚嚇到馬，偏偏馬的記憶力太好，受過幾次驚嚇後，牠們便再也不肯踏上相同位置，死都不肯的翻著白眼、歪著脖子，橫步左閃右躲那塊地面。因此拍攝這一段，每幾個 take 就得換馬，反正都是黑馬，幫馬稍稍梳化一下，把白章用顏料塗掉偽裝成是同一匹馬上陣，若是沒有帶到馬匹正面的鏡頭，用毛巾蒙住馬眼也能勉強再偷幾個 take，然而都是權宜之計，我們得搶在把黑馬「用光」前搞定這個鏡頭。

然而就算此法，黑馬消耗量依然驚人，眼看著快要無馬可用，到最後仍只好讓大飛跟黑珍珠這對搭檔上場。大飛是動作組公認的馭馬能手（以馬的觀點，則是惡人之首），黑珍珠則是性格最穩定的一匹馬，在我看來，也是號稱黑馬橫行的本片中，唯一一匹真正的黑馬，據同行的馬術教練說，是個略有年紀的大嬸，儘管是牝馬，卻很有馬群領袖的風範，有牠在的地方，其牠馬匹都會明顯穩定許多。

黑珍珠確實沉穩，當田興聶鋒與中軍一大群人衝出樹林，頭幾個 take，黑珍珠仍會驚嚇到，卻不像其牠馬匹被嚇個幾次就再也不肯上前，大嬸耐著性子，仍一次一次就定位，陪著我們耗，偏偏那個鏡頭難度超乎想像，一個下午過去，眼見到了傍晚近收工時還沒搞定，就連大嬸也快把持不住了。

然後便是ok take，完全是黑珍珠的功勞，放大家早早收工回去休息。當林間突襲者衝出，聶鋒斬黑衣人下馬，大嬸的反應不是驚逃跑，而是帶著背上的大飛，前蹄騰空的人立起來，動作緩慢華麗一如所有電影中大俠的坐騎，又好像賈克路易．大衛（Jacques-Louis David）的名畫《拿破崙越過阿爾卑斯山》的那匹烈馬。

在monitor前的侯導大聲叫好，明哲也是目瞪口呆，直說這個動作絕不是動作組安排好的，太精采了，以至於侯導都說，儘管這個鏡頭其它部分有明顯瑕疵，他仍會想點辦法把它剪進片中的。

順帶一提，大俠或武將總要來兩下子的馬匹人立動作，不是任何馬匹都做得來的，要拍攝這樣的鏡頭，得用特殊訓練過的馬匹，歐洲馬，尤其是西班牙馬品系的馬種如安達盧西亞馬或盧西塔諾馬，尤其常被訓練做這類特技動作（二〇一四年底風靡全台的「Cavalia 卡瓦利亞劇團」的《夢幻舞馬》，便是以此兩種馬為主力馬種）。無論如何，那天下午黑珍珠的這個人立動作，絕非出於訓練，也不是我們刻意安排，完全是牠自己的即興演出，若此鏡頭通過了剪接順利躍上大螢幕，請大家千萬記住黑珍珠的功勞。

不過我們事後反覆播看這 ok take，忽地驚覺，黑珍珠的人立動作不太像是受驚，看牠的眼神也並無任何翻白驚嚇，遂恍然大悟，黑珍珠的人立動作應是一忍再忍、忍無可忍了，「老娘受夠了！」

洪金寶二世

大飛是動作組一員，也是全動作組最搶眼的傢伙，平時在拍攝現場有兩個工作，武術副導與活寶。大飛有著凡事我說是就要是的精神（這一點侯導也一樣），故而先前在京都，長達一個月堅持要對飯店隔壁的便利商店店員說中文，相信如此總有一天雙方必定心誠則靈，能溝通無礙。

身為武術副導，大飛職在協助明哲，照理就老老實實待在幕後，實在是到了拍攝後半段，我們對動作組的濫用已到自己人都看不下去的地步，觀眾若有留心，應不難發現節度使府中軍們反覆看去不超過十張臉孔，且就是元家那群黑衣殺手，也是田季安迎接中臣時率領的家臣家將們，當然，正是我們的動作組全員，在增加生面孔的考量下，也只有讓大飛下海演出，大飛的處女秀便是九寮溪山林裡，抓獲田興一行人的元家殺手之一。

先是大飛梳化完的模樣便笑倒一票人，直說怎麼有如此可愛的殺手，簡直沒有丁點殺氣，同時不敢說出來的暗自擔心大飛的身手，畢竟從沒人看過大飛的真功夫，端看大飛胖呼的身形，總覺得要動起來都有困難……結果當然是多慮，可愛的大飛不僅能打，還把那場山路戲的鋒頭全都搶光光了。

當然大飛樂天過了頭，在那場戲險些釀成巨災。黑衣人們能夠制服田興，用的是流星鎚，一條細鍊兩端連著重鎚，擲出擊中人腿時會順著重力纏繞住。大飛扮演擲流星鎚者，為讓他擲來趁手，打造流星鎚一事，我們也就放任他監工美術組並未多問，開拍前，大飛耍弄看上去頗像一回事的流星鎚，保證他審核過的產品安全無虞且他技術好得很必定一個 take 就過云云……

結果當然沒有一個 take 就過。

大飛一擲偏了，流星鎚頭與細鍊分了家，好死不死的飛向人群最密集處——攝影機旁，正中場記芝嘉，竟好像電影情節似的（我們這不正是在拍電影？），場記板代主人一死，從正中被流星鎚打成兩半！眾人驚駭之餘，連忙揪了大飛逼問流星鎚成分，這才吐實的大飛赧赧答道，鎚頭是用個廢舊的榔頭改造成的，榔頭是橡膠材質，然而橡膠的功能僅在防止打釘時產生火花，可不代表它比金屬柔軟。

差點鬧人命，一片眾聲怒斥，侯導尤其高呼，即便這回沒打到芝嘉腦袋開花，也難保等等不會打斷雷鎮語的腿！可憐了平時大無畏的芝嘉，連筆都握不穩，還要旁人塞幾顆巧克力下肚安神定魄一番，大飛與美術組摸摸鼻子去改了個塑膠流星錘回來，事實證明大飛的自吹自擂其來有自，技術確實好極了，即便不是一個 take 過，也約莫兩三個 take 搞定。

錄音組要收馬匹奔過山路的音效，也是大飛幫的忙，大飛一手握轡策馬，一手舉著麥克風收音，來回跑個兩次馬便搞定了。大飛善馭馬，並慷慨分享馭馬心得，說馭馬只有一字原則：兇，只要比馬兇就一切搞定。大飛對馬太兇，以至於有時連明哲都看不下去，警告他總有一天會被馬匹聯手踩扁。

眼見大飛如此圓胖身型，卻是溜活得很，加以個性喜感，從頭到腳都有戲，我們稱他為洪金寶二世，鼓勵他朝武打明星的方向發展，這點很重要，大飛與我同年，拍攝《刺客聶隱娘》的這一年都是二十七歲，二十七歲對編劇來說可以是生涯的起頭，對個武行卻已日薄西山。大陸的武術學校太多了，貧窮農村皆把養不起的孩子往武術學校送，包括大飛在內的好幾個武行都是自小離家的。如此供應過剩，每年都有大量新血進入業界，後浪一波波推前浪，萬一又不幸拍戲受傷，雖不致像斷了腿的賽馬等於被判死刑，卻也差不多是職業生涯的終結，下面多得是更年輕力壯更完好無損的後輩來取而代之。武行們約二十左右踏進業界，到了二十五歲就得要開始思考將來該何去何從。

一是力爭上游做個武術指導，像明哲那樣；二是徹底轉型當個打星，如同我們鼓勵大飛去嘗試的。此二者，都是鳳毛麟角的太稀少了，自身能力俱備尚且不夠，更需要的是機遇與人緣，我們看到轉型成功的例子都是金字塔頂端那少少幾個，又誰得見金字塔底的萬人塚？

因此，動作組清一色的小朋友，唯三的例外就是大飛、明哲與國旗。國旗比明哲還年長些，故被動作組尊稱為國旗哥，國旗哥最擅長爬樹，我們不曉得費了多少工夫才制止自認超會爬樹的侯導去與他切磋技藝，這一回外景在九寮溪山林，國旗哥挑戰樹幹光溜的「猴不爬」九芎樹成功，從此有了「比猴子還厲害」的稱號。國旗哥臉孔天生自來笑，笑容明顯到過去時常被其他導演喝斥（「那邊那個武行不要一直笑場！」），為此，侯導還特地為他飾演的元家殺手頭頭取了個名：笑面。

正是來自大陸各地，動作組們的籍貫差異大，從南到北皆有，侯導利用了這一點，在元家殺手們追趕田興聶鋒一行人時（實則就是騎馬在九寮溪各處奔來跑去），殺手們彼此通報一律用各自的母語方言，雖然搞得我們沒一句聽得懂，惟如此自然真實多了，並讓元家有了「養四方之士」的形象。

儘管背負了沉重的背景與將來，我們與動作組的共事仍然愉快，如前所述，這些傢伙根本是一群二十出頭的男孩子，沒心機好相處也是自然，有時難免為他們感到心焦，武行們面臨的困境，是他們一字一句親口告訴我們的，現下反倒是他們快樂過日子，我們在替他們操心。

又只見明哲每每愁眉苦臉扶著腰「唉唷、唉唷」，我們曉得，便又是武行的舊傷發作起來了。

樓蘭山

拍攝日期

2013, 3/17 – 3/23

侯導愛樹成癡，來到棲蘭山可謂得其所哉。

棲蘭山位在宜蘭縣大同鄉，海拔約一千六百多公尺，是始終未定案的馬告國家公園預定地。馬告國家公園設立的源起，在一九九八年時，當地的主管單位退輔會決議整理棲蘭山枯立木。枯立木顧名思義，就是已死卻還未倒下的紅檜，這類紅檜在林間醒目的呈現灰白色，雖死猶生的模樣自有一種淒涼之美，整理枯立木是為了更新林相，使其不妨礙低矮的新生紅檜吸收陽光，同時枯立木易遭雷擊引發森林火災，也有倒塌而損傷周遭林木之虞。然而是否移除枯立木，本身就存在爭議，環保人士指出，枯木有涵養水土的能力，同時樹身孔隙能供小型動物棲息，能夠維持生態系，更何況，在還沒有人類進入、以人為方式整理前，檜木林也沒受枯立木妨害，人類想干涉檜木林的生長，未免自大了些，應當尊重大自然本身的更新機制。

當然，這件事到後來壓根與枯立木無關，環保人士不久後入山直擊，退輔會宣稱整理枯立木，卻砍伐活生生的生立木！事發時我還小學年紀，震驚於退輔會明目張膽的劣行，故清楚記得當時報紙上聳動的照片與文字，照片中遭攔腰砍倒的巨木，斷口呈現橘紅，絕不是枯木的灰白，記者在照片下寫著，「被砍倒的檜木，鮮紅泛油，好像成年人流著血的軀幹」。事件引發譁然，保育團體串聯成立「全國搶救棲蘭檜木林聯盟」，迫使農委會隔年宣布暫停枯立木整理作業，也帶起了馬告國家公園設立的呼聲。

然而時至今日，遲遲不見馬告國家公園，原因在國家公園經營模式與原住民生活方式的衝突，台灣的國家公園採取美國的「無人模式」。此一點，美國的殷鑑不遠，「無人模式」在杜絕一切人類行為對自然的破壞，其形成自有背景——在美國大規模工業化年代下，自然環境遭受嚴重破壞，人們對此的反思。此概念下設立的國家公園，重心全放在保育動植物與自然景觀上，卻忽略了早已融入自然環境的原住民族，這些人群理應被視為其中一環，然而限制漁獵活動的禁令，乃至強迫印地安人遷移出國家公園的範圍外，因此引發印地安人「我為什麼不能在祖先的土地上過著傳統生活？」的質疑。台灣早年設置並與原住民生活領域重疊的玉山、太魯閣、雪霸等國家公園，也多少引發原住民相似的抗爭，前述在政府強勢主導下設立的國家公園都面臨此類衝突了，由民間催生的馬告國家公園則更是如此，直到去年國家公園預定地內南山神木群遭山老鼠盜伐（部分山老鼠來自司馬庫斯泰雅族部落，引發同為泰雅族的南山部落眾怒，差點演變為出草事件），馬告國家公園設立的呼聲又起。

馬告（Makauy），是原住民語「山胡椒」之意，是一種樟科小喬木，果實辛香，早期原住民多用做香料或鹽，現在則是發展觀光文化下，原住民餐飲的一大特色，第一次聽到「山胡椒」的人，不免都要大駭一番：「原住民竟然會吃『珊瑚礁』！」

神木們

我們拍片的神木群位在森林遊樂區內，由較老紅檜與較年輕扁柏構成的神木群，其中五十一棵樹形夠好看、樹齡夠老的神木被分別命名，依其萌芽年代對照中國歷史人物，由最老的孔子到最年輕的鄭成功。站在神木區的任何一處放眼望去，必能看到林間或多或少神木級的巨木，有的活了上千年仍枝繁葉茂，如孔子；有的雖死猶生，枯盡了枝葉卻還穿出山林屹立著，如唐太宗或柳宗元。想到巨木曾與同名的古人呼吸著一樣的空氣，仰觀相同的日頭與天空，方才驀然驚覺，原來我們面對的是如此了不起的一個生命！

神木們讓我們學習到了許多，例如，樹木也與人類一般，體格大小與年齡並無必然關係，比如最老的孔子，其樹圍、高度在神木群中卻是只算中小型，一條同齡伴生的藤蔓是它最顯眼的特徵；而比它年輕不少的司馬遷、曹操，卻是驚人的龐然巨物，尤其司馬遷，其主幹分枝處大如牆面，芒草茂密甚至還寄生著小樹，簡直是一片小草地！也許莊子〈逍遙遊〉中所說「其大若垂天之雲」，所指即此。至於侯導最感興趣的包拯，五十公尺高好似一柱擎天，其樹腰處有一橫枝斜斜上指，橫枝下尚有兩大球樹瘤……非常之具象化，故有「男人樹」這一別號。侯導性器期不滿足似童心大發，堅持要拍道姑與隱娘師徒搶著站上包拯那話兒的kuso橋段，當然是讓眾人齊齊厲聲喝止了。

這時候難免有台獨份子出來殺風景，嚷嚷道這是咱們台灣的樹啊，怎麼可以起中國人的名字呢？這不免讓人啼笑皆非，除了乾笑三聲，也不得不說，台灣歷史之短，短到除了最年輕的鄭成功（說真的，鄭成功也只能算「半中半台」），再也找不到其他相年紀可資相對應的人物能為神木命名。不過也別沮喪，過去的歷史已成定局，來日卻還掌握在我們手中，台灣的歷史仍在走下去，棲蘭山上新生的紅檜也生長著，那株依偎著攝影機的碗口粗小紅檜，據說已有六十多歲了，說不準千年之後，它會是一株名叫「侯孝賢」的神木？

不論日據時代或光復後，棲蘭山始終是重要的林區，一直到一九九四年才停止採伐，是全台灣最晚關閉的林區，長達半世紀的砍伐中，如此醒目的巨木竟能再再逃過一劫，當地人對為此困惑的我們解釋，原來巨木上了年紀後，儘管生意盎然，卻都已是空心的木材，此狀況又以紅檜比扁柏要嚴重，故神木大歸大，在伐林者眼中卻是大而無用之物，根本不屑一顧。

多像古老的智慧之言，我們再回到〈逍遙遊〉。惠子謂莊子，道樗樹大而無當，「其大本臃腫而不中繩墨，其小枝卷曲而不中規矩，立之塗，匠者不顧」，藉以暗指莊子的言論大而無當，莊子卻閒適答以，「今子有大樹，患其無用，何不樹之於無何有之鄉，廣莫之野，彷徨乎無為其側，逍遙乎寢臥其下。」因為是無用的木材，神木方能存活下來，以大若垂天之雲的樹蔭庇護往來者，也因為無用，我們今日才有幸能在參天巨木中拍片，是了，物無可用，安所困苦哉？

〈喪神〉

《祕劍．柳生連也齋》的作者五味康祐，擅寫劍豪小說，比之藤澤周平，他的風格明顯陰暗許多，一樣是身懷絕技的主角們，藤澤的主角們儘管身分卑下諸事不順遂，卻也還享有怡然寧靜的庶民生活，五味康祐的人物則擺脫不了總要一決生死的沉重宿命。他的成名作〈喪神〉榮獲芥川獎，亦收錄於《祕劍．柳生連也齋》一書中。

〈喪神〉敘述人稱妖劍的幻雲齋，在一次例行比試中斬殺了稻葉四郎利之，六年後，面對來報父仇的稻葉之子哲郎太，幻雲齋非但沒有斬殺之，反倒收哲郎太為徒，傳授劍術與哲郎太，哲郎太自幼與父親分離，與父親並不相識也無親情，報殺父之仇不過是遵從世俗規矩，於是相處日久，兩人漸情同父子。幻雲齋教導哲郎太的劍術，就是謹守自我的本能，謹守為劍客們所鄙夷的怯懦，唯有如此，能如人在飛砂迎面時會閉上眼、伸手驅趕停在臉上的飛蠅而不自知，這些都是本能的反射動作，也因此，幻雲齋每每在斬殺對手後都全無記憶。幻雲齋教導哲郎太，要將劍術練成搶先在意念之前的本能動作。故而當哲郎太師成之後下山，幻雲齋看似送行，卻是颯起自背後襲來，哲郎太頭也不回，憑練就的本能反應一刀斬殺了師父。

道姑與隱娘師徒了結的這場戲，完全用了〈喪神〉這個典故。

棲蘭山的深林間，穿插在濃霧中的神木失盡了碧綠，宛若灰白鬼影。師徒倆一前一後，由「鄭成功」下方的山路迂迴而下，兩人皆在各自的情緒中，甚至看不出隱娘是否有察覺道姑尾隨自己走下了山，再來便是落葉颯起，道姑飛身撲向隱娘（當然兩顆綁額頭沒磕在一起），拂塵橫掃隱娘脖子，兩人交手於一瞬，一瞬過後分開的師徒倆，隱娘踏著略跛的步伐走下山，站定收勢的道姑，胸前暈染了大片鮮紅如一朵紅牡丹……

早先的劇本討論，我們直接指明隱娘刺殺了道姑，阿城甚至主張在瞬間交手後，道姑應當要有一句對白：「從此你就誰都可以殺了。」這有點像是工匠鑄劍，必須一祭爐神，最有名的典故就是干將莫邪這對雌雄劍，干將鑄劍時，起初鐵石無法融鑄，乃明白必須犧牲「殉爐」，這故事接下去有三個版本，一是普遍級所有年齡層皆宜的，由干將之妻莫邪剪下指甲頭髮投入爐火象徵殉爐；二是流傳最廣最淒美的版本，由莫邪跳入爐中殉爐，干將強忍喪妻之痛鑄造了這對雌雄寶劍；三是比較不合理的版本，干將莫邪夫妻雙雙殉爐（那雌雄劍是誰來打的？）。若將刺客比喻為刀劍，那麼聶隱娘絕對是把稀世寶劍，道姑身為這把劍的鑄匠，眼看就要功敗垂成，遂決定以身殉爐，以自我犧牲來成就此寶劍。

或是說，去除阻礙寶劍的最後一絲雜質或邪念。好巧不巧，收錄在《祕劍．柳生連也齋》的另一短篇〈三號鐵匠〉，生性古怪的「綾小路的三號鐵匠」定家，窮盡畢生之力打造其最後一把刀，包括其學徒在內的眾人都認為這絕對會是把千古罕見的寶刀，卻不料鑄成的是一把妖刀，明白了鑄匠的意念深刻影響鑄成的刀劍，定家舉劍斬殺了象徵邪氣欲念糾葛了他師徒兩代人的養女千鳥，除去了刀上化作長虹的妖氣……

應當是「去戲劇化」的老毛病又犯了，侯導最後沒採用「殉爐」的想法，而改成更單純的，道姑的出手攻擊完全是基於「手癢」。她看著隱娘，看著自己親手鑄造的這麼優秀的作品，看著同行的佼佼者，很自然的會有種與之一較高下的企圖，於是她一再按捺、一忍再忍，手癢得禁不住出手了，方曉得這個徒弟早已出類拔萃在自己之上。同時有關道姑的下場，侯導也不打算言明，儘管大家私底下說，看那傷處與傷勢該是很難活得成。

我們在棲蘭山花了一個星期拍這場戲（上方的「鄭成功」慘遭強迫收聽當了一星期的觀眾），棲蘭山的天氣太不穩定了，意識到等天氣的不可行，我們只能逢晴逢霧皆拍，到最後幾乎各拍了一套，給侯導帶進剪接室慢慢挑。

與道姑交手過後，隱娘旋身斜斜翻出戰局，數尺外落地站定，落地時略略趔趄，直起身下山的步伐微跛，這些都是即興的設定。起初是，隱娘的由男替身小勇（二十一歲的小爸爸一名，唇紅齒白骨架子細小，在動作組中專門為女演員替身，然而梳化起隱娘的模樣仍被侯導嫌「金剛芭比」）上陣，側翻動作難度太高，男女先天肌肉量差異下，只有男替身能翻出去還勉強站得穩，然即便是小勇，第一個 take 被明哲判定 NG，乃因小勇落地時歪了好大一下子，彷彿有片刻站不起來，讓人擔心他是否因此受傷。待確認過小勇沒事，明哲向侯導致歉，保證下一個 take 會更完美，卻見侯導兩眼放光，直說這個動作正是他要的東西。

「可是導演，他那個屁股著地，難看得……」明哲慌張辯解，難信侯導會對個天大瑕疵視而不見。有些八字眉的明哲，慌張的神色加倍。

侯導耐心安撫明哲，解釋著，他不要個一切完美的鏡頭，特別是這場戲的情境，隱娘或許已青出於藍勝過道姑，然而道姑畢竟是個高手，隱娘與她交手受點傷也很自然，且在他看來，隱娘即便負傷跛行，仍半點無知覺的闊步走去，身影沒入山路盡頭的澄明陽光中，反倒更近似於原典故中，斬殺了幻雲齋下山的哲郎太。

明哲愕然，卻還是老老實實抓小勇過來，咬耳朵吩咐，等等落地時切記踉蹌一下，故而之後的每一個 take，都可以看見落地的隱娘明顯的踉蹌，惟演出來的踉蹌總是不如自然的踉蹌，我想侯導中意的，八成還是第一個 take。

小勇翻完、踉蹌完，該是兩演員本人上場了，侯導例行的向舒淇許芳宜解釋這場戲情境，談起了〈喪神〉，特別提到伸手驅趕飛蠅的這一形容，引起師徒倆各自一番搞笑演出。

許芳宜手插腰怒瞪侯導：「所以你說我是蒼蠅嘍？」

舒淇兀自對空氣揮舞：「咦，有蒼蠅？啪，打死了！嗄，是師父？」

內蒙古

拍攝日期

2013, 5/13 – 5/22, 6/7 – 6/18

內蒙古的外景，全數集中在紅山軍馬場境內拍攝完。那次侯導看景先行，從山上電話告知在北京整裝要上蒙古高原的大隊：「上山前東西要準備全，這裡生活條件比大九湖還差。」

大九湖早已成了我們的緊箍咒，大家一聽不得了，瘋了似的上超市掃日用品，待等拎著無數衛生紙毛巾牙膏牙刷電池蠟燭乾糧礦泉水雲南白藥上了山，才發現山上要什麼有什麼，有暖氣、有熱水、有抽水馬桶、有無線網路，任何不在事前預期中的東西竟讓人驚喜的一樣不缺（可憐的文明人們）。無端恐嚇眾人的侯導當然是全無導演威嚴的被七嘴八舌唸了一大頓。

紅山軍馬場位於內蒙古赤峰市，克什克騰旗西南端的烏蘭布統古戰場。一九六四年建置，隸屬北京軍區，主要供應邊防部隊的軍馬，四十年間，一共輸送了萬餘匹軍馬。至一九九一年，由國務院審定為國家級重點風景名勝區。

紅山軍馬場是灤河的發源地，境內主要為丘陵草原景觀，也有白樺為主的森林、沼澤地、河湖水域，也許是樺樹林相之故，景觀幾分似歐洲。在清代，這裡是木蘭圍場的一部分，皇帝每年總要領王公大臣、八旗軍隊來此秋獵。除了青草原不時裸露大片白沙透露此地日益沙漠化外，軍馬場自然景觀未受太多人跡影響，讓人十分相信，我們眼中看見的景色，與數百年前的清帝所見並無不同。

紅山軍馬場平均海拔一千五百公尺，年平均氣溫只有攝氏一度！聽當地人說，一年當中只有七月八月「比較不會」下雪，外景期間，便遭遇了一場六月雪（眾人高呼此中有冤情啊）。我們待在當地的五月六月，春夏之交是紅山軍馬場最燦爛繽紛的一段時光，只因草木都得趁著這短暫的一季茂盛並繁衍，光是我們離開一週再回來（紅山軍馬場外景分成兩段，中間夾著一週的涿州內景），原本拍攝葉落空枝白樺樹林已是綠蔭扶疏，草原百花盛開，一巒一巒丘陵的顏色完全是由花色決定的。別具特色的是草原上處處叢生的丁香樹，不高的樹團團成球好似修剪過的樹籬，綠葉細碎，一樣細碎的白花雜生在綠葉中，渾圓的樹遠看便呈現粉綠色，風來頓時飛花如雪，我們幾位女演員們站在樹下簡直如夢似幻的美呆了！

因為地勢高，雖然還不到高山症的地步，然而走路喘、說話也喘，同時高處少遮蔽，風大到能吹裂臉頰、推人踉蹌。豔陽高照，一看就是紫外線十足的毒辣陽光，我們冷得發抖的同時還得提防曬傷，這就是大致的工作環境了。

有了大九湖經驗，便覺內蒙古相形之下好非常多，一樣的冷，但內蒙古乾冷更近似涼爽，不會有衣服三天曬不乾的窘況。電力則相當穩定，我們待了二十天，大規模停電只遭遇一次。至於最讓人害怕的村民搶錢問題，當地人也搶，然「盜亦有道」，知道什麼錢可以搶，什麼是絕對不能踏的紅線，並懂細水長流不把肥羊一次宰光的道理。我們待在當地的期間，商家們皆在原本即有的「在地價」（八折）與「觀光客價」（不折）間多了「劇組價」（九折），算是給我們的優待，因此就算對方並非真心，我們與當地人的相處也比在大九湖期間愉快許多。

正因為是個正統得多的觀光區，意味著我們能在收工後有近似觀光客的休閒時光，買土產、上街吃吃喝喝（鎮上商店餐廳林立的一條黃土路最是熱鬧，我們暱稱為「忠孝東路」）。談吐溫柔又性格隨和、深受劇組喜愛的咏梅（飾聶田氏）身為蒙古族，自覺要替大家導覽一番，如鑑定當地人歡迎我們的蒙古歌舞道不道地、端上桌的烤全羊是否合格、街上的土產是不是騙觀光客用的，當然，這些東西大多都沒通過她的嚴格檢驗，然而我們這些異鄉之人，仍是逢舞就被拖下場一塊跳，有羊肉也不辨好壞的一律下肚（順便感嘆一下「羊肉之友」妻夫木聰竟然沒機會來此羊肉天堂），街上討價還價買土產，糊里糊塗的觀光客度日法，倒也快活！

紅山軍馬場算得上熱門外景地點，電視劇如《還珠格格》、《三國演義》、《康熙王朝》、《漢武大帝》都有來此拍攝外景。光是我們停留期間，便遇上另一外景隊，中法合拍的《狼圖騰》。對方的編制遠大過我們，也嚴謹許多，由於對方的通告單每天都會誤發給我們（旅館每間房門縫一律塞），我們得以欣賞他們的工作方式，甚至偷偷感嘆應當師法一下，聽聞他們劇組帶著兩位貨真價實的狼演員，我們更是呼朋引伴的想去見識一番。

天氣、動物和音樂，還有群眾演員

野上照代《等雲到》一書，記述了與黑澤明導演一同拍片的時光，其中一句名言，「關於電影，有三件事黑澤先生說了不算：天氣、動物和音樂。對於這三樣，除了等待或放棄，別無他法。當然，黑澤先生是不會放棄的。他選擇等待。」

經歷過內蒙古這一場外景，侯導堅持要加入一樣：群眾演員。

群眾演員本就難以掌控，侯導多老練的電影人，不可能不曉得，我們在大九湖外景的經驗亦是，光是要群眾演員「別看著鏡頭」就是要花上大半天無數個take的艱鉅挑戰，侯導自傲有一套對付群眾演員的手法，連哄帶騙兼偷拍，長久以來，倒也沒遇上拍不到就是拍不到的窘境，直到內蒙古幾場外景，算是踢到了鐵板。

內蒙古的外景多大場面，包括田季安迎中臣、元誼投魏博、隱娘馬市刺大僚，都是需要幾十人上百人，並有馬隊的大場面，除了由北京募集的群眾演員，免不了還要當地人與馬匹充數，乃滋生種種事端，多數讓人啼笑皆非。舉凡馬上行軍邊打手機，大剌剌戴著眼鏡面對鏡頭，一見觀光客來即不理通告跑去做生意……等等，無論怎麼喝止，這些蒙古漢子們總是笑笑不回嘴，頗有一痞天下無難事的味道。

吳孟芸繪圖，黃文英提供

工作人員氣極，往往對同樣下海臨演的同事耳提面命：「等等隊伍裡看到在打手機的頑劣份子，別客氣，直接從頭頂巴下去就對了！」

拍元誼投誠魏博一場戲尤其是，史冊稱元誼「帶萬人來降」，我們湊合了兩百人已是極限，其他只能依賴後製時複製貼上的技術，而這兩百人也已是我們所能控制的極限。元誼部隊中，前頭的騎兵還有些許架式，後頭的步兵們鎧甲凌亂，步伐散漫，說是敗逃，未免又閒適自在了點，不免有工作人員大發恨聲：「難怪元誼會要投降，這樣的軍隊根本就是一群死老百姓嘛！」被其他人吐槽：「本來就是一群死老百姓。」

是了，不只是老百姓，還是一群大媽大嬸，即便穿上鎧甲肩著刀戈也還是大媽大嬸，加上前述戴眼鏡打手機的騎兵們。侯導大清早即採不合作態度，負氣深入大草原健走，不時繞回來拋出一句：「我們要收工了沒？」眾人大驚導演啊我們這不是才在準備而已，侯導一扭頭又往草原深處去了，簡直誰是導演誰是工作人員的快要錯亂了。

黑澤明選擇等待，侯導選擇變通，既然大嬸大媽們毫無軍紀，既然元誼家眷乘坐的破車動不動就卡在半路上拖不動，那就呈現另一種行軍吧，如二戰電影中的敗逃片段，士兵疲憊拖著腳步耷拉著槍桿走路，吉普車開著開著拋錨在半路只見整車人跳下去狼狽推車……

收工的侯導餘怒未消，談起了好萊塢對大場面的調度，語帶佩服。雷利・史考特（Ridley Scott）導演的《王者天下》（*Kingdom of Heaven*），也是我們編劇時參考的電影之一，該片規模宏大，片末攻城一戰動員的群眾演員達上千人。而不到兩百人，已讓我們疲於奔命、窮於應付各種荒謬意想不到的狀況。

「他們的群眾演員就像生產線一樣，一個帳篷梳化，一個帳篷穿戲服，一個帳篷領武器……是非常工業化的產業，大概也只有製片制的好萊塢電影工業辦得到。」侯導對著一干頑劣份子猛抓腦袋之餘，亦不免感嘆。

是了，好萊塢電影工業的規模與嚴謹，不是導演制的台灣電影能比，我們根本不必與好萊塢比拚他們的長項，台灣電影在大場面、特效上是無法與之抗衡的，然而好萊塢最為人詬病的公式化情節與過於單一的價值觀，這些都有可能成為台灣電影獲勝的面向。

侯導徹底想通了，決心不再強求大場面，勉強為之只有事倍功半，落到對著一群不聽話的群眾演員生悶氣的份，時間花了，錢花了，人力花了，脾氣花了，結果一事無成。

侯導說，我們專注把「人」拍好。電影特效如何進步、如何擬真，那是完備工業系統出來的好萊塢，但散兵游勇單幹戶的台灣電影勝負不在這裡，我們的優勢是「手工業的精神」，要有好的手感和人文素質，而且風味獨特。

再戰白樺樹林

「蠶豆」，纏鬥。大九湖灌木叢的隱娘精精兒纏鬥，將要全部作廢，同仁們不意外，惋惜之情也不甚明顯，唯一怕的是要回大九湖補拍鏡頭。

灌木叢拍的鏡頭，作廢是預料中事，負責這整場戲的動作組也早早斷言要重拍，太不連戲了。當灌木叢打戲小殺青，我們還未離開大九湖時，明哲與動作組已就著現場錄像，初步剪接妥了給侯導看，意在向侯導說明他們設計的動作，各零碎的鏡頭連接起來後預計的效果。我們看到，剪接起來的動作確實很流暢，彷彿一氣呵成的打鬥，並看不出破綻。明哲似認為動作部分已經OK，而苦笑著指出背景的光度、光源、晴雨霜霧瞬息萬變，變化的程度、反差之大，我們說，好像在看張藝謀的《十面埋伏》，片尾金城武與劉德華決鬥一段，背景歷經了春夏秋冬四時變化，有豔陽高照有鵝毛大雪……

明哲不明白，背景天氣固然不連貫到誇張的地步，卻不是侯導真正關注的，這場戲之所以整個作廢重拍，歸根究底還是出在打鬥本身，流暢而傳統式的打鬥，是侯導所謂「港片已經玩爛的招數」，是軟趴趴沒能量的打。侯導也著眼打鬥的兩人神情，當初灌木叢後半段拍攝，以為舒淇周韵已經開竅，神情能量很到位，然而回去沖洗出來，用大螢幕高解析度一播放，發現「這兩位小姐還是齜牙咧嘴得很」。

於是侯導一聲令下重拍，然而不回大九湖了（眾人大鬆一口氣），就是侯導也受夠大九湖了，沒意願再跑上一趟，恰逢又一次的外景出發在即，將到內蒙古紅山軍馬場拍攝序場的馬市，連帶在當地的白樺樹林重拍這一場。侯導認為白樺樹林好過原先的灌木叢，樹木高聳細直，陽光較透，林地光影鮮明，筆直的樹影投在地上如柵欄，風來會見整座林子顫巍巍的，空枝的白樺樹白慘慘如骨骼，即便高原上日頭白熱，仍驅不去那抹森森鬼氣。

白樺樹林拍戲也是個搶時間的作戰，蒙古高原的氣候比大九湖穩定太多了，少了時晴時霧時雨的變化多端，真正威脅我們連戲的是植物，我們來此外景是五月下半，正逢蒙古高原的生長季，氣候極端地區的植物生長是短暫而暴烈的，花草樹木都得趁著這短暫溫暖的一季光陰瘋長繁衍，我們花了一週補拍打戲，眼見著樺樹嫩葉日益抽長，甚至傍晚收工，都覺葉片彷彿比早上要更大更綠了些。白森森的樹林在我們的注看下一點一點變得新綠，然而我們無暇欣賞大自然的美好，搶拍之餘，還徒勞的千拜託萬拜託樹們別這麼急著長葉子。

調整後重出發的隱娘與精精兒死鬥，侯導又有何許展望？以電影武打戲而言，一般要長達三分鐘以上，才足以抓住觀眾注意力，會讓觀眾認為「這是一場生死激鬥」。然而我們調整

過的白樺樹林戰鬥，怎麼算都才一分半鐘左右，把能用的鏡頭全剪進去，粗估也僅僅兩分鐘出頭，要如何讓觀眾認為這是本片最激烈的一場惡鬥？

侯導倒不擔心時間過短問題，反而極力反對為了充時間增加來回交鋒，招數一旦複雜，演員難免分心去記動作，這一「記」就完了，往往便見演員目光散焦，出招無力。

能量，侯導再三強調的還是演員的能量，能量夠、神情到位，即便招式失之簡單都無所謂。「你看體育台的慢速播放，面對那麼快速飛來的球，費德勒的神情還是可以那麼專注，他的表情一點變化都沒有，這就是武俠。」侯導談起我倆最愛最崇拜的那位傳奇球員，與我默契的一笑。

帕索里尼《伊底帕斯王》，主角弒父一段，面對一身重盔甲的父親，他不正面迎戰，反倒逃跑引誘父親追逐，當父親累到跑不動了，才轉身迎頭痛擊，父親一還手，他馬上又掉頭就跑，反反覆覆終於殺了父親。如此簡單（還有點不入流）的招式還是很好看，就因為角色有能量。

至於我們來到這片白樺樹林裡，希望能拍出哪種能量來？侯導要捕捉的，還是隱娘「鷹一般的伺伏神情」，與激鬥時仍冷然無動於衷之色，對照的精精兒則凶狠，凶狠但也等樣的專注，更有為保護自家而不惜拚死一鬥的搏命精神。兩人的打鬥特別強調，隱娘儘管藝高一段，然精精兒鬥志勝出一籌，造成兩人勢均力敵，隱娘一再再將精精兒打退，卻見精精兒一再再又撲上來，糾纏不放……

至於這場戲時間過短的問題還在著，侯導全不擔心，問他解決之道，卻是攤手一問三不知，還得留待剪接時才見分曉，「有類事情，你要進了剪接室才知道。」

怎麼還是黑馬

古裝片，少不了馬，我們需要動用到馬匹的場景，橫跨了大九湖、宜蘭乃至眼下內蒙古，麻煩尚且還有其中不少馬匹必須連戲，尤其是隱娘的坐騎、元家黑衣人們的坐騎。馬匹沒法空運，得在外景當地找。

對懂馬的人來說，連戲已是不可能。在此約略談談馬種與馬匹入門知識，大九湖外景時的馬匹是從北京租用的伊犁馬，伊犁馬中等體格而修長，肩高約十四、十五掌（馬匹身高計算單位，馬頭會上下移動難當身高標準，因此由前蹄地面至肩胛處的肩高作準，以成年人的手寬計算之），馬師們老吹噓伊犁馬就是舉世聞名的汗血寶馬，伊犁馬確有部分血統得自汗血馬（今日土庫曼的阿哈爾捷金馬），然而現代伊犁馬血統大半來自俄國的頓河馬，是相較晚近的馬種，長鬃有西班牙馬風格的波浪捲；宜蘭時使用的馬匹來自台灣各地馬場，台灣的馬種都是歐美澳洲進口的溫血馬（與馬匹實際血溫無關，是相對於東方沙漠馬種如阿拉伯馬、柏布馬，與前二者共同衍生的純種馬都在此列的熱血馬。熱血馬速度快但神經質，溫血馬犧牲了點速度爆發力，性格沉穩很多），用作馬術與障礙超越，體高可過十六掌，非常高大駿美，馬毛有賴殷勤照料而絲滑如水；至於在蒙古時，除繼續租伊犁馬外，也用當地馬匹，舉世聞名的蒙古馬，體高只有十二、十三掌，矮壯而五短，耐力一如牠們載著蒙古騎兵西征的列祖列宗般強極了，然天冷毛長，毛皮缺少光澤而不那麼美觀……總而言之，長得完全不一樣。

然而對不懂馬匹的人來說，馬的顏色對了就可以連戲了。再來談談馬匹顏色，除去毛斑如大麥町的阿帕盧薩馬，或色塊似乳牛的美國花馬，大多馬種都是單一色，我們一般只粗略分馬色為白馬、棕馬、黑馬。在日本，對馬色的區分一共十四種之多，就是英文對賽馬的顏色區分，及對應著翻譯的中文，也還有六種。

占最大多數、我們熟知的褐色馬，尚可分為深色偏紅的棗色（或曰騮色，日本稱為鹿毛）與淺色偏橘的栗色（日本尚分栗色為栗毛與略深色的栃栗毛）；至於黑馬，真正的黑馬不多，大半其實是深棗色（日本稱黑鹿毛），至於看上去全黑的馬匹，尚且區分為黑色（日本稱青毛）、棕色（英文為 seal brown，日本稱青鹿毛，很奇怪的，在英文與中文分類的棕色，卻不是我們認知的棕馬，而是身子全黑惟眼鼻部與脇下有些許棗色毛）；白馬則就更少了，絕大多數的白馬都是灰馬，真正的白馬是基因變異而生，日本有很明確的分別，蘆毛系指灰馬，白毛才是真正白馬，區分兩者，可從馬毛下的馬皮是黑色還是粉色而定。

我們的策略是「黑馬連戲」，比照前段所論述的馬匹顏色，大眾口中的褐色馬顏色太多變，由栗色上至棗色可是一長串光譜！其實是灰馬的白馬顏色也很難捉摸，年輕灰馬毛色深偏向灰黑，年老灰馬毛色淺近乎白色。這般狀況下，黑馬是最好連戲的，大部分人分辨不太出黑色、棕色與深棗色，一概稱為黑馬。

至於不少馬都有的白章，即俗稱的四蹄踏雪與前額流星，記得嗎？奧瑞里亞諾．布恩迪亞上校的好友馬魁茲上校，曾答應要找一匹臉上有白星的馬兒給他，惟之後再無下文。白章是馬的指紋，沒有兩匹馬的白章是一模一樣的，這倒不難處置，拿顏料塗一塗便了事。

追求顏色連戲，帶來最大的負面影響就是馬匹性格難以進一步要求，拍戲的馬匹本就以溫馴為要，前述的熱血馬種就萬萬不可出現在拍攝現場，然即便溫血馬，畢竟是活生生的動物，個體間的性格差異仍大，「黑色優先，性格次之」的指導原則下，我們借到一群並不那麼好對付的黑馬，動作組都是騎馬的老手了，稍不留神仍會被馬欺負，有時被馬載去撞樹，有時馬說不走就是不走。

更有那麼一次，製作不精的鞍具鬆脫掛到馬肚子上，受驚的馬漫山遍野狂奔，直衝攝影機，其他工作人員包括侯導早嚇得逃散一空了，剩可憐的攝影組逃不得的護著攝影機，事後驚魂未定還要自我解嘲：「沒辦法，攝影機比人頭值錢。」

副導小姚忍不住對馬嘮嘮叨叨：「你好壞喔，你怎麼這麼壞啊？」馬眨眨大眼睛無辜萬狀看著他。

台灣的馬不是專門拍戲的，我們戲稱這些馬「嬌嬌馬」，到後來還是央請馬術教練們也下海臨演（策馬奔行過山路的元家黑衣人與後頭單騎追逐的隱娘並非動作組，而是教練們），才算完成這段拍攝，想想也算是段土法煉鋼的電影史壯舉。大陸外景時租用的伊犁馬，來自北京固安馬場，就是專為拍戲訓練的馬匹，幾乎不會受驚嚇，只要略通騎術的人便可輕鬆駕馭，為拍戲學過騎術的張震或阮經天都能騎著牠們來去自如。然而這些馬是如何被訓練到天性全失，那過程讓人不願去想，牠們也像我們的動作組，渾身都是拍戲造成的舊傷。

固安的馬師談起他們的馬匹，直說馬匹非常溫馴認家，距離不致遠到跨越省界時，在任何地方放了牠們，都會自己找回馬場去。曾經在北京郊區拍片，稍不留神就讓一旁待戲的挽馬溜回馬場，順便把馬車一併拖回去（天文年紀越大，越是心軟得彷彿一捏出水，聽聞此事，高呼可憐到不行）。前年北京暴雨淹水，馬師們自顧不暇，放了馬匹自行避難去，絲毫不擔心：「牠們會游泳，腦袋露在水上，四個蹄子在下頭划，沒事。水退了我們回馬場，牠們比我們還早到。」（天文又慘呼可憐可憐！）

黑馬連戲還有另一個問題，單調。就像古今中外帝王將相王子公主皆騎白馬一般，我們也有重要人物清一色騎黑馬的麻煩，聶隱娘、田季安、精精兒、元誼、田興、聶鋒、夏靖、序場大僚，甚至嘉誠公主都是。

嘉誠公主騎馬過林邊一場戲是比較可惜的，因沒有黑馬連戲問題，美術指導文英老師與我都私心的想讓公主在這場騎著白馬，尤其是前述基因變異的美麗白馬，一來讓嘉誠公主有別於其他人，二來也是我們身在高度崇尚白馬的蒙古，要拍攝形象如神明般的嘉誠公主，一匹白馬坐騎是很適合的。然而無論是北京的伊犁馬或當地蒙古馬，莫說罕見的白化因子馬，就是找匹乾淨近乎白馬的灰馬都難。我另外提議了帕洛米諾色的馬匹（一種特殊毛色，並非所有馬種皆有此毛色，擁有霧金色的身子與乳白色的尾毛鬃毛，在西方被認為是高貴美麗的毛色，日本稱為月毛），然而帕洛米諾馬似乎比白馬還難找，末了只好放任黑馬繼續橫行。

「有想法要早說啊！這樣我就可以去調整。」事後侯導對我倆抗議黑馬氾濫一事，展現十分開明但為時已晚的氣度。

「侯導專注的事，還是拍出演員的能量與他的感覺，」夠了解侯導的天文這麼解釋：「他不像王家衛那麼敏感在畫面的色彩美感上，有時候甚至會忽略，你們對這方面有想法，下次記得早點告訴他。」

無論如何，這些馬依然是現場最大牌的演員了！對與自己搭檔演出的人類，牠們當然不曉得人還有大明星之分，牠們與人合作端看技巧，當人一握韁繩，牠們當下立判此人技巧，不會馭馬即遭各種奇怪手段惡整，由此可知，舒淇光拍攝牽馬走過原野一段，人沒上馬已慘透，馬匹作怪招數百出，時而昂首嘶鳴（與旁邊待戲的同伴聊天），時而低頭吃草，還狠踩舒淇一大腳。舒淇抱著痛腳感嘆，要去多買點馬最喜歡的胡蘿蔔和方糖來套關係了。

涿州影視城

拍攝日期

2013, 5/24 – 6/6

如同早先日本外景，在京都外景間夾了一週的姬路外景，我們來到涿州外景，也是由內蒙古的拍攝中抽出的一週時間。從內蒙轉景到涿州之間，侯導跟賓哥來去台北五天，花了一天拍張曼玉，她擔任第五十屆金馬獎大使。

涿州緊鄰北京，在北京南邊不到一百公里處，即漢代涿郡，桃園三結義的劉關張，其中劉備張飛都是涿郡人，故至今市區仍處處可見劉關張的形象（侯導還誤認為福祿壽三星）。中央電視台在涿州建置了影視基地，是個巨大的影視城，許多古裝電視劇都在此拍攝，不知是已沒落還是季節因素，我們在影視城拍攝的一週，竟無其他劇組在，至於遊客，每天也才寥寥數人。

影視城內部細分為漢代、唐代、明代與清代風格，有市街、民宅、店舖、城樓、官府、宮宇，最醒目的是巨偉的漢代銅雀台，然而周遭荒煙漫草似閒置，又頗有城郊的蒼涼味，街坊許多建築也略有年久失修，給予整座影視城古樸感，若是嶄新落成的建築，那我們八成就得面對的簇新光潔的水泥質感了。

我們使用的拍攝的地點為影視城的漢街與唐街，夜戲，拍隱娘還玉玦後，田季安追隱娘出節度使府，兩人在魏州城街坊間追逐打鬥。我認為這是動作組最能掌握侯導想法的一次，這一場戲的重點不在打（還是不在打？），而是隱娘近乎耍著田季安玩（一旁還有跟著被一塊要的夏靖），隱娘非要田季安認出自己才願下殺手，好讓田季安曉得是誰殺了自己死得明明白白，偏偏田季安腎上腺素爆發只顧窮追猛打，一點也沒要認人的意思，隱娘別無辦法只好一次一次杵到這呆頭（侯導用詞）面前，甚至把臉湊上去希望田季安快快認出自己……

動作組設計兩人在街坊屋頂間奔跳追逐，已表現明顯的身手差異，隱娘輕盈跳躍，不時還停步回頭等田季安跟來；田季安相較就笨重得多，幾次由房與房之間跳過還幾乎失敗，眼看就要摔到下面巷子裡。也多虧了漢唐街建築年久失修，田季安每一跳時都會在屋頂蹬下不少瓦礫砂土，如瀑布傾瀉，增添不少真實感。

唯獨就是，每每雙方短兵相交到隱娘再度脫身縱走，動作組用的方式都一樣，讓隱娘揪起夏靖摔向田季安，趁兩人撞成一堆時從容脫離現場。這個鏡頭很有喜感，只因這三名演員中，阮經天小天明顯要比舒淇張震高大整整一截，被舒淇抓去摔張震的模樣尤其逗人發笑，偏偏動作組可能覺得這招很妙一次兩次三次的用個不停……

「他們三個是童年玩伴，小時候就愛打打鬧鬧，」侯導向來很會現場點評，為此找到合理解釋：「夏靖年紀最小，以前個子也最小，隱娘田季安每次一打架就拿夏靖來扔對方，到現在夏靖長成大塊頭了，還是一樣被他們扔來扔去。」

兩人最後一段交手，由舒淇張震親自上陣完全不假替身演出，這場打戲動作組設計得好，兩人神情能量亦到位（張震甚至笑稱舒淇有夠殺氣騰騰的）。當兩人終於追至一處屋頂正面對決，隱娘還是愛打不打只杵在跟前，田季安屢屢進攻都給踉蹌打退，曉得自己敵不過而對方卻又遲不下手，乃暴怒，扔了劍上前肉搏，兩人雙手絞扭在一塊，隱娘又老是把臉湊上來……

這場打戲被我們命名為「暴力探戈」，津津樂道。

然而，影視城的漢唐兩街，也成了日後我們口中的「詛咒一條街」，不過一晚上光景，聶隱娘與田季安的替身演員先後折損，田季安替身休養幾日後還繼續上陣，然而聶隱娘替身腳踝嚴重拉傷（醫院起初的診斷還是更恐怖的韌帶斷裂）得休養半年以上，這一趟外景橫豎是要換人了。

真是漢唐街風水有問題嗎？倒也未必，實在是那一段，隱娘由三樓屋頂一躍而下、田季安跟著由二樓陽台跳下市街的動作難度太高，儘管有威牙保護，兩人受傷的方式如出一轍，都是落地時歪到腳踝，畢竟有一層樓高的差距，二樓跳下的田季安替身傷得沒那麼重罷了。

惟拍電影的人們是迷信的，加以北京一帶正入夏而濕熱非常，我們無不想快快拍完這一段，從詛咒一條街脫身，回到乾爽舒涼的內蒙古。紅山軍馬場該是繁花盛開的季節了。

李屏賓、侯孝賢、姚宏易於北京涿州影視城。　黃芝嘉提供

平遙

拍攝日期

2013, 6/20 – 6/24

我們從內蒙古轉景山西平遙，因為拍攝內容的關係，劇組編制也跟著大大縮減，超過三分之二團的人（歡呼著？）被臨時遣送回台灣，侯導不逼迫不鼓勵，只丟了一句話給我：「要不要跟來你自己看著辦。」

為何不呢？

從內蒙古拉車前往山西平遙，耗時一天半，車上無聊不是吃就是睡，然而此時大家精神較好，不像平時收工後把車當床一上車就是倒斃，除了見略窗外景色，看黃沙向後飛掠樹木低疏的山西陵地山野，想像一下那曾是多少晉商隊伍行經之途，我們與押鏢的漢子們一般，入眼的是同一幅景色啊，唯獨晉商們不會看到無處不在、密麻如林朝天空吐出瘴癘的煙囪。

再不然，就是聽侯導侃侃而談（有時是胡扯），侯導談起他早些年對《刺客聶隱娘》拍攝的想法，比較酷炫神怪些，更像電玩動漫，如聶隱娘「腦後藏匕」的橋段，本來是他很想保留的原作設定，聶隱娘不使用時的匕首就放在道姑替她在腦後開的小洞中，她平時想拔還拔不出匕首，非要等待殺意驟起時，腦後的匕首發出森森螢綠現了型，方才能拔出匕首殺人。

我聽得興味十足，任誰都曉得侯導是個電子用品絕緣體，更別說打電動了，然而讓他這麼一搞，還真有點電動的意思。其實侯導一直想拍打電動的，或者說，打電動為其中一環的現代年輕人生活，故而嗜打電動如我，每每趁拍攝空檔找個僻靜角落一解犯上來的電動癮，侯導一定在旁伸長了脖子看，認真學習。

侯導語調一轉，眼神迷離，帶著點傷感起來，想到了楊德昌老楊，敘起過往種種，語氣中透出了無限緬懷（儘管就我所知，兩人當時的相處，可也沒多年之後的今日敘起來時那麼愉快、那麼完好無傷），侯導不時如此，總在難得沒有工作沒有如麻雜事煩心的靜定之刻，想念起老楊來，每回的結語總要說，台灣再也沒有這麼好的導演了。

行行重行行，車隊奔向山西，沿途又是一車接一車的縮減，更多人被臨時趕回去。燒煤的山西，經年累月籠罩在濃烈空污中，看著汙濁度冠於全中國的山西空氣，與如此尚且不夠似還正噴吐汙染的大小煙囪，我想當侯導望出車窗外，心裡必定明白這又是一趟徒勞之行，然而我們能如何？我們如當年的晉商與押鏢的隊伍，催馬登山涉水，惟我們催開奔馳的是導演車罷了。

甦醒的時間幽靈

我們在平遙古城甕城拍攝黑衣人暮色出城一場戲，當天悶熱天氣，氣壓極低濕熱不堪，卻也還豔陽高照，置景陳設工作由中午始。那天悶熱逼人昏昏欲睡，空氣簡直的凝結成塊，卡在喉間窒人呼息，沒事幹的人幾乎都一邊乘涼打盹去，及至暮色開拍，卻是一個take都還沒拍完，一陣怪風憑空捲地而起，頓時飛沙走石，砂石打在身上疼痛不說，更讓人完全無法睜眼，一時沒人還能顧及拍攝工作，紛紛抱頭縮肩的徒勞避風。

不知幾時，方才還曝著日頭的天空，密布著烏雲低而濁，幾聲悶雷過，豆大而疏的雨就這麼砸下來，打在曬了一整天的土地上，揚沙如冒煙。無論雷電交加、狂風暴雨，不過是數秒間的事，搖撼偌大一座古城，溼熱早沒了，挾砂石襲人的風同時也冷得割人。

看在身在其中的我們眼裡，若言天有異象，莫過於此了，簡直像古城的靈魂正在甦醒，四面的甕城城牆，頓時都有了自身意志似俯視著我們，是會讓人起敬畏之心的。若不會太高傲的話，侯導的話相當貼切：「我們好像不小心吵醒了整座古城，一定是我們在這拍古裝片，古城以為回到了它的時代才醒來的！」

怪事不只一樁，我們在風沙大雨中勉強搶了幾個鏡頭後不得不收工，回飯店一開電視，有個不算大的新聞，是去年（二〇一一年）在北京北郊的房山長溝發現的唐代古墓，如今學者證實了墓主人身分，是中唐時盧龍節度使劉濟。

先說河朔三鎮，三鎮乃魏博、成德、盧龍（又名范陽），大約是古燕、趙、魏之地，皆在今天的河北省境內，其中魏博稍占有山東省西北部。唐代安史之亂後，朝廷為攏絡安史降將，封李懷仙於盧龍、田承嗣（田季安祖父）於魏博、李寶臣於成德。三鎮名義上隸屬朝廷，然在政治、經濟、軍事上都獨立於朝廷之外，甚至當時人民往來河北，三鎮皆不可隨意出入境。在文化上，三鎮胡風濃厚，也大大不同於中原的漢族士子之風，此次在美術設計及演員表演上，我們特別有強調嘉誠公主一派所代表的「漢」，與元家一族的「胡」，及兩者兼有的田季安。

分封藩鎮之舉，開中唐之後藩鎮為患肇端，三鎮與朝廷戰和不定，憑的是利益所趨，同時藩鎮之力尚不足以顛覆朝廷，節度使仍奉唐天子為正統，因此朝廷仍不時以官祿攏絡之，或嫁公主以「和番」，嘉誠公主便是因此才來到魏博的。我們在與法方美方投資者談論劇本時，洋人們往往搞不清如此國中之國的大時代背景，對他們解釋以古代歐洲公國或今日美國州政府的觀念，就非常清楚了。

回到我們的唐代古墓，劉濟何許人也？《刺客聶隱娘》故事背景的唐憲宗元和年間，同期的三鎮節度使為田季安、王士真（王承宗之父）與劉濟，片末遣說客譚忠去見田季安的，也正是劉濟。在當時朝廷眼中兇惡不馴的河朔三鎮中，劉濟奉朝廷為正統，與唐德宗相互敬重，並按歲納貢，被認為是較為順服的一個。

劉濟古墓相當有意思，儘管如同所有古墓，不能免於盜墓者或輕或重的破壞，它仍是北京一帶發現過最大最完整的唐代古墓，墓本身就能解釋墓主生前種種。首先，墓志即勘誤了史料記載，如劉濟表字「濟」非「濟之」，又其官拜「皇特進左金吾衛大將軍」而非《全唐文》記載的「皇特進右金吾衛大將軍」。儘管劉濟如前所述，在藩鎮割據中屬於敬重朝廷的溫和派，其墓形制僭越節度使身分之處仍不少。最後是劉濟與妻張夫人合葬，夫婦並非同時死同時下葬，而是劉濟早逝，張夫人死後落葬其夫墓側，相較劉濟墓志簡單，張夫人墓志則繁複精美，有大陸學者推測，是劉濟子劉總弒父（遍覽唐代史料，藩鎮節度使們確實無一人能夠善終）後，草率將劉濟下葬，張夫人晚死，劉總為盡孝道而厚葬其母。

彷彿故人久違，平遙古城的甦醒讓人敬畏，而劉濟古墓，竟有那麼點他鄉遇上故人的親切。

承載量——文字與影像

聶隱娘佇立在魏州城頭，曠風吹來，上有夜空的繁星棋布，下有魏州城的剪影沉澱，思量已久的隱娘，明白自己殺不了田季安、成不了道……這是電影中很美很美的一幕，我們在平遙古城的城頭拍這一幕，半夜兩點的通告，四點開拍，六點不到收工回去睡覺。拍攝結果卻讓人失望，侯導丟了一句話給我：「這段拍不出來了，給你寫進小說裡吧。」

我在這幾趟外景中，很常聽到侯導這句話，固然平遙的鏡頭拍不成另有原因，是因為畫面達不到侯導的基本要求，山西的空氣汙染極其恐怖，我們想望的清澄夜色結果是一大團晨昏不辨的髒污紅褐。但侯導更多時候說這句話，是因為影像的承載量已經到了極限，尚且交代不清的線索信息，只有擺在書中解釋了。《刺客聶隱娘》電影書的計劃，除了這本拍攝札記之外，就是電影小說了，電影小說很重要的功能，就是補全電影，把電影無法交代的東西一一講個清楚明白，這是文字與影像承載量的先天差異。

先前提及，作家唐諾比較寫作與拍電影兩種創作模式，除了一枝筆一張紙的工具對比好幾車重器材，及夢想一人就可完成對照必須寄託於團隊工作受制於鎖鏈原理外，還有很重要一點——文字與影像的承載量有著天差地遠的落差。

好小說改編不出好電影，或是說很難拍成好電影，這是我們很早就發現的一點。姑且不論純文學作品，以較容易改編的類型文學來說，勞倫斯．卜洛克的「馬修．史卡德系列」，大概是類型文學的頂尖之作，系列作品中的《八百萬種死法》多年前曾改編成電影，災難收場。如今捲土重來拍《行過死蔭之地》，成功與否，二〇一四下半年已見分曉。

文學作品更不用說，能想像《百年孤寂》如何改編成好萊塢電影？

《教父》三部曲，撇開土崩瓦解的第三部不論，前兩部絕對算得上影史經典之作。《教父》三部曲有原著小說，然而這厚重磚頭書的文本並不出眾，在類型文學中也只算得二流作品，也許正因為是二流作品之故，反倒給了導演柯波拉大量發揮空間，當然，柯波拉本身一等一的導演功力也是無庸置疑的。

一本正常厚度的小說，不可能未經刪改就整本書搬上大螢幕，事實上，要刪改的部分可多了，不然一部電影從早到晚還演不完。而太好的文本，會讓改編者處處受制，落入刪這裡不對改那裡也不是的困境，即便硬著頭皮刪改了，作品往往也面目全非。故而近年好萊塢大片如《魔戒》三部曲，都要在院線版本之外增加導演加長版，目的就是能比較完整、忠實卻也節奏緩慢的呈現更接近原著文本的故事，之所以名為導演加長版，或許也是更接近導演心目中這部電影該有的樣子吧？這些導演加長版往往較院線版好看得多，卻也長度驚人。

侯導說，最優秀的導演們，不管長度密度，是任何文本都可以拍的，然而侯導也馬上補了一句，在他看來，當前地表上這種等級的導演，不曉得有沒有手指頭多。

唐諾認為，良好的原著改編甚至不能超過一萬字，然而，像〈聶隱娘〉的唐傳奇文本只有一千七百三十四個字，不能算改編，應該屬於原創劇本了。即便如此，原創劇本的電影要把故事講得完整，到頭來又要改回文字，成了「文字，影像，文字」的電影小說方式。

這是發生在拍攝時的小事件，卻正好可以佐證：武術副導震亞，自己也有正在進行的拍攝計劃，並已寫好了分場劇本，幾百字的分場劇本預計拍成十分鐘的短片，在工作休息之餘拿給廖桑徵求意見，廖桑一口咬定十分鐘拍不完，以他的經驗少說也要拍個半小時，不過就寥寥幾百字！

「你看你這句『大明星有錢又臭屁』，這八個字一句話就帶過，但在電影裡，你要花多少時間才能拍出讓觀眾信服『大明星有錢又臭屁』？可能光這個就要十分鐘了！」廖桑指著分場劇本中的一句話，向震亞解釋。

我因為這一遭工作，同時接觸了劇本建構與實際拍攝，也才體認到文字與影像承載的信息量巨大差異。每每「這段拍不出來了，給你寫進小說裡吧」這句話凌空飛來，我還是想問問侯導，真的就這麼肯定的辦不到嗎？侯導多半的回答是，這一段放在電影中，節奏會被嚴重拖慢，觀眾不是睡著就是跑光光了。文字與影像不僅承載量不同，節奏也大相逕庭，文字能容許的「思考」節奏，放到了電影中，可能要搞得一部好好的電影土崩瓦解徹底潰散了。

中影文化城

拍攝日期

2012, 12/16 – 2013, 1/6

2013, 3/13 – 3/16, 3/24 – 3/31, 7/13 – 7/24

2013, 12/3 – 2014, 1/13

中影股份有限公司原名中央電影事業股份有限公司，是一完整的電影拍攝乃至製片體系，舉凡攝影棚、錄音間、剪接室、沖印設備皆齊全。到了七〇年代的全盛時期，那時台灣電影怎麼拍怎麼賣，在東南亞也很吃得開，更跨足放映體系，台北中影文化城、中影屏東影城、梅花戲院、真善美戲院都在這段期間先後落成。

中影過去為國民黨黨產，因此在二〇〇五年配合「黨政軍退出媒體」的政策下，發生股東經營權紛爭，營運全然停頓，不只文化城的遊樂設備因遊客不再而呈廢墟狀，拍攝與電影後製工作也陸續喊停。中影文化城所剩員工十多人，職責多半只在看管影城設備。

二〇〇九年中影正式民營化，郭台強接任董事長，逐步恢復中影營運，從電影後製部門開始，並期望能進一步恢復拍攝事業。先是燈光師小譚替中影整頓老舊設備落後的攝影棚，花費不過兩千萬便整頓如新，以此開啟與侯導合作契機。當時侯導正覓地搭建內景所需的聶府與節度使府兩建築，台中市與宜蘭縣都有意爭取，然而得通過兩地議會與文化局重重審核曠廢時日，加以劇組員工絕大多數的台北人，減少舟車勞頓考量下，就在中影文化城的中華古城搭了這兩座木造唐式建築。

搭建這兩棟建築取得了中影信任，讓他們相信侯導是篤實做事的人。我們搭建的聶府與節度使府，不是當成用後即棄的電影布景在搭，目的是拍攝工作結束後也能當永續使用的資

侯孝賢於中影文化城搭建中的聶府一樓。　黃芝嘉提供

源。當初《賽德克・巴萊》的林口霧社街吹熄燈號拆除，不少人大嘆可惜應當永久經營下去，卻不曉得只用做布景搭建的霧社街，即便不主動拆除，大概要不了多久也就自行崩塌了。我們不樂見這兩棟府邸如此，故而用的是紮紮實實的木料與木工，花了上千萬資金（單指建築硬體部分，內部陳設配件另計），這些付出，中影都有看在眼裡，深化雙方合作的信任度。

中影拍片期間，我們也目睹的文化城內部大興土木，許多廢棄建築如過去的遊客餐廳一一拆除，要搭建符合現代拍片需求的新攝影棚，因此從中影大門進中華古城的一段上工路十分險峻，滿地木條水泥塊油漆鐵釘的，好似地雷區要人謹慎提防著一一繞過。我們落腳的中華古城則尷尬些，這撮有王府有客棧的中式建築區位在雙溪行水區，興建在現在建築法令頒布前，因既往不究不需拆除，然而一旦拆除就不能再蓋新的建物了，只好尷尷尬尬的維持原樣。

美言畢，還是得來談談雙方合作之下不堪的部分。力圖振興的中影公司，侯導很樂意助一臂之力，然而要人幫助，中影自己也該做出接受幫助的準備，而在我看來，中影並無多少準備，上至底片沖印，下至門禁警衛，容我不客氣的說，簡直一場糊塗。

賓哥曾提及大陸的電影術語「把底片煮了」，指的是沖洗底片不慎，讓底片掉入藥水整個浸泡作廢。通常會為一個現象命名，便代表此現象就算不常見，也絕非獨特單一，才有命名的價值。我們一聽大大搖頭，直說對岸的沖印業者應該好好加強素質，卻不料言猶在耳，中影公司竟也把我們的底片「煮了」！

在台灣沖印底片，有中影公司與現代沖印公司兩種選擇，聽劇組裡的評價，一般認為現代的沖印品質較優，然而侯導幫中影就底片也給中影沖印。那幾捲底片是在聶府拍攝隱娘回家一段，當聶田氏告知隱娘，嘉誠公主已在幾年前去世，隱娘當場淚崩，摀臉悶哭起來。這個鏡頭無法拍太多 take，得速戰速決，原因在舒淇儘管哭點低，隨時要飆淚不成問題，可哭多了會眼泡浮腫，還是得省省眼淚。

所幸舒淇與咏梅母女倆默契足，約莫半個下午，沒花太多 take 就解決此鏡頭，送中影沖印。正當我們把這一鏡頭拋諸腦後，專心準備往後拍攝時，才第二天就傳來中影把底片「煮了」的噩耗，而且好死不死的，幾捲底片中，偏偏挑中 ok take 的那一捲煮！劇組簡直愕然，要不是從來不曉得有「煮了」這檔子事，就是萬萬沒想到台灣的沖印業者竟也會煮別人底片。

還好生怕眼泡腫的舒淇沒有怨言，好脾氣的咏梅也無半點微詞，兩人陪著我們又多拍一天飆淚戲，結果證明是塞翁失馬，重拍的效果比之前被煮了的 ok take 還好上許多，也就不再追究「煮了」這件事，然而侯導一聲令下，底片從此全送現代沖印，再也不讓中影碰我們的底片了。

除了重要的底片，一些應顧慮到的小地方，中影也放牛吃草的完全不管，如每天上工都要面對的大門警衛，也許是我們與武當山遊客相處之外，最為惡劣不堪的人與人互動。當然也像武當山，侯導將此歸咎在管理沒有制度化之故，並非警衛個人的錯。是了，管理制度問題，要建立讓各劇組借景拍攝的常規制度，就該統一登記、核發識別證配戴，這一點，我們先前拍片的影視基地不論是日本太秦映畫村，或涿州影視城，門禁制度都相當完善，警衛一律認證而不需認人，中影文化城卻不是如此，可能是振興之初來此拍攝的劇組尚且不多，便放任大門警衛各憑記憶力辦事，碰上記憶力好態度和善的警衛一次便能牢記人人臉孔，進門上工還會互道早安；碰上記憶力不好或趕巧那天心情不佳的，往往把人當賊似的厲聲喝問。最離譜的一次，侯導外出至中影大門外的便利商店買菸，出門時警衛不吭聲不抬頭，不過三分鐘後折回中影，進門時竟被警衛盤問：「先生你去哪裡？要幹什麼？」類似事件我們多多少少都遇過（誰叫大門外的全家便利商店對拍片生活的物資供應太重要了），偏偏我們可沒足夠斤兩學侯導大吼回去：「我侯孝賢來此拍電影的！」

每天上班時不時要遭羞辱，如此即便解釋清楚了，一大早工作的心情也已大打折扣。且此法乍看門禁森嚴，實則並無太大過濾進出者的作用，畢竟人人皆知侯導的電影公司名為光點，若是狗仔要混進來，是否也報一聲：「我是光點的員工。」就大剌剌的進門偷拍了？

太日本了

《海上花》的室內搭景，如同此次的聶府與節度使府兩棟建築，以真材實料當做真正的建築在搭設，當時的美術組在考量便於拍攝與缺乏電影工作經驗下，以實際比例的一比一點多搭設，卻不料蓋出來的房子大得不得了，連阿城也笑：「嚇，好大的房子！」這麼大的室內景，怎麼陳設都還是空空蕩蕩，用盡了手邊的道具也於事無補。

最後是，只用一個角落陳設拍攝，偌大的房子倒挺方便作業的，軌道等重器材通通塞得進去，因此造就了《海上花》全片幾乎都是軌道拍攝，也間接促成賓哥註冊商標的拍攝美學。因此侯導就事後觀點堅持，若不是房子蓋得那麼大，這一切都不會成。

堅持歸堅持，畢竟是為前車之鑑，這次中影文化城的室內景節度使府與聶府，考證與丈量計算格外謹慎。阿城告訴我們唐代建築內部的格局，並不砌上牆壁作為固定的區隔，只有成排成列的柱子起基準點的作用，如圖釘如錨樁。隔間則全然機動性，由僕役們視主子當下的需要，直接當場用屏風區隔出來，格局可大可小非常靈活。

對於阿城提供的屏風隔間想法，侯導本有一番野心勃勃的計劃安排。田季安主持與僚臣會議的兩場戲，第一場是小議事廳的密議，除了田季安父子，只有侯臧、駱賓與掌書記三名

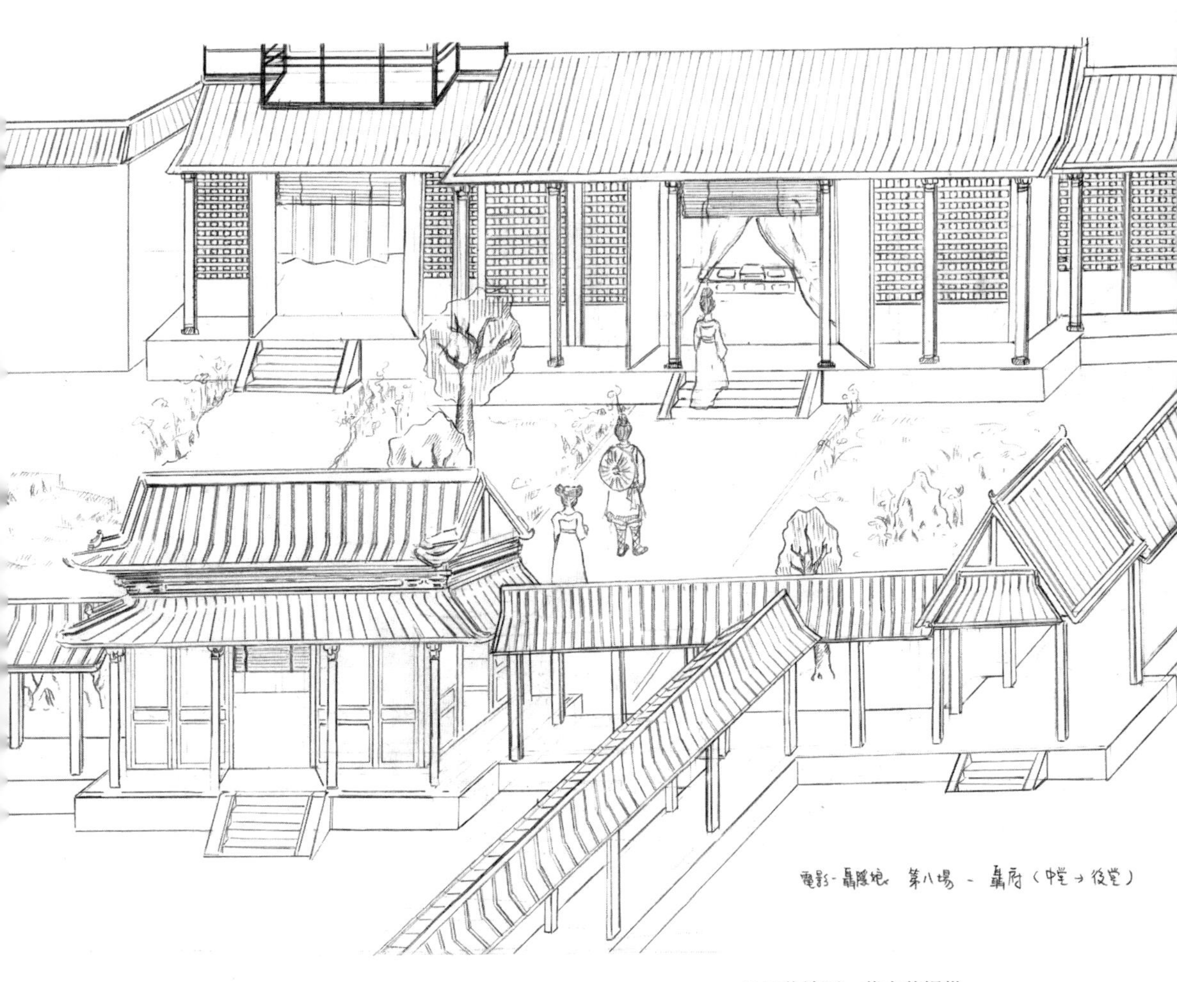

吳孟芸繪圖，黃文英提供

臣下參與，到了下一次會議，就是大都事廳的全體會議，藩鎮內部軍將僚佐皆出席，兩場會議的空間格局自是完全不同。侯導最初的想法是，前後兩場會議就使用同一個空間，田季安自顧自與臣下會議，後頭下人們也兀自搬弄屏風更改空間格局，雙方兩不相干似的，然而侯導在其中看到種種穿梭調度的可能性，眼睛亮起來。

不過這一段構想最後還是沒拍成，挑戰性太大了，最大的問題，在如何把我們天兵天兵的可愛美術組訓練成幹練俐落的使府下僕？侯導的這個想法，曾在某日午餐被我拿出來當配便當的話題，辦公室裡眾口一致，都認為侯導放棄了這個想法非常可惜。

不曉得是誰冒出一句：「算了吧，你們能想像『約翰』穿著戲服在後頭搬屏風嗎？」

約翰，這也是侯導某次無意間發明的詞，是約瑟與阿翰的合稱，二人皆美術組，性格南轅北轍，約瑟苦幹實幹任勞任怨過了頭，有時埋頭做了一大堆錯誤指令渾然不知；阿翰散仙一名讓人拿他沒脾氣，曾有連續一星期每早捱侯導一頓罵卻不見身心受創的紀錄。平時陳設置景，也多半是由約翰二人負責，就算沒有鏡頭跟拍的壓力，二人還是NG不斷，把道具搬來搬去放這放那都不對勁，位置方向一喬再喬一變再變，大改動後接著小微調，從來無法一步到位的一放即妥當。

「像他們這樣搬屏風的，應該早就被田季安推出去斬了吧？」我們做此結論，遂一致認為侯導不拍的決定果然英明。

如此空間布局還有個問題，正因為隔間調度起來十分靈活，搬動不易的大型家具如坐榻不可能存在，如都事廳一場，田季安君臣不分尊卑都是席地而坐，如此一來的視覺效果，便是日本風十足，恐怕到時候會招人嘲笑，說你們這是在拍日本時代劇吧？

「唐朝根本沒有床榻，你有視覺需要，放張床榻也行。」阿城當初也這麼告訴侯導，這個主意想必會讓賓哥大大認同，賓哥曾不只一次指出，鏡頭要跟演員 pan 到地板上不僅困難，拍出來的效果也不會多好。

因此我們的大都事廳會議，田季安仍是高踞坐榻在與臣下議事的。節度使府與聶府的外型，整體而言要較唐建築輕靈纖細，顏色也是較原木色亮麗得多的絳紅，算是唐代與宋明混血的建築，建築內部除了床與坐榻這些本不該出現的東西，對古玩頗有研究的賓哥也直指床頭一個似羊非羊屈肢側臥的銅鑄祥獸，祥獸背中駝峰處鏤空為香爐，做工精緻歸精緻仿真度相當高，卻應當是明代的東西。

侯導藉祥獸香爐定了調，在不犯太大的考證失誤下，他寧願犧牲一點真實，多一點視覺上的美感。節度使府的陳設，侯導期望的是，能夠「造一座我們的金樓」。

再度引發劇組內部爭論的，是陳設完畢的空空兒丹房，為了營造丹房內部幽暗詭譎的氛圍，丹房的四壁由美術組畫上各種神話中的妖魔鬼怪，結果讓同事們一看炸了窩，嚷嚷著又是河童又是九尾妖狐的，別鬧了這是日本貨吧？美術組滿腹委屈辯解，這些怪物圖案都是他們照著山海經畫的，可不是什麼百鬼夜行！他們也是畫了才知道，原來兩國的怪物是同源同種的。

此一切正如同許久以前編劇會議上，阿城指出的，這就是考證精確悲哀，唐朝的建築文化，實則就是現今的日本建築文化，該怪誰？是我們這些唐朝人子孫沒保存好自身文化，將之拱手讓給了日本人，道地唐文化成了道地日本文化。如同我們的坐榻與祥獸香爐，現今拍唐代的片子還要故意犯些考證錯誤，就是為了避免給這麼誤會，不要讓觀眾邊看邊笑，太日本了！

胡人們

長澍的編劇會議為我們打了樁定了調，因此我們找來的胡人演員，有好些可能會被認為根本不該出現在《刺客聶隱娘》中。

《刺客聶隱娘》原著的妙手空空兒，沒提及長相甚至性別，這就是我們發揮想像力的機會了，侯導想像力的結果，找上旅台法國藝術家畢安生（Jacques C. Picoux），兩人合作淵源已久，侯導電影從《冬冬的假期》開始，法文字幕全是畢老師翻譯。在先前法國人找侯導拍攝的川寧（Twinings）雲南茶廣告中，侯導看上畢老師修長又幾分怪異的雙手，與操作起擅長的撕紙拼貼畫時的手勢，尤其是廣告最後，在西雙版納茶園的畢老師親手替最老的一株茶樹繫上大紅綢帶的那雙手，全然契合此次操弄紙人邪術的空空兒。畢老師定裝後的西域妖僧造型更是嚇人，惟此造型也著實樂翻一票漫畫迷，因為我們的空空兒活脫脫是龜仙人走出了《七龍珠》來到眼前（多年前布袋戲大師李天祿幫他取的綽號好巧不巧就是「畢龜」）。

拍攝空空兒夜襲胡姬一場戲，畢老師要做的就是對床上的人一揮刀，光這麼個簡單的動作，也讓動作組對畢老師讚譽有加，說畢老師的肢體動作太怪異太特別了（不過我們也發現，左撇子的畢老師，右手揮刀的動作遠比左手漂亮），武術指導明哲更直言，若不是畢老師年紀大了，還真想讓他多耍幾招！

畢老師十分頑皮，美術組一直搞不定的道具小紙人，回歸本行的畢老師拿張紙撕著撕著，一張紙人隱然成形，肢體扭曲怪異很有味道，偏就是畢老師非常堅持要撕「帶把兒」的小紙人，眼見美術辦公室晾著一整排雄性小紙人，看著又氣又好笑。片中昏黃燭光的丹房裡，空空兒徒手撕出紙人，指沾硃砂在紙人身上點畫咒文的鏡頭，當然也是畢老師親自上陣，畢老

葉晏孜繪圖，黃文英提供

師邊撕邊喃喃唸咒，大夥兒不曉得他唸著什麼，只覺得十分搭上氛圍的恐怖怪異，於是拍完幾個 take，換機位的演員休息時間，人人搶上前問畢老師，方才有模有樣唸的咒語到底是啥呀？畢老師又是頑童似笑著大方承認，就是把他認識的幾對夫妻名字倒過來唸嘍！

夜宴一場的胡旋舞，阿城那時候是這麼說的：「安祿山得唐玄宗楊貴妃寵愛，就是靠跳胡旋舞，安祿山胖大靈活，一旋起來，髮辮全跟著飛起來，楊貴妃最愛看這個。安祿山是胡種，跳起胡旋舞來，那個狐臭啊，楊貴妃胖體味重，不怕臭；唐玄宗李家也是胡人血統，三個人臭成一片。」當然，我們這場的重點不在「臭」，侯導很早就決定要讓胡姬與田季安共舞胡旋舞，為了充足田季安的內涵，展現其胡化奔放的一面，也為了拉近演員們的距離，不然看著張震與謝欣穎的感情戲實在急死人了。為此好幾日，我們在大棟節度使府拍片，張震與謝欣穎在小棟聶府練舞，工作人員時不時開小差跑去看兩人跳舞。

結果證明夜宴是一場成功的戲，互動一直有些生硬的兩人，似乎跳一場舞便開了竅。同時胡樂熱鬧好聽，近似今日中亞的音樂，比緩歌慢舞的中原絲竹樂對我們的世俗胃口太多了，胡旋舞也非常過癮，歡快得會讓人想跟著下場好好舞一番，是一場從演員到劇組都玩得很樂的戲。值得注意的是宴席後方兩側的青衣的樂師們，眼尖的觀眾們應該會發現裡頭有兩位「老外」，是來自希臘的研究生，留學來唸老子哲學，閒暇時並組樂團玩中國樂器。因考量胡旋舞的配合度與現場收音，我們夜宴的胡樂是用藏在角落的錄音機播放，現場的樂團只是裝模作樣一番，然而這些音樂的的確確是他們演奏的，今日的胡人們，傾慕中華文化渡重洋而來，要比我們更願意了解我們的文化。

另一場夜宴，出現在回憶中的田元兩家私宴，抱琵琶彈奏的少女田元氏（那時尚且還稱為元誼女）髮色淡而膚色白皙，輪廓深邃，是如假包換的混血兒，如此選角，正是要強調田元氏似漢人而非漢人的血統。值得一提的那場戲，侯導長達二十分鐘不喊卡，也是讓賓哥小姚各自決定如何捕捉鏡頭，混血的小元誼女竟也就面不改色的彈了二十分鐘的琵琶，苦了的是對面觀賞的許芳宜，嘉誠公主的頭套重達一公斤以上，背後的婢女乍看隨侍著，實則是替許芳宜扶著腦袋，才讓許芳宜撐了二十分鐘而不斷頸。

以阿城的定義，這些是漢化的胡人，我們直接找來洋人們演出而效果十足，他們只要表現出「自己」即可，比較大的挑戰是胡化的漢人，說穿了就是田季安一人，這是侯導給與張震的挑戰，田季安介於胡漢間的性格最是明顯。魏博田家是胡化的漢人，而田季安更是在承自家族的胡風與嘉誠公主教導的漢化間拉扯。

首先使用的還是出自阿城的詮釋，阿城告訴我們李世民與魏徵的關係：「李世民是胡族血統，性子急，想到什麼就直接從座位蹦個跳起來。魏徵代表的是漢族士大夫文化，最恨看到他這麼樣，老要告誡他，你是一國之君，君王要有君王的樣子，哪怕再急，也慢慢的站起來、慢慢的轉過身。下回李世民還是跳起來，魏徵惱了，罵他畜生，說只有畜生才這麼樣！」無論是否有所誇張（阿城的詮釋多半帶有些個人創作的成分在裡頭），侯導以此詮釋讓張震表現出胡族的急躁性子，如田季安聽聞了鬧刺客的警鐘會直接起身蹦出屋外，如田季安與胡姬講著講著，會不擇地的一屁股坐在地板上（不過此一想法仍遭賓哥否決，實在是鏡頭太難跟著張震 pan 到地板上）。

我們看黑人，老覺得他們舉手投足都有一種節奏感，連平時走路也有種街舞的調調。侯導想要營造這樣的節奏感，甚至考慮過讓張震戴著耳機上戲，耳機內淨播些搖滾樂的，讓他受制約的想靜也靜不下來，整個人的節奏感自會迥異於他人，尤其是異於嘉誠公主、聶家夫婦、田興這一夥「漢人」。即便日後並未實行耳機拍攝法，侯導也時不時要張震灌幾杯酒再上戲。

為了表現這般的田季安，我想張震真是花了不少工夫。每一個 take 皆不同表現方式，所有演員就張震最明顯，我們看著他如何揣摩去當一個胡人，有些嘗試令人驚豔，當然不成功的失敗品也有，種種的咬牙奮戰，有時難免擔心這角色是否太折騰他了？但看他挺樂在其中的樣子，我這個掛名編劇的也就放心了。

為田季安翻案

「趙客縵胡纓，吳鈎霜雪明。銀鞍照白馬，颯沓如流星。十步殺一人，千里不留行。事了拂衣去，深藏身與名。閒過信陵飲，脫劍膝前橫。將炙啖朱亥，持觴勸侯嬴。三盃吐然諾，五嶽倒為輕。眼花耳熱後，意氣素霓生。救趙揮金槌，邯鄲先震驚。千秋二壯士，烜赫大梁城。縱死俠骨香，不慚世上英。誰能書閣下，白首太玄經。」李白的〈俠客行〉，侯導愛極了，想方設法想把它塞進我們的劇本中，可惜實在沒辦法，只有在編劇會議上多吟誦個幾遍。

「喜歡〈俠客行〉的人，大多都還對黑社會、對江湖道上懷抱著想望。」這是唐諾對侯導此一愛好的評論，略略取笑一下。

侯導最先對上巳日一場的設計，是水濱綠茵草地，婦人、小兒小女們嬉戲遊玩，笑語鬧騰，並有田元兩家聯姻美好氛圍，春陽明烈，繁花嫣然，色彩有著夢境般的朦朧，對照青幔中的另一個世界，重重燭光深影間，人與物的線條明晰，成年男人們喬事情、談論冷酷的現實世界……後來被不只一個人（第一個人當然是天文）吐槽：「這是柯里昂家族的婚禮吧？」可能自己也覺得像過頭了，侯導笑起來，說那要誰來踩扁記者的相機還不忘數幾張鈔票賠錢？也不想想唐朝哪來的記者哪來的相機。

《刺客聶隱娘》劇本建構時，不少地方以《教父》為藍本，借鏡《教父》也相當合適，畢竟唐朝藩鎮割據，對外鬥爭或合縱連橫，對內或攏絡或殺人立威的種種手段，與黑社會如出一轍，只能說是人類的行為模式其實相當有限，創意也不太夠，無論乎古今中外，不出那幾種做法，如我們片中出現的活埋是魏博史實，是當時確實使用過的殺雞儆猴手段，田季安貶邱絳為下縣尉，並遣人在邱絳赴任途中將其活埋。活埋本身極殘忍，同時活埋人還不是挑個荒郊野外神不知鬼不覺的幹，活埋是要有人見證的，要有人能幫忙傳播出去，殺人，也才立得了威。是故我們在九寮溪拍攝元家殺手活埋田興一段，殺手們留聶鋒與兩隨軍不殺，就是要他們作為殺人立威的見證。

我們在中影拍攝期間，正好遇上一樁時事，北韓的政治鬥爭，金正恩處決了姑丈，坊間謠傳渲染，用的是放飢餓狗群將人活活咬殺撕吃的犬決，金正恩並率北韓文武百官從頭到尾觀刑，威嚇眾人的意思不言而明。侯導一聽此事，不由驚呼好像啊，這不就與我們藩鎮活埋人的手段一模一樣嗎？轉念一想，國際間對北韓的看法，與其說是個國家，倒還更像是個大型黑幫！

是故不難看出，侯導對《刺客聶隱娘》一開始的計劃是偏向寫實甚至冷酷的，然而最終呈現的結果、看在他人眼裡似乎並非如此，或許，當初侯導決定了《刺客聶隱娘》的主軸，我們這部電影就注定了不會是個殘酷的黑幫故事。我們大陸方的美術指導，侯導總是喜歡看他做道具，彷彿信手拈來簡簡單單。當合作之初，才第一次讀過我們的劇本，老美術指導當下便表示很喜歡這個故事，並感嘆：「這根本就是一個愛情故事！」

的確，《刺客聶隱娘》有中唐的大時代背景，穿插了河朔三鎮的史實，重要不重要的人物紛雜登上此一舞台，然而我們的故事主軸，說穿了還是在聶隱娘與田季安兩個人身上，著墨兩人自幼年以來的種種情感與周折，並且，為田季安翻案。

如何翻案？史冊紀載的田季安皆是貪暴殘酷之人，如「擊鞠從禽，酣嗜欲，軍中事率意輕重，官屬進諫皆不納」（《新唐書》）或如「性忍酷，無所畏懼」、「頗自恣，擊鞠、從禽色之娛」（《舊唐書》），然而這些都是以朝廷為正統的史觀，真實的田季安如何，當然已不可考，然而我們寧願相信田季安雖非良善者，可也不是史書中記載的惡人，會幹下看似殘酷的勾當，追究原因，也只是為了自身家族的存續與壯大，如片末田元氏謀殺田緒與胡姬的陰謀昭彰、面對暴怒提劍而來的田季安時，冷冷然一句：「這一切不都是為了田家的宗嗣。」（不過在拍攝時，這句話又讓侯導覺得太直白而刪了）

不是嗎？野生公獅接掌一個獅群後，會為了讓母獅產下自己的後代而咬死前任公獅的子女，也會為了爭奪羚羊等有限的食物，而咬死競爭的肉食動物如獵豹或鬣狗，我們或許會覺得恐怖，但並不認為公獅殘暴甚或可惡。一如康拉德·勞倫茲指出的狐狸獵兔行為，這樣的殺戮不帶著憤怒或恨意，是自然界的生存手段，不須美化也不該醜化。我們詮釋田季安的手法近似於此，非善非惡，僅僅依事實呈現而已。

然而翻案非同等閒，我們有了大方向，卻受困於翻案手法，只能拼命在劇本安排上做文章，殊不料真真確確有說服力的翻案，來自一個完全不經意的鏡頭。

飾演田季安嫡子田懷諫的小演員，已像年紀略大的男孩子，會裝酷，會ㄍㄧㄥ（片末田懷諫渾身顫抖擋在田季安與田元氏之間的一段，讓他演成了強硬的擋爸爸護媽媽），會黏男演員們如張震或小天，才拍了幾天都事廳的戲，就跟片中的老爸張震混得熟絡，待戲時，一大一小兩人總是在聊著，或練打。張震為演《一代宗師》而練八極拳，甚至在八極拳比賽奪下一等獎，儼然已是武術權威，教導小朋友的則是蒙古摔角。在空蕩蕩的都事廳，斗栱高挑在上，著正式官服的父子倆摔打著，兒子嘶吼著使勁要扳倒老爸，老爸低聲指導兒子重心一類的要點，時不時還假意讓兒子摔翻在地，其聲兀自迴響，一旁舒國治客串的掌書記並不太搭理，仍埋首書案抄寫著。過午後的冬陽格外的斜，透過廊柱灑入都事廳，都事廳的陳設以金色和黑色為主，富麗堂皇，華麗又不失古典，美術組一路捱罵奮鬥至今，似乎終於開竅了，這一遭的都事廳陳設得很成功，讓我們很自豪的說，我們也有一座自己的「金樓」。

這就是侯導真正想要的東西，它不那麼直白言明，反而是卡出足夠空隙，讓心存體悟的觀眾能會心的了解，用簡簡單單的影像說明了煞費心思敘事卻說不清楚的東西，侯導引用唐諾《盡頭》的一段話說明他的想法：「……小說不驚險，或者說沒有那種驚險，也可以說這樣才從那種制式的、流行的驚險『解放』出來，危險的事持續發生在深一點的地方、某個人心深處；也唯有心存類似關懷的人才可能察覺出凶險，才感覺一步步讀來如此驚心動魄。」正如同我們苦心想告訴觀眾，田季安不是那麼壞的人，他有不得已處、他有內涵、他有不為人知的溫柔一面……迂迴敘事加上蹩腳考證，說了一大堆，帶給觀眾的說服力可能還不如一個他與孩子練蒙古摔角的簡單鏡頭。因此侯導拍下這個鏡頭，盛讚不已，認為這一類的鏡頭到了剪接時，「剪進哪裡都很過癮。」

這樣的鏡頭，侯導稱為神來之筆，神來之筆不用多，一部電影能有幾個這樣的鏡頭，便會非常好看了。

就當作京劇來編

田季安在都事廳召集家臣牙將議事的幾場戲，是我出力比較重的部分，當初進行這部分編劇時，侯導只吩咐了一句：「就把它當作京劇來編。」

我四歲初看戲，至今戲齡超過二十年，下海編戲還是頭一遭。侯導的意思，在於除了田季安的其他人物，田興、聶鋒、侯臧、駱賓、曹俊，都當成京劇裡的生、淨、末、丑來處理，我們甚至還做出對照表。耿直敢言過了頭會惹禍上身的田興是銅錘花臉，事事看在眼裡卻含蓄不言明的聶鋒為頭牌老生（但因雷鎮語、倪大紅兩位老師的造型與表演方式，此二人的行當似乎顛倒過來了），侯臧是二路生，駱賓是末行，曹俊是丑角……等等，將人物京劇化，在於我們打算以扁平人物襯托圓型人物。

小孩子看電影看卡通，最愛問父母的一句話「這個人是好人還壞人？」便是扁平人物的概念，但總有父母含含糊糊答不出個所以然的時候，正因圓形人物無法以單一概念敘述完。

扁平人物與圓形人物的觀念，最早由英國小說家E.M.福斯特（Edward Morgan Forster）在著作《小說面面觀》中提出，扁平人物（flat character）多依循單一性質或理念創造，該人物能以一個句子描述之；圓形人物（round character）則接近真實中的人，「人物所展現出的理念和性質若超過一種因素，其弧線即趨向圓形。」福斯特並未替圓形人物直接下定義，而是指出：「一個圓形人物必能在令人信服的方式下給人以新奇之感，如果他無法給人新奇感，他就是扁平人物。如果他無法令人信服，他只是偽裝的圓形人物。圓形人物絕不刻板枯燥，常在字裡行間流露出活潑的生命。」當然，E.M.福斯特對人物下的定義是以小說而言，不過無妨，此定義能夠擴大到任何形式的「敘事」上，我們的電影自然也不例外。

如此看來，圓形人物的價值似乎高過扁平人物，其實不然，扁平人物對於情節的開展自有其功用，中國店小二、英國管家這類固化的人物，都是典型的扁平人物，觀者見之便馬上能掌握其性格，使敘事者不用花費太多心力在介紹這些次要人物上，同時他們也能襯托圓形的主要人物，起眾星拱月的效果。因此我們現在普遍所見的敘事，都是圓形人物為主角，輔以配角的扁平人物。

是否能辨到主要次要人物都是圓形人物的敘事？理論上絕對可行，實際上困難重重，非常考驗著敘事者的功力，要顧及每一個人物太難了，且一個個圓形人物在敘事中都是焦點，這麼多的焦點易讓人眼花撩亂，然而稀少的成功案例卻讓人驚豔。勞勃阿特曼（Robert Altman）的《迷霧莊園》（*Gosford Park*）正是，片中人物繁多，樓上的上流人士，及樓下一班隨從僕人，依照前述，僕人們該是典型的扁平人物，卻不想在主人們視線所不及處，僕人們性格鮮活，鄙夷並嘲笑樓上的上流人士，又各有一段故事，全然不是人前黯然失卻自我的模樣。所有人物都是圓形人物，這是《迷霧莊園》讓人驚豔之處，考驗了敘事者的功力，也考驗觀影者的能耐。

京劇臉譜本就是一種扁平人物的概念，一看到臉譜，觀眾大概就能明白這是怎樣的一個人物——能用一句話描述之，而這些人物不論正派反派都非常「可靠」，因他們的性格貫通到底，不會轉折、不會背叛觀眾的認知。這是京劇的特性，盡量簡化人物與情節，最簡單的人物、最簡單的情節，把大空間留給精采的唱念做打。

當然京劇也有突破扁平人物的戲碼在，《四進士》創作時間為上世紀二〇年代，是新不新舊不舊的戲碼，這齣戲之所以出人意料之外，在於它「打破臉譜」，儘管劇中一樣有生旦淨丑等行當，卻讓觀者困惑，總覺得這些角色有些不似平時所見的生旦淨丑，倒幾分像在觀賞現代舞台劇。

港片《威龍闖天關》儘管笑鬧，然則把《四進士》的人物性格凸顯得很成功。先說「正邪顛倒」的宋家夫妻，主角宋士傑是訟棍一名，機智聰明卻也一肚子壞水，劇中為人打抱不平的義勇之舉多少是給逼迫所為（周星馳尤其將此一特質發揮到極致），小奸小壞的性格不太像正直到近乎木訥的生行；彩婆子應工的宋夫人，少了這行當的奸刁與心術不正，是無知無識但爽朗直率的婦女，宋士傑種種英雄事蹟，泰半是宋夫人逼著去幹的，除了八府巡案毛朋，宋夫人大概是最正派的角色了。至於「四進士」毛朋、顧讀、田倫、劉題，毛朋是劇中唯一一貫道底，不見轉性的人，公正不阿、嚴肅正直接近我們印象中的老生，只因毛朋本為《四進士》主角，由頭牌老生扮演，卻是二路生宋士傑太過搶戲，二人漸漸主客易位。至於其他三人，就與自身行當大不相同，貪杯誤事的劉題，並無丑角滑稽可笑的性格，反而可憐可憫，畢竟四人同年進士，得海瑞保薦而任官，其他三人皆任知州甚至八府巡案，獨獨自己只落得個知縣之職，不難理解其滿心抑鬱且不理事；江西巡按田倫，小生行當，冠帽後側兩片「翅子」是方形的忠紗，照眼便是正派角色，頂多懦弱無能罷了，田倫開頭的確也是正直清官，卻在孝道逼迫下驟變為貪官汙吏；信陽知州顧讀，歪臉與菱形的奸紗，十足的奸官造型，然而顧讀是以清官身分出場，若非陰錯陽差被友人捲走賄款，也不致咬牙下海成為本劇頭號反派。這是《四進士》最有趣之處，正派有其不得已，反派各有苦衷，雖非全然的圓形人物，卻也不是一句話道得盡的扁平人物。

回到我們的電影，《刺客聶隱娘》仍是圓形人物為主扁平人物為輔的設定，相較議事廳一場，魏博軍將僚佐們的行當呼之欲出，主角群的隱娘、田季安、田元氏等人就很難被歸納進單一的行當中，近似現實中的人物。

這些京劇人物似的配角人物，我們商請真正的京劇演員演出，都是來自國立戲曲學院的老前輩們，他們根本不須指導，比我們更能掌握半文言半白話的對白，相較張震與謝欣穎的對話必須花好幾天一磨再磨（兩人都是認真優秀的演員，惟現代年輕人式的口條實在與古裝片格格不入），凡對白部分幾乎都是一個 take 就過，且韻味十足。服裝方面亦然，前輩們穿起古裝自有一番架式，舉手投足自然流暢又不失穩重，相較之下，不管主要演員們或被抓來充數的工作人員，往往古裝一穿上身，頓時失措連手腳要往哪擺都不曉得

電影開鏡的半年前，正是熱熱鬧鬧的籌備期，某日我接到侯導沒頭沒腦一通來電：「現在

來公司一趟，有忙要你幫。」一進公司便見侯導衝著桌上一紙名單發傻，原來是戲曲學院提供的京劇團團員名單，生淨末丑的行當，侯導看得兩眼花花遂來電搬救兵，於是救兵我幫著侯導調理一下午，用我認為適合的行當搭配劇中人，讓我非常驚喜的是名單中有我敬佩已久的名丑劉復學老師。當初寫著曹俊的對白，我捉摸的就是丑角的語氣，而此一丑角竟能由劉復學老師演出，算是到目前為止還沒太多的編劇生涯中，最令我感動的一刻。

距那天的一年多後，殺青前幾日，終於輪到了都事廳會議這場戲，是我等了又等的一場拍攝。劉復學老師表演一如我想像，還更生動鮮活些，似像非像其行當丑角的口條，即便完全不懂京劇者，也給劉老師逗得大樂。

那日下午，感謝同仁們對我的包容，嗨過頭了，逢人就抓著不放，一發不可收拾地訴說看到劉復學老師的曹俊讓我多開心多興奮云云，全然追星族的模樣。

末了一事令人感慨，我們的聶府蒼頭，名淨張義奎老師，大夥兒口中暱稱的張叔，八十五歲的人了，卻還腰桿子直挺挺的非常硬朗，在片中每每拄杖前來通報聶家人消息，杖敲地面清亮的喀響總是人未到聲先到，張叔通報時，並不扯開嗓子嚷嚷，卻嗓腔宏亮聲震兩層樓。劇組同仁們為此訝異，凡張叔一開口，四周總會議論紛紛張叔是怎麼有如此中氣，這時也總要我涼涼在旁解釋，這就是京劇演員的真功夫哪！不然早年劇場並無擴音設備，演員們又要如何才能讓最後排的觀眾都聽得一清二楚？

可惜，張叔沒能等到我們的電影上映，就在殺青前幾天，二〇一四年一月十日，傳來張叔不幸病逝的消息，我們震驚之餘，回想起不過前一天，為了對戲之故，還正巧播放了一年前錄下的張叔對白，張叔的對白出了點當時沒發覺的考證失誤，我向侯導反應了，侯導表示沒問題，到時候再請張叔來一趟錄音間便好，不料想一語成讖。

千言萬語難遣悲懷，僅在此緬懷我們的聶府蒼頭，張義奎張叔。

順著拍

侯導不只一次說過，《刺客聶隱娘》是「一大群女人與一個男人的故事」，一個男人，指的當然是田季安，女人則有隱娘、雙胞胎公主、田元氏／精精兒、聶田氏，與胡姬。

胡姬是老臣侯臧的外甥女，顧名思義是個外族女子，胡姬本是我們編劇工作時對她的代稱，現下眼看著要成為在電影裡的正式名字了，便以瑚代胡，田季安叫她瑚兒。胡姬的演員，侯導幾乎不多加考慮就決定是謝欣穎了，理由是「她與男人對戲的能耐太厲害了」，並稱讚謝欣穎與舒淇有相同的優點，要外放時可以近乎瘋狂，要內斂時也可以很深沉幽暗。

然而胡姬這個角色卻帶給謝欣穎不少麻煩，謝欣穎多次在訪問中表明，這次的演出對她是一大挑戰，她始終抓不太到胡姬的性格，謝欣穎想像的胡姬，是溫柔善體人意的小女人，並非我們在寫作劇本時想像的豪放不失聰穎的外族女子。然而侯導不會糾正演員，從來不要演員在第幾分第幾秒時該做什麼說什麼，不會告訴演員該怎麼演，會讓演員自行嘗試發揮，只因為有時，演員自行揣摩發揮的結果往往比我們在劇本中的設計還好得多，倪大紅的聶鋒就是眼前的例子。我們設定的聶鋒，是沉默內斂、外剛內柔的人，尤其是一遇上女兒隱娘牽涉在內的事，往往還要淚眼婆娑真情流露，然而倪大紅的詮釋方式，大概只剩沉默這一點還保留，聶鋒成了個冷漠、老是心不在焉、脾氣古怪（有時還非常拗）的傢伙，然而事事皆看在眼裡、明白洞悉於心，簡直是酷呆了！還因此讓聶鋒唯一一場真情流露的戲（大九湖蔣家內部，聶家父女的對手戲）更顯濃縮凝聚，整部片拍下來，就我所知，劇組裡多了不少倪大紅的粉絲。

說起謝欣穎與張震的第一次對手戲，便讓我們瞠目結舌慘呼連連。那場戲在圓教寺食堂的廊道上，田季安抱起受紙人襲擊昏厥的胡姬，慌亂檢視著胡姬有無大礙，然而只見張震，不曉得是拘謹放不開還是太紳士了，無論是抱起謝欣穎，或扶著她查看時，從頭到尾絕不讓手肘以上的身體部位碰到她，與其說是抱著她關切，還更像「抓著她翻來翻去」，看得工作同仁們都傻了，真想向張震喊話，這是你唯一真正愛的女人啊（田季安與隱娘比較像是同性玩伴的童年友誼，與田元氏則完全是政治聯姻），請你親近她一點行不行！

還是芝嘉最中肯也最惡毒：「他（張震）好像拿著安妮在練 CPR！」

侯導駭異之餘，連忙追問張震助理，他家老闆是啥星座啥血型啊？侯導挑演員，頗為參考星座血型組合，要熱情活潑的演員，多挑火象星座搭配 B 型者；要難搞的傢伙就水象星座配個 A 型；要冷淡點的，就往土象風象星座去，頂好再搭配 O 型就更冷了。因此當助理老實回答，張震是天秤座 O 型時，侯導呼天搶地道慘了慘了，這種組合要怎生浪漫得起來？

於是田季安與胡姬兩人的互動相處，從圓教寺打包回了台北中影，成了貫穿後半場拍攝的漫長挑戰，兩人最細膩的情感互動，集中在隱娘還玉玦的前後兩場胡姬寢間夜戲。侯導用盡一切手段，努力想讓兩人更親近些，甚至增加了劇本裡沒有的床戲（前戲而已，當然沒真的拍到上床的部分），並要張震灌個幾杯酒再上，不過都是徒勞，兩人的互動還是非常生疏。

天秤座 O 型的張震剛開始成了眾矢之的，侯導一再調整，也都是針對張震在調整。然而在我們的演員訪談中，謝欣穎自承兩個人不來電，她自己也有責任，只因在演員倫理上，張震是輩分高過她的前輩演員，與他面對面時，無論出於尊重還是敬畏，她很難施展得開。

眼看田季安與胡姬的情感戲要從賣點變成僵局，侯導除了一遍一遍的磨兩人，每隔一段時日就重拍外，似乎也別無他法。真正的轉機誰也沒料到，是款待中臣的夜宴，就是充滿了胡樂胡舞與胡人的那場戲，張震與謝欣穎親自下場跳胡旋舞，也許是西域樂舞使人歡放，也許是這場戲的練舞需要花長時間親暱配合，總而言之，兩人跳過胡旋舞後即開竅，親暱多了，好像也曉得該如何相處，侯導遂打鐵趁熱，重拍了胡姬寢間的兩場戲，感覺挺不錯，比先前軟磨硬泡不成的那些床戲好多了。

這是殺青前沒幾天的事，讓人難免要嘆聲可惜，若是在開拍之初就讓他倆把胡旋舞跳一跳，或許我們泰半就沒這麼多麻煩了（底片也不曉得能省下多少）。讓演員跟著劇情走過一遍，因此更能進入他們的角色中，順場拍的好處便是如此。侯導喜歡舉的例子是《那些年，我們一起追的女孩》，九把刀因為菜鳥導演沒經驗，只好完全順場拍，第一場拍到最後一場的拍，卻不料這樣的順場拍造成意外的效果，素人演員們自然而然進入劇情，將自己在片中的角色完全投入。當然，這部片能夠順場拍，也是規模小編制小，場景有限，大部分都集中在學校內拍完。《刺客聶隱娘》若要順場拍，我們開玩笑的計算過，光是拍聶隱娘從刺殺大僚不成回到家裡，就要跑兩趟內蒙古、兩趟姬路、一趟京都、一趟武當山、二進中影文化城……劇組不破產，大概也要暴動鬧罷工了。

固然我們無法順場拍，還是能利用順場拍的好處，這便是侯導調整演員的做法之一，侯導拍著拍著，總時不時要回頭重拍古早以前拍過的鏡頭，有時是在計劃之中，有時很單純的是看演員這場戲的情緒對了，而這樣的情緒是能被利用到另一場戲的。

除了利用演員在片中的情緒，侯導也藉演員現實的處境。《刺客聶隱娘》從開鏡到殺青，前後一年多，這段期間當然沒有連著拍，拍拍停停的好幾次大空檔，演員也來來去去，其中，舒淇在我們拍攝以田季安胡姬為主，沒有隱娘戲份的幾場戲時，接了其他片約先行離開劇組，這一走有半年之久。早先，舒淇一直受困於隱娘離開十三年後回家，捕捉不到隱娘在此刻的真實情緒，然而舒淇離開劇組半年再回來，補拍隱娘回家一場戲，感覺完全抓得住了，曉得如何處理那種幾分熟悉幾分疏離的情緒，先前困擾已久的問題不知不覺的煙消雲散。

舒淇事後表示，就是這關鍵的半年讓她曉得隱娘是怎麼面對久違十三年的那個家的。這個劇組是她如此熟悉的，每個人也是她再熟識不過，然而這半年間，她不曉得我們都在做些什麼，少了半年共同的經歷，儘管每個人都還是認識的，她發覺自己跟不上我們共同的話題、共同的想法，有了一層疏離感，隱娘回家面對的正就是這種疏離。

隱娘離家回家的這場戲，不也是一種順場拍？惟是一種夾雜著電影與現實的順場拍罷了。

就是不讓演員「演」

一日等戲下來，三位來自劇校的婢女演員人已疲憊，三人歪歪倒倒散坐在聶府前廳，姿態自然閒適，有一搭沒一搭聊著，且不忘本業的拉拉腿筋，表演讓我們看呆的一字馬。她們前方，能去休息的工作人員都去休息了，剩下幾個攝影組的人顧著攝影機。攝影機少了運轉時的聲嘈嘈，洞黑洞黑的鏡頭死氣沉沉，並無平日壓迫感，幾乎讓人忘其存在。

侯導竊笑，眨眨眼示意賓哥與芝嘉，兩人亦報以詭詭一笑，侯導這類事幹多了，置景的工作人員們清楚得很，不驚動三人的逐一退開，於是幾個人悄悄開機，連拍了好幾個take，顧著談笑的三人從頭到尾渾然不察被偷拍了。

「這完全符合情境，但她們不理解我要的東西，攝影機一開，她們就會演，」侯導解釋：「她們三個，從早就守在家裡等主人（守在現場等開拍），也不曉得主人幾時回來（幾時開拍），等到都累了，現在這廳堂沒有主人在（沒有攝影機在拍），就是她們作主，所以坐得很放鬆，聊些有的沒的。」

早先在大九湖外景時也是，磨鏡少年在庭院與幼童嬉戲一段，拍得如此自然真實，完全是意外的驚喜。有拍片經驗的人都曉得群眾演員難以捉摸，讓他們得知正在拍攝，即便不一直看著鏡頭，往往也生硬表演不好。那一日拍攝，侯導臨時決定將原本分屬兩場的「少年磨鏡」與「田興問起老者採藥經歷」合併拍攝，劇組得臨時在現場調度置景，同時攝影組請妻夫木聰與老少群眾演員們就磨鏡一場位置調整鏡位，卻不料個性好的妻夫木聰就這麼與小孩玩起來，放鬆下來的婦女老人們開始閒話家常，這一圈的熱鬧氣氛很快無法忽視，於是工作人員默契的一一退出庭院，彼此眼光示意保持肅靜以便錄音組收音，攝影組開機，完整拍下這難得的鏡頭。

群眾演員們絕不曉得他們表現得有多好——侯導在觀看這段錄像時，直呼「太熱鬧了！」、「這種生活的感覺誰也演不來！」這種被侯導稱作「聲東擊西」的手段已非第一次用，且專門拿來對付群眾演員。至於炒熱氣氛當記首功的妻夫木聰，表示跟小孩玩這麼久已讓他使盡渾身解數，「快要想不出招數了，玩這三十分鐘就快掛了，今晚一定睡得很好。」侯導也指著妻夫木聰笑：「你看他的假鬍子都被玩下來了。」

侯導不喜歡「演」，對群眾演員如此，對專業的演員們更尤其如此，因此他對演員會特有一種批評：太演了。侯導拍戲，從來都是根據角色挑演員，再根據演員修改角色，角色就是演員自己，舒淇是聶隱娘而非演聶隱娘、妻夫木聰是磨鏡少年而非演磨鏡少年，因此侯導不要「演」，一演就完蛋，當他導戲，從不告訴演員怎麼「演」，最多解釋角色的處境與心理狀態，讓演員自行揣摩發揮，對舒淇、妻夫木聰這些機靈鬼（侯導用詞）而言，就能有許多讓人驚豔的即興演出，但對許多演員，特別是習慣了導演一個口令一個動作的大陸演員，便全然無法理解這一點，當個演員不就是要「演」？不「演」會讓他們驚慌失措。幾個大陸演員中，又屬飾演田興的雷鎮語此狀況最嚴重，也因此導致了兩人沒停過的角力，及促成「雷鎮語粉絲團」的誕生。侯導也承認，雙方對「演」的認知差太遠了。

對此，侯導自信若有足夠時間「我就一遍一遍磨他，一次一次的拍，直到把他的『演技』通通磨光。」但拍攝時程緊迫，加上演員們軋戲嚴重，已沒時間讓他這麼做，也只好出此下策：「你沒看過我拍《悲情城市》時，是怎麼對付陳松勇的！」當年正式拍攝時，陳松勇也有表演動作一大堆的問題，因此假意要他試戲然則偷偷實拍，看著他滿屋子走來走去，嘴裡嘮叨著對白，自然極了恰到好處。

「我就是邊拍邊調整，我現在也不曉得田興會變成一個怎麼樣的角色，或許最後剩一個聲音也說不定，」侯導解釋他怎麼應付雷鎮語的狀況：「就像在隋州時的雙機拍攝，正面近拍只是哄哄他，到時候用的是側拍的隱娘或少年主觀視線，只用他的聲音當 OS。」

所幸日後剪接出來，雷鎮語的表現異常優秀，尤其大都事廳一場，雷鎮語論理的口條清晰，氣度雍容，加以外型本就挺拔出色，據看過初步剪接的侯導說，「效果好得不得了，讓人真相信他是魏博的中流砥柱，太出色了，才招致田季安忌恨而被貶。」我們為雷鎮語鬆了口氣的同時，難免想到此是否為變調的冰山理論，我們看到雷鎮語完美的表現只是水面上一小角冰山，殊不知水下那十分之九的，是他與侯導一段漫長的鬥爭角力血淚史！

是很久以後的事了，那一日的中影文化城聶府，侯導竊喜著偷到好鏡頭，當然，三位婢女的現場收音是不能用的，因為她們聊的可是「愛瘋5」！

拍得到與拍不到

侯導最痛恨的一句話，便是「導演，我們再保一條吧？」

保一條，最早是武術指導明哲的愛用語，後來賓哥被傳染了，也很愛說保一條。大陸慣稱take為條，保一條意指拍攝一個鏡頭，終於拍到導演滿意的take後，再拍一個ok take，以免將來才發現鏡頭中有穿幫物，到時就只好在電腦上修掉穿幫物，修掉的花費可比重拍一個take的底片錢大多了。九成九的穿幫物都是現場收音用的懸吊式麥克風（boom microphone），侯導某次提議，應該把修掉boom microphone的所有費用開一張帳單，寄給杜篤之，「我看小杜的臉應該會綠掉。」

對侯導而言，一個take只有過與不過，過了繼續拍下一個鏡頭，沒過再拍到ok take為止，哪還來保一條？偏偏明哲跟賓哥容易忘情，往往保一條的結果是保了個半打一打。

「保一條保一條……我看是煲一鍋吧？」侯導恨恨暗罵。

對於一個鏡頭的拍與不拍、用或不用，上從幾位大頭起，下至所有工作人員，往往與侯導分歧不小，侯導認定了不可能用、拍了就是作廢的鏡頭，往往副導製片們會抱持著「導演我們試著拍看看吧，搞不好拍出來好得超乎想像，而且不用在這一段，以後也可以用在別處啊。」雙方拉鋸到最後，多半是侯導生著悶氣答應，而結果也都如侯導所說，費了底片拍出一堆完全不能用的東西。

其實一個鏡頭OK不OK，會不會採用，從侯導看頭幾個take的反應幾乎能當下立判，根本不需要拍一堆take之後才見真章。謝屏翰導演曾爆過侯導的料，侯導過去拍攝某汽車廣告，連拍了十三天，結果讓人啼笑皆非的採用了第一天的第一個鏡頭。

侯導解釋，不論是攝影師或演員，往往頭一兩個take的感覺最準確，氣力也最足，錯過了前面，後面越磨，演員越心慌喪志，有悖於一般人認為越磨越熟練的道理，因此若是演員長時間受困在某一個鏡頭，他會寧可讓演員去休息沉澱明天續拍。他當然會磨演員，而且磨得可兇了，惟是用另一種方式磨到他要的東西，而不是與演員如角牴似的僵持在當場。如拍《海上花》，運用大量長鏡頭，幾乎是一場一鏡頭，侯導當時的拍法便是，頭一天拍第一場，第二天拍第二場，不太管演員狀態的順著場序只管拍下去，然後又拍回第一場，這樣拍了三輪，才把感覺跟味道磨出來。

拍到了理想的鏡頭，最明顯的是侯導的高級形容詞「這個好過癮」，歷來被侯導稱讚好過癮的鏡頭，如大九湖岸遠拍晨霧中榆樹林，站在樹丫上的隱娘伏擊精精兒，蹲伏著卻陡地站直了身；如磨鏡少年在日出前的原野尋找隱娘，恰是左來一團霧氣，右有大批羊群，兩者交會在少年身旁，少年身形隱現霧氣中，驚動羊群齊刷刷抬頭看著他；如色調暈黃如唐畫的蔣家農舍內部；如圓教寺前庭熾烈的篝火圍繞下，田季安目送隱娘離去，目光帶淚；如練習蒙古摔角的田家父子如繞著隱娘飛舞的小飛蛾……

侯導不會用的鏡頭，反應也極其明顯，多半一開始就採取不合作態度跑得不見人影，放任攝影組隨便拍，如內蒙古拍攝元誼投誠魏博的一場行軍戲。這般狀況下，往往是菜鳥們緊張兮兮，老鳥們淡定得不得了，一副「這個鏡頭給你們隨便玩玩，反正不會用」，明顯的案例早在奈良時，拍攝磨鏡少年的妻子生產，這場戲屬於少年的想像而非回憶（少年離家渡海時，妻子才剛有了身孕而已），侯導認為，「男人哪裡懂生產」，故這場戲是非常意象化、刻意避免真實的，甚至有幾分妖異恐怖，煞白煞白掛滿白幔的房間，妻子與產婆皆是一身白衣，產婆扶著妻子，靜肅無聲，一圈又一圈繞走著……

結果卻是徹底失控，產婆們都是來自奈良當地風土協會的太太們，熱心過頭。忽那汐里與產婆們演得太投入，又有日本人每每讓我們汗顏的敬業精神，演變成產婦淒厲尖叫，產婆揉肚子兼好言勸慰的傳統生產戲，還發生產婆不慎把假肚子揉下來的插曲。侯導早早失蹤了，簡直不忍心打擾她們的認真似的，剩下日本總製片小坂負責盯場，小坂看著一群人瞎忙，閒閒一句：「沒關係，反正導演不會用（這個鏡頭）。」

侯導「這個好過癮」的鏡頭，大半都不在拍攝計劃內，更多的是他在公路旁在草原上健走時發現的好景，如結霜的草原、如懸在魚肚白天邊而沉重欲墜的鴨蛋黃般圓月、如丁香樹白花似雪的寧靜河灣。發現了，才急叩大隊過來拍攝。這樣機動性高的即興創作方式，乍看彷彿隨興恣意而為，實則才更考驗導演對主體的掌握，拍攝的東西時時變化，總以出人意表的方式呈現，要如何精準捕捉又不致迷失其中，惟有抓牢拍攝的主體，如此也才能在拍了一堆乍看互不相干的東西之後，找出這些事物間隱然相繫並與主體呼應的脈絡。

一定會用的鏡頭，別稱「每日一鏡」（另有一說，是在大九湖時，曾因演員檔期之故，有長達四、五天沒演員可拍，只好每天早上去拍個空鏡，未及中午便收工，故曰每日一鏡）。侯導對拍攝要求嚴格，拍了一整天下來，能用的鏡頭往往有一個就要慶幸，因此當侯導以「這個好過癮！」宣告了每日一鏡時，樂的可不只侯導一個人。

殺一獨夫可救千百人

許芳宜說過不只一次，非常期待拍攝雙胞胎公主深夜爭執的一場戲，當初也是這場戲說服侯導，讓嘉誠公主與道姑成了姊妹。

「殺一獨夫可救千百人，則殺之！」道姑開頭呼告了自己刺殺藩鎮的中心思想，展開姊妹倆的對辯，道姑顯得激昂，公主則哀婉抗詰。要區別這姊妹倆，許芳宜表示倒一點都不困難，公主與道姑的辨別幾乎是自然而然的，公主聲情柔婉含蓄，講話的音調自然會提高些放緩些，道姑靜定無情，說話嗓音壓得很低很低，沒有那麼多情緒波動。

雙胞胎設定很能引起戲劇張力，同一人飾演的雙胞胎出現在一個鏡頭中，好萊塢電影的前例不少，用的是動態控制（motion control）技術，這在現代電影中使用很普遍，即便不曉得此一拍攝技術，必定也看過 motion control 拍攝的鏡頭。這一次，讓兩個許芳宜同時出現在鏡頭裡，也是使用 motion control，motion control 出現在我們的拍攝中，還是頭一次，不只許芳宜，人人滿心期待，是一場重頭戲。

motion control 以重複的鏡頭動作，分別拍攝兩種或多種不同的對象，再將這些影像結合在影片上，使之看起來就像一次拍攝出來的效果。當然，說比做容易很多，要結合兩個不同時間拍攝的影像，鏡頭的軌跡、影格都要力求相同，才不致發生偏移而產生荒謬甚至非常好笑的視覺效果。然而要精準執行上述項目，恐怕是人力所不能及，非依賴機械之力不可，

我們拍攝的順序是，先拍攝雙胞胎爭執的完整過程，由許芳宜扮演嘉誠公主與京劇老師替身的道姑對戲，目的在掌握鏡頭的軌跡與影格，再拍攝只有許芳宜的鏡頭，嘉誠公主一次、道姑一次，最後是空鏡，結合三者，就是許芳宜自己與自己吵架的鏡頭了。

motion control 拍攝起來曠日費時，芳宜老師一沒了京劇老師對戲，口條變得很僵硬，畢竟與空氣說話甚至吵架絕非易事，花了不少 take 反覆揣摩；由嘉誠公主改妝成道姑要時間；等待電腦運算特效也要時間……短短幾分鐘的鏡頭，預定得花四個晚上來拍。

然而專門用以拍攝 motion control 的攝影機體積龐大，租用費用可不便宜，此時我們的拍攝已到末期，資金所剩不多，侯導為省器材租金而大發威，導演功力一展無疑，調度起現場迅疾井然，演員與工作人員受導演熱忱感召，也一改平時出包不絕的習性，幹起活來精準一步到位，劇組上下齊心，這種光景可不多見，我們粗估，若是整部片子都以如此效率橫掃而過，約莫兩個月就殺青了吧？

一整晚，除了電腦運算特效的時間是吃死了的之外，我們的時間幾乎壓縮到極致，眼看著預計拍攝時間由四個晚上縮減到兩晚，進而更是透出樂觀的氣氛，也許我們今晚就能把這場難度不小的戲給幹掉了？

侯導指揮若定，不時轉頭挑眉，怪表情的望望妙紅，惹得妙紅半開玩笑作不滿狀：「你看你看，他就是在示威，怪我把工作進度排太鬆了，要用這種方式對我嗆聲！」

拍完了公主，拍完了道姑，驀然，連最後的空鏡竟也 OK 了，拍攝結果交給阿弟仔一干後製組輸入電腦運算等結果，拍到半夜的 motion control 進入收尾，大家讚嘆侯導的功夫，竟能把要拍四天的 motion control 用一晚拍完，雖然侯導尚未喊收工，人人都已抱著開始收拾的心情，同時喜孜孜目送龐大如巨獸的攝影機，明天可不用看見這傢伙了！卻是在一旁，侯導沉吟半晌，對雙胞胎公主背後的屏風始終覺得不對勁，忽然指著整晚閒置在旁未入鏡的一面屏風：「那面屏風搬過來我看看。」

眾人一聽背脊發涼，很想來個「導演你說啥屏風？這裡沒有屏風啊！」集體不認帳，當然還是乖乖搬屏風上前。淡綠銀花的屏風，果真比用了一整晚的金底紅花屏風要能凸顯前景的人物，而不致花花綠綠融成一整片，眾人本該打心底佩服侯導精準的眼光——若不是現在已半夜三點多的話。

「哇塞，你看這個，好美喔，簡直美到不行！」侯導滿意審視換上的屏風，丁點不謙虛。

不用太了解侯導作風，也知道迫在眉睫的慘劇，許芳宜反應最快，手刀橫斬向侯導頸子作刀起頭落狀，高呼：「殺一獨夫可救千百人，則殺之！」

眾人大笑，同時也體會到，導演制的台灣電影，一個導演沒有幾分霸道獨裁、不做個獨夫，還真成不了事。眼見淡綠屏風真的好看，也曉得侯導已經看到了更好的可能性，不把它執行出來是不會罷休的，我們能如何？我們只有陪著這獨夫，與花大筆租金請來的巨大攝影機，再耗上一個晚上了。

還剩幾棵樹

又一日的夜暮時分，是時間稍稍失控的一天，本以為傍晚就可以收工去玩樂的大夥兒期望落了空，不需要盯現場但也不能拍拍屁股走人的傢伙們，陷入一種失望的倦怠中，窩在辦公室等待攝影棚的消息，恰是製片小郭由攝影棚來，才一腳踏進辦公室，辦公室內的眾口齊問：「還剩幾棵樹？」

只見小郭一愣，隨即又是平時有點痞痞的模樣：「好煩喔，怎麼連你們也知道這個說法？」

還剩幾棵樹，指的是在棚內正拍攝著的 chroma key。那一日的工作，是讓舒淇站在綠幕前擺各種 pose，再將綠幕置換為先前拍攝的樹木空鏡。對有懼高症的舒淇而言，站在綠幕前的姿態絕對比硬逼她站在樹上要來得自然漂亮，且能挑戰難度較高的站姿，如兩腳高低不同落差大的姿勢。想通了這點的侯導，便不再逼舒淇親身上樹拍攝，畢竟除了懼高症，也擔心舒淇在樹上會與一些居民如攀木蜥蜴馬陸毛毛蟲等不期而遇。

拍攝棚內綠幕，過程其實相當無聊且曠日廢時，當然技術組不這麼想，技術組在此的工作繁重，得參考實景的圖片，光度與光源力求還原實景，環境中的小物件也最好做到分毫不差（大多是拿漆成綠色藍色的木條去堆疊而成），待技術組完工，拍攝綠幕的工作也幾乎完成大半，接下來便是拍攝，短短幾秒的拍攝，當然若是環境中有風（空鏡中的樹木明顯搖曳），也得拿電風扇對著綠幕中的舒淇吹。

再來就是等了，拍攝綠幕大部分的時間，都花在這個「等」上。把拍攝好的數位檔案輸進電腦，由後製組調整之後，等電腦運算，等看初步結果，可以了，便換上下一棵樹或同一棵樹換機位拍，請技術組上來重打燈並更換物件；不行的話，也還是技術組上陣，調整一番後再拍，拍到 OK 為止，如此循環直到拍完所有樹木。

對技術組之外的劇組人員，如此拍攝就真是無聊的一等再等，等時大多數人皆滑手機殺時間，那陣子恰是小遊戲 candy crush 爆紅，從人人關卡皆突飛猛進，便知拍綠幕之無聊。且無聊之外，還相當傷眼睛，綠幕刺眼的螢光綠讓人不需盯著看上多久即兩眼發痠。近年好萊塢電影大量使用特效，用綠幕或藍幕拍攝簡直太普遍，甚至有標榜全片都用綠幕拍攝完成者，如我們都高度感冒的《三百壯士：斯巴達的逆襲》，劇中人情感氾濫到讓人窒息，請問對自己跟前的人講話，為何得用咆哮的？感冒歸感冒，要忍受刺眼的綠幕如此之久，該片的劇組著實讓我們敬服。

對電影拍攝花絮感興趣的電影觀眾，該是都很清楚綠幕的應用，而除綠幕之外，熟悉的尚有藍幕，藍幕綠幕並無不同，事實上，只要在電腦中設定好需要濾除的顏色，用任何顏色的布幕都可以，因底片感光之故，又以光的三原色，紅、藍、綠最容易濾除，惟濾除紅色容易影響人的膚色呈現，故而形成現在統一用藍幕綠幕的原因。至於兩色布幕使用的時機，端看演員或物件的顏色是否包含藍色或綠色而造成混淆，如藍幕最適合用在拍攝有人的場景，因藍色是人類膚色的補色，膚色中含有的藍色成分最少最不受影響，然而西方人多藍眼珠，且綠幕顏色較藍幕更明亮，可減少打光成本，也避免打光過度產生黑邊，因而更受青睞，故現今歐美使用綠幕較亞洲為多。

拍攝藍幕綠幕，最需注意的就是演員與物件上是否有近似而混淆的顏色，導致不該濾除的東西卻被濾掉而穿幫，穿幫的案例，如去年美國一則趣聞：某電台氣象女主播站在綠幕前播報氣象，綠幕要置換為氣象圖，卻不料女主播選了一套顏色近似綠幕的草綠裙裝，導致觀眾看到的結果，是女主播只剩頭手飄浮在氣象圖中的驚悚畫面……

回到我們與綠幕這漫長的一日，那一日，侯導有事自行提前收工，攝影組沒了導演在旁邊，掌控整個現場而更是恣意的拍個不住，每當一棵樹拍完，眾人暗自嘀咕著這總該是最後一棵樹了吧？芝嘉卻總能源源不絕從電腦中變出更多樹木空鏡，樹種繁多，且記錄了我們的來時路：大九湖的榆樹、京都的楠木、姬路的杉木、九寮溪的樟樹、棲蘭山的紅檜、芝山岩公園的茄苳……眾人瞠目結舌，直說芝嘉的電腦根本是座森林。

樹木太多，一棵接著一棵，那時已是聖誕節前夕，大家拍攝無聊之際，某位人士出了個餿主意，不如來拍個聶隱娘聖誕節特別版海報如何？讓隱娘戴著聖誕帽，key進聖誕樹上吧，反正聖誕樹不也是樹？

故而那天劇組人員在路上錯身而過，打招呼用語可不是「吃過了沒？」、「天氣真好！」，而是「還剩幾棵樹？」

歪了

《刺客聶隱娘》法國發行商「Wild Bunch」的負責人，某日與侯導視訊，談及同樣由該公司發行的《一代宗師》在法國的行銷策略，言中不乏策略失準的懊惱，用侯式翻譯法是「Wild Bunch，歪了。」

歪了，指的是該片在法國以武打片做宣傳行銷，預告片剪說「這次，他的絕招是什麼？」，結果觀影人口訴求沒對準。王家衛的《花樣年華》在法國締造七十五萬觀影人次的佳績，片商因此對《一代宗師》寄予厚望，對電影票房的估計，也大多是以《花樣年華》的票房為基數估計，儘管《一代宗師》在法票房不俗，卻還是與預估差了一段距離，似乎觀眾沒被滿足，走出戲院的人們總有那麼點悵然若失。香港的廖偉棠寫有文章代表了這種心聲：「千般低迴，萬種寄託，王家衛沉湎於此，亦拿手於此，《一代宗師》蓋莫能免。這不是功夫，也不是武俠，多少陰柔情懷被他深藏不露，得知《一代宗師》沒有另一個版本，我覺得可惜，但不是可惜沒有四小時導演版淋漓盡致，而是遺憾現在這個一百三十分鐘版本已經太多，應該剪去更多，讓王家衛更是那個含蓄的王家衛，而不是現在這個難免依賴視覺奇觀和好萊塢式人物插科打諢的版本。」

美國版的《一代宗師》則重新剪輯過，片長由一百三十分鐘縮減為一百零八分鐘，同時由馬丁史柯西斯推薦，反而不見王家衛名號。電影預告配樂則出自嘻哈樂團「The Wu-Tang」（譯為武當派或者武當幫），不難看出，完全把本片當做功夫片在宣傳，想當然耳的又吸引到一堆錯誤的觀影人口。侯導是說：「打不夠，卻又打太多了。」打不夠，當然是對那些想看武俠片功夫片的觀眾而言，頂好撂幾句話就打從頭打到尾，《一代宗師》對他們來說是文藝片很沉悶。打太多了，是對王家衛死忠粉絲而言，對一些橋段如葉問在金樓與各家拳法車輪戰比試一段，就流於雜耍而失焦。

「你北拳的掌門人要來與南拳切磋，南拳要推薦誰出來，不會等人家到門口了才關起門要打出一個至尊來，要推薦誰出來，應該是南拳內部早就有也隨時有的共識。」侯導與天文一樣，認為一代宗師若有敗筆，八成是這一段了。

《刺客聶隱娘》的大陸投資，與《一代宗師》同屬銀都機構，在法國也由「Wild Bunch」發行，把《一代宗師》當武俠片而行銷策略有誤的法國片商，為其票房不如預期而懊惱，也興起以極類似的《刺客聶隱娘》來補過的念頭。

《一代宗師》的行銷缺失，除了片商誤解，電影本身也有結構問題。李安在解釋五十屆金馬獎的評審過程時，說章子怡在長久壓抑後向梁朝偉告白「我心裡有過你」，這場戲就像下了錨，「交貨了」，成為全片成敗關鍵戲，因片子一度讓人搞不清到底要幹什麼，但還好有這場戲，終於滿足了。

偏就是這一場在片中已是倒數幾場戲。相較哈姆雷特式的葉問一線，東北的宮若梅一線清晰有力，也吸引人，莫怪從影評至觀眾皆認為章子怡搶光梁朝偉的戲份，甚至說「《一代宗師》？我看的不是《宮二傳》嗎？」還有，把一線天（張震）剪到剩下三場戲，聰明一點的觀眾還能從幕後花絮來自行推敲，哦他在火車上被章子怡救了，從此愛慕她，流落到香港後，還為了她在她醫舍對面開了白玫瑰理髮廳，只可惜章子怡心中已有梁朝偉……

劉紹銘評張愛玲早年的作品，充滿了「兀自燃燒的句子」，文青們人人會背，人人著迷，王家衛的電影也頗有這麼點味道，天文是說「充滿佳句，佳篇不足」，雖然如此，她就是迷戀。王家衛對畫面光影色彩的捕捉、音樂的搭配選擇，以此二者帶起的氛圍，無人能出其右，即使結構始終是其弱項也成為他風格的一部分，「《春光乍洩》結束在伊瓜蘇瀑布那一幕不多好，可王家衛偏偏還是要拍梁朝偉跑回台北去找張震！」天文埋怨道。

侯導自嘲：「我拍電影就是粗枝大葉。」雖不一定是事實，但相較王家衛電影短切的鏡頭非常精采，隨手都能剪出片花，侯導的電影一大塊一大塊的要剪片花就非常不容易。賓哥曾說：「期待《刺客聶隱娘》是部武俠大片的人，片子拍出來可能完全不是你們所想的。」

夢，隱喻，象徵

我們的美術辦公室後頭，陰暗照不太到陽光的旮旯，有座蓋得略嫌陽春的水井，樹蔭下鋪著一方一方草皮的庭園地，還要等草皮生長些時日才不致像地磚而非草地，草上錯落著空心庭石與塑膠牡丹，水井安穩坐落其中，這已是第二版的水井，第一版水井又是慘遭侯導吐槽「這不是使府水井，是荒郊枯井」的美術組作品。

拍攝水井的夜戲，時間上與使府夜宴並行，儘管夜間庭園靜謐，宴席上歡放的胡旋舞樂仍依稀可聞，有自席間下來的婢女們經過，也有中軍們巡邏戒備，然後我們看見，一股水流自井口汩汩冒出，橫流過地面至牆邊，竟貼牆立起來，始終像是亮稠液體的東西依稀作人形，一對燐光倏過則似瞳目……啊，是紙人。

空空兒操縱的紙人陰術，如道姑點破的，只能對付虛弱之人，遭受紙人攻擊的，都是心裡有弱處者：田緒殺人太多，自驚自疑；胡姬隱瞞身孕，心神不寧……紙人利用的人心中的弱點，侯導稱之為「一種黑暗勢力」，紙人出現的兩個晚上，都是人心蠢動的夜晚，人人心中各有欲念，唯獨的例外便是隱娘，隱娘沒有欲望、無動於衷，全然不受紙人影響，出聲一斥即斥破紙人妖法，黑暗勢力化作無害一張薄紙飄落地面。

侯導最不喜歡的就是象徵，他的片子從來都是寫實敘事的，少帶有抽象或象徵的成分，然而水井一場，侯導罕見的用了象徵手法，且紙人這一意象，從頭貫通到底（當然還有早期劇本中貫串全片，惟到了真正開拍後即鮮少提及的鏡子意象），故而侯導希望紙人呈現在電影中，不是那麼具象化的東西，而是一道意念、一種象徵，像是夢境一般，從井裡頭浮現的紙人，比較像一股液體，反倒和紙搭不太上邊，這一點，侯導自知將來要加強和後製組的溝通，要讓他們明白自己真正想要的東西，並非易事。

對於我們的揶揄：「侯導你怎麼也玩起意象來了？以後要跟蔡導看齊嘍？」侯導倒是精神奕奕，開始談起他認為的意念與象徵，與他認為的蔡明亮電影，恰逢第五十屆金馬獎才頒獎不久，「蔡明亮」正是當時顯學。

「好萊塢的電影你可以看得很過癮，如果在家裡用電視看，試著把聲音關掉，你會發現它的鏡頭是非常扁平、非常單薄的，鏡頭無法獨立存在，得靠聲光效果去連接。」

侯導認為，蔡明亮的電影便是完全相反的典型。蔡明亮慣用大量象徵與意念的手法，鏡頭間各自獨立，皆厚實飽滿不需依賴聲光效果，蔡明亮的電影，一個一個鏡頭都可獨立成文，每一個鏡頭都是名詞，整部電影就像詩一般，李安評論《郊遊》一片「太重量級」，所指應該就是這回事。

如何像詩一般？天文進一步解釋侯導對蔡明亮電影的看法。先說說詩，詩應該像是什麼？「枯藤老樹昏鴉，小橋流水人家，古道西風瘦馬。夕陽西下，斷腸人在天涯。」前三句完全是由名詞組成，後兩句才有動詞介詞連接，典型的詩之所以是如此形式，在後世也許是對美學的追求，然而回歸最初始的文字書寫與紀錄，紙張發明前，人類的書寫工具如商周的獸骨龜甲或秦漢的竹木簡，是非常珍稀昂貴的，且有沉重不易搬運的特性，過大的書寫成本迫使原始的書寫力求精簡，故早年的詩作長成這般模樣，不是追求美學，是迫不得已，這樣的文字書寫，很難作為記錄的主體，它的功能在提示，用一個一個名詞記錄下最關鍵的部分，如浮標如釘樁般固定、標示出記憶的整體，那些被書寫省略掉的部分，能夠還原的便是擁有同樣記憶的人。

蔡明亮的電影便是如此，故而評價兩極，且非常小眾，看得懂的人、小眾內部愛得要死。這些人如前所述，能夠接收這些提示與象徵，擁有共同記憶或體悟以連結起那些隱而不見被省略掉的部分。然而對一般人而言，蔡明亮電影簡直就和「看不懂」三個字畫上等號，更還有一大致命傷——沒有任何「美感」。

天文認為，現代主義的蔡明亮電影，可類比現代主義文學的托馬斯．曼《魔山》、康拉德《黑暗之心》或卡夫卡的作品。現代主義文學要反抗的是過往的全知視角，創作者不再是高高在上、無所不知的上帝般存在，只能寫自身的所知、自身所見，故而在現代主義下，人物形象都是破碎、衰敗無力的，是整個時代整個世界中微小得不得了的存在，盡可能自我挖掘的同時，觀者的直接感受多半就是「很髒」、「很醜」甚至「很噁心」。

然而美感，真該是可有可無的存在？

米蘭．昆德拉在《相遇》裡的〈畫家突兀暴烈的手勢：論法蘭西斯．培根〉一文中，有這麼一段話：「今日有太多畫作想讓我們恐懼，而我們卻感到無聊。恐懼並不是一種美感，而我們在托爾斯泰的小說裡感受到的恐怖，從來就不是在那兒等著嚇我們的；傷重而性命垂危的安德列．包爾康斯基沒有麻醉就開刀，這驚心動魄的畫面並未將美剝除，正如莎士比亞從來不將美從任何一場戲中剝除，正如培根從來不將美從任何一幅畫作中剝除。」

美感不應被屏除，即便在追求其他價值如現代主義的同時，保留美感也不會是衝突的選項。侯導在蔡明亮近年的電影中，也發現如此改變。侯導非常喜歡《黑眼圈》，《黑眼圈》是蔡明亮回故鄉馬來西亞拍的電影，侯導說非常純粹，之後的《郊遊》，更上一層。每個鏡頭意象的背後，累積的是台灣低下階層的基本生存境遇，分崩離析的家庭，人在生存線上被壓得走投無路……侯導說蔡明亮用意象來說這些，說得很好。蔡明亮這些年投入劇場工作與裝置藝術，比較懂得如何處理「醜陋」，醜出一種風格。侯導舉例《郊遊》中拍攝的那面牆，嚴重壁癌，若是過往，蔡明亮必定拍得寫實骯髒，然而這次不同，蔡明亮拍得斑駁紋理如畫，整個當成劇場在處理，很象徵，很抽象的。現代主義與美感，本就可以一同呈現在電影裡。

也許在台灣電影中，現代主義、象徵意念手法的蔡明亮，仍是個太特殊標異的存在了，難怪李安稱讚《郊遊》與其它電影的「量級」不同時卻也點出：「蔡明亮雖然很強，但台灣電影好的時候他是這樣，不好的時候他也是這樣。蔡明亮不等於台灣電影，就像宮崎駿也不等於日本電影。」

某種程度來說，侯導的電影也是一樣的。

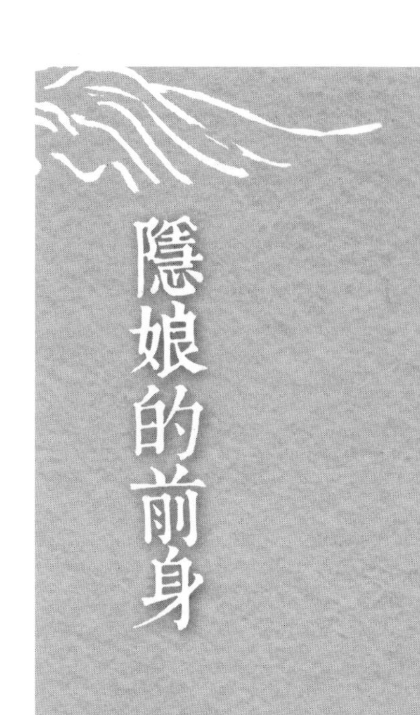

隱娘的前身

時代為中唐，安史之亂已過四十年，割據局面仍在，彼時大小藩鎮林立，尤以三鎮魏博、盧龍、成德盤據河北，各擁重兵如國中之國，禁人民往來黃河兩岸。藩鎮與藩鎮、藩鎮與朝廷，或對抗或同盟的種種手段，宛如今日的黑社會大戲，無論乎古今中外，人們的手段往往就那麼幾種。

其中聯姻，朝廷以公主降嫁藩鎮節度使，和親亦不失鎮壓，有如昔日中原女子和番邊關外，嘉誠公主就是這麼來到魏博的。

公主來到魏博那一日，歲時將要入夏，都城魏州城外的原野已有幾分塞外風光，原上草、飄著白花的丁香樹、漫過山崗的野花，都趁此溫暖短暫的一季光陰怒長著，花色主宰了綿延起伏的山丘顏色，漸南的風吹落丁香花如雪。

一座紅岩裸露的孤山拔地而起，如蜷曲身子憩息的獸，閒臥草海間，鎮守千里平野。聲嘈嘈的大雁群，時而棲在山頂，時而群起繞山飛個幾匝，黑壓壓如雲盤山巔，鄉間人們即便日子艱困，亦少打大雁充饑，只為雁兒情意堅貞，伴侶相守不離，打了一隻雁，害的是兩條性命。然而魏州城的貴人們哪懂這些？故而每每駕鷹犬游獵，對雁群宛若大劫，大雁死傷無數，孤雁失偶悲痛欲絕。

紅山山腳下的一處乾旱河灘，河流早已改道流走，河灘如今彷彿沙漠，白沙覆滿由山頭風化剝落的紅岩，煙塵如霧，只寥寥幾株耐旱丁香樹，一球球野花生長白沙上，花苞紅豔，花瓣綻放卻是雪白，遠看彷彿一枝草梢開著雙色花朵，煞是可愛。

一小撮人馬候著，為數不多的隊伍，為首一名紅衣官人，生得是身架子偉岸，面若冠玉，堂堂一表人才模樣，其人姓田，單名興，字安道，當今魏博節度使田緒堂弟，官拜衙前兵馬使，身旁一名青衣女官端正雍容，氣度高雅，二人眉宇間十分神似，女官是田興胞妹，任職邑倉司錄事，不久前方才婚配了使府的聶押衙。

田姓於魏博等同於國姓，安史之亂時，朝廷於河北置魏博藩鎮，迄今已半世之久，始終由田氏一族掌理魏博，田興兄妹出身田家，堂兄田緒為當今節度使，地位自是不低，今日會親領人馬來，也是奉田緒之命，任禮司迎接嘉誠公主，故而隊列之中，旌旗繽紛，冠帶慎重，人人神色各異——藩鎮內部已有流言蜚語，直指嘉誠公主雖是當今聖上之妹，然生母微賤，是皇家枝微末節之人，還是去年六月才冊封的公主，三月上巳日方過，降嫁魏帥，朝廷此舉無異視魏博如無物，不少主戰派僚臣敵視朝廷，抓著這點，不懷好意的等著公主來到魏博。魏帥不會不知其中道理，卻仍命堂弟妹盛大迎接公主，是藩鎮與朝廷間維持張力的把戲。

紅山下的驛道直通天邊，公主的隊伍自天邊而來，隨嫁隊伍比眾人預期的還要短少得多，倆宦官與白頭宮女，並有青衣女官數騎而已，如此彷彿落實了流言，迎娶隊伍按捺不住鼓譟起來，田興兄妹面露憂色。

公主車駕隨隊伍來，不是眾人預料中的，飾著雉鳥長長尾羽的翟車，迤邐而來的車輦朱紅輝煌，駕車的六匹龍馬毛片各異，車身以黃金紋飾——古禮金根車，惟天子能夠乘坐，魏博遠朝廷之地，人們何曾想過有朝一日能親眼得見此華美之物，全看傻了。

公主未下車，車帘翻飛間，端坐車上的公主容貌依稀可見，翠羽珠冠的公主，並非眾人所想像的雍容華貴，略顯清癯單薄，也比想像得更年幼些，然公主端麗容貌之間，更有肅穆不可侵。

年紀輕輕的姑娘家，竟有此等威嚴神色，畢竟還是帝王家的公主哪！不覺間，閒言閒語的人們噤聲，迎娶隊伍端肅起來，田興放了心，偕妹撩袍端帶，下馬迎接公主。

那一日，嘉誠公主來到魏博，一待就是一輩子，貪暴專橫如田緒，竟不敢違拗公主分毫，公主在魏博的二十一年，魏博勢力不曾逾越河洛、進犯皇土一步。

趙國庄懿公主，始封武清。貞元元年，徙封嘉誠。下嫁魏博節度使田緒，德宗幸望春亭臨踐。厭翟敝不可乘，以金根代之。公主出降，乘金根車，自主始。薨元和時，贈封及謚。

《新唐書》〈列傳第八〉

嘉誠公主來到魏博的那一天，聶窈只有耳聞，那時她甚至還未出生，她是生在公主降嫁魏博一年後，然而那一天，她聽得熟極彷彿自己也在當場——她是押衙聶鋒的女兒，大排行七，乳名七娘，母親聶田氏便是當年隨舅舅迎公主於城郊的禮司。

聶窈五歲那一年初見公主，那一日，她梳著雙鬟、穿起新裁繡的衣裳，隨聶田氏進使府拜謁。她讓穿不慣的新衣攪得心煩不已，桃紅翠綠的顏色更是扎眼，偏偏聶田氏嚴厲更甚平時，母女倆一路僵持進了使府。

那是節度使府右廂的軒堂前，幽森園林間一小片綠茸茸的草地，時值初春，環繞軒堂的牡丹花叢尚未打苞，遠近皆是層層疊疊的掌狀綠葉。公主盛裝走下軒堂台階，背著晨光的公主，身形鑲上一圈金邊，更是燦盛彷彿神明，聶窈只道世上怎有如此美好之人，還是那一臉專注皺眉的模樣，獃獃看著公主，看得都傻了，聶田氏方才還在發怒，見此也不免給逗樂，女官們掩口輕笑，連公主也忍不住笑起來。

不知不覺的，自那一日後，聶窈便黏上公主了，公開私底下種種場合，總有她亦步亦趨跟在公主腳邊，聶窈不苟言笑，對公主只管直勾勾的瞧。公主也有意帶著她與養子田季安在身邊時時教導，田季安是田緒庶出的幼子，出身低卑，然公主極力培養為接掌節度使大位者，則公主屬意聶窈作為將來節度使夫人，是再顯然不過的了。

聶窈自然不曉得這些道理，大她五歲的表哥田季安，是她廝混大的玩伴，公主美好如神明，那般仰慕，那般崇拜，就是她也說不清楚，她就只管跟著公主。

那年上巳日，她與聶田氏共騎一馬，隨嘉誠公主的隊伍中走在水濱，水濱的白樺林子透著光，公主一行迤邐過那光。她左顧右盼，前後左右是錦衣宦官引路，眾樂伎坐馬上，手抱琵琶、琴、笙等樂器。隊伍中的公主娘娘，所騎白馬，毛片光澤如絹，白得如冰晶霜雪，白馬在春陽照耀中，馬汗蒸騰起一層微微的氤氳，一似夢境的朦朧不定。絹光氤氳間，公主娘娘朱紅衣袂飄舉，頭戴翠羽珠冠，姝麗的容顏如幻似真。

再些年，她畢竟有了自己的小馬，灰毛雜駁如鼠、錢斑連片的一匹蜀馬，馬販子說這馬年長了好看，毛片會由灰而白，白得不剩一絲雜毛如雪似玉。聶窈自不在意這些，也不期望這馬來日能像公主娘娘那匹白馬般漂亮，惟從此以後，聶田氏愈發管束不了她，聶窈騎著蜀馬走遍魏州城內外，市井之民曉得她是押衙家的女兒，又因聶窈愛馬成癡，除卻諸般馬事，其餘不感興趣的東西，她向來睬都不睬的，半點沒有這年紀小孩子的可愛，則人人莫敢近之。

上巳日，她也無須再與聶田氏共騎一馬，女眷們如花團錦簇，對她而言太壓迫了，她多半策馬過林邊，林外強光，人們騎馬的側影漆黑帶著毛邊，她目不轉睛看著，她不會錯認公主娘娘與白馬的漆黑剪影，她催趕著蜀馬，與公主娘娘遠遠並行，如此直到白樺林盡處的水岸邊，她勒馬駐足，目送著那支脫離了黑白光影再復華彩爛然的隊伍遠去，年復一年，彷彿一種儀式。

有了這匹蜀馬，聶窈更能廝混進田季安那些男孩子的把戲，一群小孩子或策馬競馳，或擊鞠——聶窈愛極了這西域來的把戲，我們後世所稱的馬球，才沒打過幾場球，她已縱橫全局沒有對手了。

嘉誠公主、田季安等一票男孩子玩伴、形形色色的馬匹，這就是聶窈在魏博全部的童年了。

那冬末的一日，卻很不同於以往。

聶田氏喝斥、奶媽大呼小叫著要她多添件外衣，種種嘈亂聲中，聶窈帶了蜀馬，匆匆忙忙騎出聶府，只因她方才得知，父親聶押衙大清早帶人進使府去了，只道是使府要人要親至城郊，則父親這些藩內的牙將武官免不了的要護衛前往。

使府要人？聶窈滿心想著的還是嘉誠公主，還不到上巳春遊的時節，河水乾枯、水落石出，河岸的白樺樹林還結著冰呢！公主擇此時節出城，必有大事吧？聶窈倒不真關心是什麼事，她只是惱，惱公主出城而自己渾然不知。

聶窈離了家府，一路騎到城西市集，四周漸由清幽轉作熱絡，今有胡商進城，集上尤其鬧騰，街邊賣胡餅的舖子正起一籠麵，麵香橫溢大街上，惹得過往來人聚集不散。又有種種雜戲，有鬥雞的圈子，那兩頭黑羽灑滿白星的公雞給人在腳爪上綁著剃刃，不鬥到血花四濺不罷休，圍觀者卻為此血腥而樂，她不愛看；另一圈是胡兒們圍繞著，奏起一派歡鬧嘈雜的胡樂，他們的圈子中央架起兩竿，牽繫一條細韌的繩索，倆青年身子骨如孩童，打扮得花花綠綠，躡足踴舞在繃緊的細繩上，身段美妙如飛仙，每一輪高低跌宕教觀者驚呼不迭，卻不見分毫失足，又看他們屢屢擦踵錯身而過，並無半點磕碰，周遭為此又是訝歎一番。等一曲舞畢，一人下腰後仰，直到脊梁平貼細繩；一人單腳獨立，作仙鶴展翼之姿，渾身只憑一趾立在細繩上，自然又引大夥兒一陣激賞。一奏樂胡兒起身，摘下氈帽環場討賞，銅錢如雨落入帽中。

聶窈短暫駐馬，觀賞此胡戲片刻，正待提韁催馬，前方忽是喧嘩併著馬鳴，人群走避紛紛，聶窈翹首一望，卻原來是一馬匹受驚——本只是馬販牽馬不慎磕碰，卻給四處雜物邊角勾鬆了鞍帶，馬鞍滑到馬肚子上，可憐那馬為甩脫掛在肚子上的東西，死命踢蹬掙扎，撞上更多邊邊角角，惹得牠徹底發了瘋，在市集狂奔衝突，撞毀好些攤商。

只見那馬，一身白沫似的汗，馬眼翻白，顯然再不受控馭，那些幹練的馬販子趕馬人，竟沒一個膽敢上前，睜睜看著驚馬毀擊四下。聶窈二話不說，縱馬奔向前。

蜀馬斜刺裡竄向驚馬，聶窈隨手抄了條麻繩，覷定了驚馬，手上俐落將麻繩結成了套，策馬兜攏上去，矮身躲過踢來的一蹄子，手中繩圈一拋，套牢驚馬一耳，使勁拽得驚馬歪了腦袋，驚馬受此一制，即便狂亂踢蹬，力道大不如方才。

聶窈將驚馬拽向自己，馬背上一躍，換騎到驚馬背上，馬蹄攪起黃塵，粟殼色的馬、皂服的人們與晦暗的攤商，在漫塵下模糊連片，惟聶窈的緋衣身影鮮明其中。聶窈一手緊拽馬耳壓制，一手俐落解開鞍帶。待馬鞍一聲悶響落地，驚馬掙扎已少大半，再讓聶窈扯著兜了幾個圈子，即四蹄紮地、穩穩站著不動了。

聶窈俯身，望進平靜如初的琥珀色馬眼，拍拍漉濕的馬脖子，舉措間透著憐愛，對圍攏上前的大群人卻視而不見。人們驚嘆、讚好聲不絕，聶窈不回應不搭理，不吭聲的滑下馬背，將馬交予連聲道謝的馬販子，似有不捨的多看了馬兒一眼，方才騎上一旁蜀馬離去。

聶窈騎出市集，出南門，來至在魏州城郊。是個冬末春初的乍暖日子，青空高遠，平野低闊，乃縱馬奔馳，蜀馬下山崗，過阡陌，順河岸而去，彷彿與東去江水一競奔馳。

聶窈馬背上顧盼，雪後的郊野尚無寸草，入眼荒涼，然不過再月餘時間，將是草綠杏白的榮春景象，便是唐人最心嚮往之的三月三上巳日了。那時節，男女熙攘，扶老攜幼，人們水濱洗浴祓禊，並踏青春遊，文人雅士曲水流觴，少女彩衣出行，尋覓意中人。是唐人生活最放恣奢靡，亦明亮斑斕的一日。聶窈對那種種無動於衷，所以盼望上巳日，是年年與公主並行林外的儀式，還有校場擊鞠，那沒人贏得過她的馬球。

聶窈策馬奔馳起，風亂鬒髮，緋紅衣裳好似旌旗獵獵。蜀馬因著她善於騎策，全然信任她，撒開四蹄奔騰，那颯爽勁，真是銀鞍照白馬，颯沓如流星，十歲女孩竟隱有俠客之風！

雲來蔽日，方才露頭的春暖頓轉淒寒，聶窈抬頭迎風，深深一吐息，感受風中的清冷氣味，看著原野上格外低黑的濃雲，雲底垂掛下道道黑絲。生在寒冷河北之地的人都能輕易辨別，這是雪前的信息，一場春時雪隨時將至。

水畔白樺樹林一片悄然，一地燦然冰晶，少去色彩斑斕的葉片，冬日的白樺樹林有些森森恐怖，密匝匝的細直樹幹枯白如骨，風來喀喀有聲，林子在風中太過整齊的晃動看得人眼暈。

聶窈沉吟著，若非來此春遊，嘉誠公主往哪兒去了？

聶窈大惑不解，恰是一陣朔風至，風中捎來人聲馬吼，聶窈陡一抬頭，循聲而去。

出至白樺林子外，春雪大降，先是未落地即化的點點細雪，隨即轉作鵝毛大雪，平野覆上了薄薄均勻的白，紅岩孤山在大雪的天幕下格外惹眼，喧囂聲便是從彼方來，聶窈縱馬奔去，蜀馬在雪上留下一行孤單蹄印。

阡陌平緩起伏，聶窈越過一陌又一陌，最後一道小丘隆起在眼前，從來心思不亂的聶窈，不由怦然心悸起來，彷彿那一道積雪的丘巒之後，有什麼不得了的東西在等著她，蜀馬蹄下打滑，她一帶轡繩穩住了，讓蜀馬載著她，一步一步登上山丘頂。

紅山下的乾旱河灘在眼前一展開來，旌旗成海飄揚，魏博最精銳的軍隊列陣在此，鐵冑的騎兵、掌旗的皀衣中軍，密密麻麻漆黑的人叢中，那一小撮紅衣的僚臣分外醒目，聶窈認得出的便是父親聶鋒與舅舅田興，還有護衛老夏，這魁梧而沉默的老練軍人貼身保護著田家父子，田緒身著甲冑，難掩神經質的獨夫之狀，田季安如僚臣們般著紅官服，看在聶窈眼中卻是陌生，她認得那是表哥田季安的臉孔，卻是怎的，無法把這端肅單薄的年輕人與平時玩在一起的表哥想在一塊。

另一支隊伍打天邊而來，如同聶窈方才，那支隊伍也是翻越重重阡陌來到眼前，隊伍中的人們一次又一次走下坡底不見，而又登上坡頂現身。聶窈睛光如隼，老遠便能看得清清楚楚，就是其中人們的面貌神情亦清晰如在眼前。相較魏博軍隊兵強馬壯，那支軍隊落魄得多，甲衣旌旗黯淡，人與戰馬垂頭踽踽而行，然紀律嚴整，維持著軍容不渙散。隊伍核心是數乘女眷的車駕，與車駕同行的要人，錦甲裝束如同田緒，其人面貌溫和，然眼眸漆黑漆黑的，那黝黑深處偶有異彩一閃而過。

聶窈不識那名要人，只依稀察覺其人地位非比尋常，她看著田緒催馬迎向前去，僚臣們紛紛跟上，田緒與要人馬上拱手相揖，狀極慎重。

即便如此，那時的聶窈也不會明白，自幼如此、彷彿能過上一輩子的生活，一夕就要驟改，再來的上巳日是一切巨變肇始。連她在內，許許多多盼望上巳日的人們，盼來的卻是雨驟風疾，一場風暴扭轉了多少人的一生半世。

若曰變局，此時已悄然蠢動。

德宗神武聖文皇帝十貞元十二年，春，正月，庚子，元誼、石定蕃等率洺州兵五千人及其家人萬餘口奔魏州。上釋不問，命田緒安撫之。

《資治通鑑》〈唐紀五十一第二百三十五卷〉

庚子年的上巳日，魏博節度使田緒假借春遊時機，款待月前來投的洺州刺史元誼一家，聶窈再見到那名要人，也是那天。

那一天，春風吹綠水濱，杏花盛開，飛花如雪，風箏紙鳶飛得比雲更高，藍天更襯朱紅橙黃鮮明。人們祓禊河中，河岸密匝匝無處不是人，一條河蜿蜒而下，魏州全城百姓盡在此處，彩衣人群幾乎遮蔽河濱綠草與河灣處的水粼粼，鬧騰聲上了天，喜好奢華明亮生活的唐人，忘懷了祓禊的初衷。卻是那時的倭國現在的日本，時至今日仍年復一年過著上巳日，即女兒節，或曰雛祭。

稍遠河岸的山崗搭起青幕帳幔，供藩內貴人休憩，田緒由老夏、中軍數名護衛著率先來到，幾個人黑衣黑馬，顯然不在上巳日的氛圍中。田緒還在帳前下馬，一支鮮衣駿馬的隊伍緊接著來到，有女官，有樂伎，有宦官的隊伍，坐騎佩掛鳴珂，當馬匹步行，玉片之聲琳瑯華麗。簇擁在隊伍中的嘉誠公主，所騎淡紅眼珠粉白唇吻的白駒，渾身毛片格外的白，無一絲雜毛，體膘肥壯卻有些羼弱，在許久許久後有了生物學的後世，人們會曉得這馬是患白化症的白子，不應教牠曬在如此日頭下，然而當年人們不知，只道此馬漂亮，故留作公主坐騎。

公主青帳前下馬，與田緒相見，夫婦相敬如賓。那廂一陣喧嘩惹起公主注意，公主循聲望去，是一夥孩童正笑鬧，圍觀著鞦韆上的聶窈，聶窈猛力盪起鞦韆，一下盪得高過一下，一身緋衣飛掠在碧空裡，引得孩童們驚呼連連，小孩子們不懂事，只管佩服聶窈的好身手，卻不見聶窈晶亮的黑眼珠裡困惑不解的怒意。

是氣恨自己未如過去每一年，打水岸的白樺樹林行過？公主忖度著。聶窈憑著不知打哪來的執拗，堅持著年復一年要在林外並行，小女孩在林影間炯炯注視，公主佯裝不知，省得一份憐愛之情反而惹得聶窈不快。然而今年，省下了迤邐春遊，公主直接由魏州城長驅來到水濱，聶窈是惱著這個？又或是對藩內將來的動盪，依稀有所察覺了？

又見十五歲田季安混雜在孩童間，閒適笑看此一切。田季安不久前冠禮，取字夔，官拜節度副史頭銜，只因田緒長子田季和任命為澶州刺史，次子田季直為牙將，則田季安為藩內少主，時時都將接掌大位，態勢已非常明顯，惟人們還沒改口慣，仍多喚其乳名六郎，亦難將其人以將來的主子看待。

遠處又動靜起，鬧騰由遠而近，大群女眷簇擁著一麗人兒前來，麗人兒看著與田季安年齡相仿，雍容婉麗如牡丹一枝，髮膚色淡而雙眼格外黑白分明。聽一旁女官引見，原來是十三歲的元誼女兒，元家是鮮卑顯貴之後，也難怪了麗人兒相貌不同於中原女子。公主還在細究，田緒顯然滿意，命人喚田季安來與麗人兒一見。當麗人兒與田季安兩相並立，田季安當下顯得過於秀皙單薄了。

麗人兒太美，美得教人當下忘懷一場謁見後的政治意味，眾人讚嘆著，好一對璧人哪！

人人陶然之時，孩子們驚動騷亂起，是聶窈把鞦韆盪到了頂，忽地放脫了手，緋紅身影飛上枝頭，聶窈回頭瞿然一瞥，攀走於枝枒間，深入林中消失無蹤，引起一片驚嘩。

嘉誠公主目睹一切，彷彿棲在枝上的孤鳥，俯視人世間碌碌，神情悲憫。

校場由盛開的杏樹環繞，彷彿深在雲霧繚繞間。場中奔馬揚起黃沙，兒郎們分作兩邊相抗，策馬競逐鞠球，馬蹄震地，人馬喧囂不絕。場邊布下青帳，田元兩家要人帳中坐賞擊鞠，看的是少主田季安擊鞠，更是要元都頭好生瞧瞧女婿。

場中擊鞠的兒郎們，個個來頭不小，除少主田季安，其餘人皆出身魏博的高官重宦之家，來日必定也要承繼自家衣缽，輔佐少主，一如其父母輔佐節度使田緒。雖說是鞠戲，卻也能一窺魏博日後的接班布局。

獨獨搶眼的，是混在男孩子間的聶窈，一身緋衣本已醒目，小個子卻比下了眾兒郎的鞠技，更讓人難不注目。三下兩下，截走田季安鞠球，把他與那匹棗紅鳳頭駿馬遠拋在後，其他人亦不是對手，眼睜睜見聶窈撥打鞠球，策馬從一人馬間俐落穿過。

能與聶窈較量最久的，是田緒侍衛老夏之子夏靖，夏靖年紀小個兒小，卻也與聶窈一般樣的倔性子，催趕黃驃馬緊追聶窈，黃灰兩馬並行不相讓，馬背上二人激烈爭奪鞠球，夏靖數度幾乎抄過鞠球，卻畢竟給聶窈逮了空，猛力一擊打得鞠球飛出老遠。

鞠球重重打上場邊杏樹，震落一樹白花，白花受驚似的離枝亂舞。鞠球回彈，聶窈早已驅馬上前等著，又是一記重擊，鞠球打中旗桿，旌旗碎亂顫動。一鞠又一鞠，聶窈狠狠將回彈的鞠球打得遠遠飛去，力道之猛，嚇壞了同場的眾兒郎，沒人膽敢上前與之較量。群馬奔騰的雜沓蹄響驟止，校場上剩得蜀馬踏地聲兀自回響，與一下下沉悶厚實的擊鞠聲。

青幔下的田、元兩家要人，多多少少看出狀況不對，不安挪動身子，獨獨就是公主覷得真確。聶窈如常的沒表情、微微蹙眉，然緊抿唇線因咬牙而歪扭，每一下擊鞠都將手膀子拉到了底的打去，那般的力道，是聶窈自己也說不上的怒意。

鞠球打出又回彈，一次次間積蓄力道愈發猛烈，聶窈狠狠一帶馬韁，蜀馬驚嘶驟轉，聶窈身子順勢一偏，冷不防一鞠打向青幔下，直擊麗容的元誼女兒。麗人兒眼見鞠球迎面打來，卻端坐不驚，眾聲驚呼中，田緒侍衛老夏一箭步上前，伸手截住鞠球，即便壯實如老夏，也險些抓不住小小鞠球，給鞠球震麻了虎口。

驚呼轉作騷動，田、元家的家臣們不安窺視主子，不知主子們是否要為這犯上之舉瞋怒。眼見田緒還未開口，已是慣來的陰沉，彷彿預告大禍臨頭，反倒是元誼刻意明朗一笑。

「但不知是哪位大人家的兒郎？如此矯健，將來必是大才。」元誼道來寬厚，鎮住場面，不少臣下暗自鬆了口大氣。

「非是哪家的兒郎，是聶押衙家的閨女。」田緒方才陰惻惻答道。

即便元誼意在穩住場面，聽了如此回答，也難免的傻了：「啊？是個女娃兒？」

眾人嘈亂間，沒留心麗人兒黑白分明的眼瞳，目光如電，惡狠狠瞪視校場上仍策馬左衝右突著的聶窈。

是晚，上巳日春遊的興奮之情猶在，使府大擺晚宴，仍是田緒接待元誼一家，是接風洗塵，也是兩家聯姻，進一步確保了此政治結合。使府左廂張燈結綵，晚宴熱絡，右廂卻悄然靜息，雖有燈燭張舉，卻還是沉沉昏暗，人聲寥寥。

嘉誠公主在內寢，衣冠妝容儼然，預備著赴宴，卻遲遲不動身，彷彿有事在心頭。隨侍公主的僅一位女官，邑倉司錄事聶田氏，自當年城郊迎娶之後，便侍候公主至今，此時專注在觀察公主神色。

有人告進，是田緒的近臣，判官侯臧，侯臧見公主即敬畏，半點不敢怠慢，屈膝行跪拜大禮：「卑職侯臧晉見公主。」

「起來說話。」

「卑職遵命，」侯臧起身，仍是折腰之姿，未敢直視公主：「主公有意與洺州刺史元誼家聯姻，特命卑職前來稟告公主……」

「元家同意了？」公主注視侯臧，良久才開口問道。

「元都頭已然允下。」侯臧怯怯道完，不安等待公主反應。

嘉誠公主不語，直勾勾看著侯臧。

「年初洺州刺史元誼帶萬人來投靠，主公提及聯姻是為少主接掌魏博計……」侯臧誤會公主不悅，連忙解釋道。

公主一橫手，制止侯臧說下去。

「卑職告退。」侯臧如獲大赦，連忙躬身一禮，退下了。

侯臧退出後，久久，公主沉吟思量著，白日裡種種，春時以來諸事，已非一人之力能撼動。不免又想起校場上，緋衣聶窈騎策蜀馬奔逐，狠勁擊出鞠球，那股怒氣，就是聶窈自己也不明白，然而公主心頭澄明，同時亦有暗羨，唯聶窈能直率發洩滿胸膛的怒氣。

「田元聯姻勢不可免……也莫怪窈娘擊鞠打進元誼的帳幄裡！」公主一嘆，回望聶田氏。

聶田氏仍秉著錄事女官本職，謹聽而已，不發言。

於是在嘉誠公主由聶田氏等女官陪侍，來到左廂正廳，以皇室之尊，當公主入座時，在場之人包括田緒，無不起身相迎。公主僅是目光致意眾人，儼然無語。

晚宴繼續，田元兩家親信的私宴，觀賞十三歲的元誼女兒彈琵琶。元誼女兒抱琵琶，煌煌燭照下，白如凝脂的體膚與淡淡棕黃似秋麥的千綹髮絲，身姿面容美絕，曲調歡放屬胡風。琵琶聲，燭炬光影，與廳內紅黑色帷幄，夜宴豔麗而詭譎，陰影下有暗流蠢動。

放眼宴席上，田家這邊，田緒一介獨夫狀，笑來露出虎牙一對，彷彿抽搐著，乖張之色一露無遺，身旁的少主田季安俊秀，就是面孔白慘無血色。元家那邊，則是洺州刺使元誼夫婦，元誼一如白晝裡，笑瞇瞇的，神情和善隨適，然陰影中的睛光深沉迫人，陰鷙而有度。

如同白晝裡校場擊鞠，是讓元都頭看女婿，則這麼一場夜宴，是讓田緒夫婦看媳婦。

琵琶聲流麗如水，滿溢筵席，亦流洩在廳外庭園。新月的晚上，繁星滿天，夜色明然，除卻正廳宴席熱絡，使府悄然靜寂。

卻見一群持火炬中軍無聲息的圍向土垣邊的樹林，團團包圍其中最老的大杉樹。樹上掠過一道紅衣身影，聶窈隨樹攀移，且突地腿彎鉤著枝幹，倒掛下來，小臉上烏黑烏黑一雙眼瞪著中軍，瞪得一群彪形大漢悚然，一時竟沒人膽敢上前。

「阿窈！」一聲怒喝傳來，然嗓音都岔了。

聞報迅速趕來的是老夏與聶鋒，聶鋒見女兒如此膽大妄為，不免震駭，喝斥起女兒，聲中亦帶震驚。

「你這是幹什麼？阿窈，使府何等重地，容你擅闖？」

聶家父女本是十分親近的，然而聶窈對父親喝斥置若罔聞，雙腿一使勁，翻身回樹，擺盪挪移往土垣外去了，中軍們沒得追趕，眼睜睜看著女孩消失無蹤……

老夏尚不及反應，聶鋒已掉頭回奔，喝令下屬帶馬，先行趕回聶府。

琵琶聲驟止，餘音尚且繚繞，元誼女兒一曲畢，滿座眾人皆稱好，但見麗人兒抱琵琶半遮面，看著嬌羞惹人憐愛，殊不知，麗人兒別過臉，一雙黑白分明的眼殺意鮮明，望進黑深看不穿的園林，曉得在無聲靜悄中，正有著一場生死逐殺。

且說聶鋒由隨軍掌燈護衛，一路快馬回聶府，那些聶府下人迎老爺於門首，沒見過聶鋒這時候回府，人人驚疑。

「阿窈呢？」聶鋒下馬劈頭就問。

男僕與婢女們你看看我，我看看你，齊齊搖頭皆說不知。

聶鋒跌足，一對劍眉愁鎖，半晌望著宵禁的漆黑市街發怔。忽一陣匡啷巨響，一高個子胡族婢女驚慌奔出，是貼身照顧聶窈的齡兒，每每聶窈攀窗出去夜遊，齡兒總得在她居住的閣樓一等到天明，往往等到聶窈回來，齡兒早趴在榻邊睡死了。

「快來人哪！快來人幫幫忙——」齡兒亂嚷著，險些給門檻絆得撲跌在地。

「休要這麼吵吵嚷嚷！」聶鋒喝斥，然看齡兒神情不對，不由心頭一緊。

齡兒一見聶鋒，方才稍稍靜定下來，隨即又想起什麼似的慌了：「老爺！七娘她……」

聶鋒身子一擰，一頭撞進府門，往聶窈的閣樓衝。男女下人們不明所以，又見齡兒慌得厲害，只得跟著自家老爺跑，一群人奔上閣樓，閣樓小梯從沒一下子擠上這麼多人，吱吱呀呀的刺耳作響，聽著恐怕要塌。

閣樓上，乳母已到場，正緊抱倒地昏厥的聶窈，乳母儘管見識粗淺，然大風大浪經歷多了，事事處變不驚，相較齡兒鎮定得多。

「老爺，阿窈她——」

「阿窈、阿窈！」聶鋒飛身上前，由乳母懷中抱過聶窈。

聶窈全無意識，癱軟如屍，緋衣的前襟看上去是溼的，當聶鋒扯開緋衣，露出下頭的白色水衣，才知大片暈染的是殷紅色，再看四周地面與陽台邊欄杆，拖曳的連片血跡斑斑觸目，不難窺知聶窈是怎的負傷掙扎，一路攀爬匍匐回來。

「去找大夫來！」聶鋒抱起女兒，一頭衝下閣樓。

聶府登時大亂，那老資格的家人們，未曾見過喜怒不形於色的老爺慌張若此，連忙請醫奔走，並安置下聶窈，為她先行救傷止血。

瘍醫不久後趕至，為聶窈診治時，聶鋒緊守在屏風外，看著家人端水的端水、捧紗布的捧紗布，忙碌進出屏風。想到白晝校場擊鞠，想到夜宴外的園林，聶鋒不禁戰慄，明知放任聶窈這麼下去，早晚要出事的，可又怎生管得住自幼即古怪不受拘的女兒？老練的將領聶鋒也萬般為難。

想必也是聞報，聶田氏匆匆趕回，夫婦倆屏外相見，竟默默無語，一句話都說不出，聶鋒鬱鬱瞧了聶田氏一眼，目光又轉向屏後去了，深吸一口氣才要發話的聶田氏，話語只得吞回肚裡，伴著丈夫枯等苦候。

這一等又不知多久，屏後有動靜傳來，瘍醫繞屏風出來，見夫婦倆即躬身行禮：「小姐無大礙，然傷得很沉，得要些日子靜養。」

夫婦倆略舒了口氣，然憂心互望，心中至深的焦慮未解。

「就是小姐不曉得給什麼傷的，某行醫多年，不曾見過這般傷勢。」

瘍醫一句話，說得夫婦倆怔然，聶田氏逼視聶鋒，壓低了嗓音質問。

「說是方才宴席間，阿窈私入使府？」

聶鋒點點頭，只覺得嗓子眼發乾，尚不及反應，聶田氏已正色而起，披上方才踏進家府時才脫去的外衣，揚聲命令家僕。

「帶馬，我得趕回使府！」

夜宴後的使府，燈火闌珊，奢華鋪張剩得遍地凌亂，田元家雙方都已宴罷安歇，僕婢打理著夜宴殘餘，都累翻了，舉措緩滯。

春寒料峭，夜風低低拂過水面，碎亂了水波，映得水上小閣滿室青碧幽粼。池岸草地，軒堂前的白牡丹株株打苞待放，現下卻在風寒中戰慄。琴聲傳徹水上，卻帶著戛然刺耳的尾音驟止，簾幕騰風翻捲的小閣內，嘉誠公主將琴稍稍推開。公主一夜未闔眼，面容多了點憔悴，更襯眼中炯然。

夏夜裡會掛上紗帳的小閣，小兒們臥看牽牛織女，細數流螢點點，如此笑語待旦。聶竅跟著自己生活久了，如今舉目所及，處處都是聶竅存在過的痕跡，公主顧盼左右，十分習慣肅容皺眉的小女孩該跟在身邊的。

值此多事之春，步步舉措皆險棋。她已無心力顧及聶竅一人安危，生是李唐王室之人，如今降嫁魏博，無論願或不願，承擔天下國家的大事慣了，為大局犧牲個人，也該是習以為常的，獨獨對聶窈一人……

下嫁諸侯，諒惟古制，肅雍之德，見美詩人。和可以克家，敬可以行巳，奉若茲道，永孚於休，懋敦王風，勿墜先訓，光膺盛典，可不慎歟……當年冊立為公主時，皇兄這麼訓勉她，身而為公主，為的就是有朝一日嫁與諸侯，鎮守自家江山。

當年是給犧牲了來到魏博的，如今為了魏薄，公主別無選擇，怕是要犧牲、屈叛自己最喜愛的聶窈。

簾幕撩起，燭光顫動著——此動靜不該是風，公主抬頭，卻見入室的是聶田氏，不過一時辰前，聶田氏聞報聶窈遇襲受傷，才匆匆趕回家府。聶田氏端衣肅容，見公主深深行禮，是身負著要事而來吧？聶田氏向來嗓音低柔悅耳，此時卻開口哽澀。

「卑職有一事相求公主。」

公主不答，定定瞧著聶田氏，等她道來。

那是個月明、風大的夜，閣樓大大的窗扇正好教夜風直入，一陣陣的風吹得繞床的紗帳鼓脹起來又癟下去，聶窈在帳幄中，傷勢好轉得快，卻還不太能動，夜中的瞳子晶黑晶黑的，望著窗棱外那輪醜醜的凸月，不知怎地無法入眠。

是當時就有所感了？那一夜將徹徹底底改變她一輩子。

又一陣風來，紗帳高高騰起，在那片舞動的蒼白間，一個身影倏忽出現，就站在聶窈的床前，俯視著她。是名道姑，平平都是白，道姑的白衣不同於紗帳的黯淡，在夜黑中泛著幽光。

聶窈未受驚嚇，僅是非常專注望著道姑，深受吸引。不知為何，素顏未施丁點妝的道姑，面孔竟與嘉誠公主神似，惟少一分雍容，多了些清峭。

「隨貧道去吧。」道姑的嗓音也像公主，然更低幽些，相同的尚有身不由己的壓抑。

聶窈順從的起身穿戴，動作因傷緩慢。道姑未加催迫，然一道注視銳利如刃，待等聶窈穿戴妥了，以白色素練縛聶窈於背，穿窗而出。

那時的聶窈並不懼，是年幼不知害怕，也是道姑著實太像嘉誠公主了，她深深信任那與公主相同的面貌與氣息。當道姑縱身飛躍在魏州城千家萬戶的屋頂瓦簷間，她僅是看著四周家戶的燈火如螢向後飛逝。道姑背負小女娃的身影，畢竟消失在魏州城深沉的夜色中。

然而給遠拋在身後的聶府，不知在多久後才有了動靜，先是乳母慣例的上樓侍候聶窈晨起，隨即驚呼奔下閣樓，高喊不見了窈娘，聶府頓時大亂，男僕婢女奔走尋呼窈娘，然聶窈憑空不見，再多尋覓盡皆徒勞。

那個清晨，偏偏家裡男女主人都不在，可憐僕婢們還得等稍晚才明白，是因使府出了大事，也為著這樁大事，聶窈的失蹤多多少少給眾人疏忽了。

悦宴巢父夜歸，緒率左右數十人先殺悦腹心蔡濟、扈愕、許士則等，挺劍而入。其兩弟止之；緒斬止者，遂徑升堂。悦方沉醉，緒手刃悦并悦妻高氏，又入別院殺悦母馬氏。自河北諸盜殘害骨肉，無酷於緒者。

《舊唐書》〈列傳第九十一〉

三千下的晨鼓響徹魏州城，彷彿能上達天聽。催喚居民早起勞作的晨鼓聲，撞擊那日清晨溼重的空氣，一聲一聲顯得不祥。使府座落內郭，鼓聲隔城牆一重，聽來略有悠遠飄渺。

依稀能聞鼓聲的閣道，連通使府左右廂，大群人疾步而過，領頭的是肅白著臉孔的嘉誠公主，大清早給驚起，公主衣著素樸，但仍莊重不失儀。隨從公主的大群人，前是女官後為中軍，押衙與邑倉司錄事夫婦倆，一樣肅煞神情，緊緊護衛公主。

公主來到左廂內堂，當場擠滿了人卻不嘈亂，副使邱絳、衙前兵馬使田興、判官侯臧、掌書記曹俊……等等，放眼藩內重臣一個不少，都等著公主到。

田緒殺人無數，才得了魏博節度使大位，其中不乏至親之人，如堂兄田悅一家人，故其生性疑神疑鬼，就是身邊之人亦提防不已，夜夜更換寢處，無人能知其安身所在，嘉誠公主踏入內堂前，亦不知田緒寢處在此。室內幾名侍衛動階都不低，統領的人自是老夏，幾個人正在堂內搜找蛛絲馬跡。

「公主。」老夏見公主來，放下手邊事，恭敬上前跪拜。

公主俯視著老夏，老夏意在拜謁，也為擋住前路，公主心一橫，繞過老夏，直驅內寢底部的床榻，聶鋒夫婦立即跟了去。

「公主請留步！」老夏轉身就要攔公主，然而公主已站到了田緒榻前。

寢榻的床幃已捲起，正好讓人目睹死在榻上的田緒。只見田緒氣絕多時，屍體已然發僵，四肢掙扎乃至扭曲，圓睜的雙眼暴凸，面容甚驚怖，手握短刀似乎死前奮力揮舞過。

公主佇立榻前，靜默看著這駭人景象，一旁的僚佐軍將們按捺不住，私語竊竊起來，嗡鳴耳語聲彷彿漣漪，在人群中向外傳擴。

老夏站到聶鋒身旁，眼角餘光瞥見一樣東西，乃不引人留心的矮下虎軀，蹲身拾起臥榻邊一物，遠看著透薄透薄該是張紙，然而依稀又作人形，老夏端詳這掌中物片刻，不動聲色揉入袖裡。

田緒死，魏博本該陷入大亂，多虧老臣們幹練，速速壓下噩耗不發，於是朝廷不知，鄰藩不察，甚至魏博百姓都給蒙在鼓裡，要待諸事塵埃落定了才得發喪，因此當田緒死訊傳出，已是五天後的事了。

如此任哪個野心勃勃之輩蠢動，亦無插手餘地。

然而如此尚且不夠，嘉誠公主尋思，降嫁魏博，為的不就是這一日？守住魏博、鎮住魏博，不容魏博危害大唐江山，她身為李唐家的公主，所作所為，一切俱都為了守住自家社稷，說起來可悲可憐，卻不覺得遭受虧欠。

一把寶劍捧在手，朱紅鏤金的劍柄與劍鞘，貴色象徵皇室，是當年降嫁時，於望春亭拜別皇兄，皇兄賜予少少幾樣東西之一，寶劍隨身，如皇旨親臨，但有違抗者，揮劍即斬！

寶劍鏗鏘出鞘，公主執劍在手，指尖撫過劍刃紋理，劍身雪光如鏡面，照著執劍之人面貌。危急存亡之秋，成敗繫於一線，公主看著映在劍上的容顏，知此一遭，得背棄許許多多的人，其中最是捨不得的，仍是聶竅。

然而到這關頭上，必須將聶竅忘卻了，許是有朝一日，聶竅能明白自己的屈叛吧？是最後一遭，讓小女孩的模樣掠過心頭，公主收劍入鞘，抱劍踏出內寢，迎向戰局。

那天的使府閣道肅穆，大群白衣人壓低步伐、衣襬簌簌滑過閣道光潔的木地板，速步過閣道進了都事廳。十五歲的田季安一身縞素，煞白臉比重孝還白，率領著人群，身旁乘著步輦的嘉誠公主，縞素更襯懷中寶劍金紅耀眼，難能逼視。

都事廳內，滿座衣冠似雪，當少主來到，家臣軍將們齊齊起身迎接，一見公主懷抱寶劍而來，人們驚動，私語竊竊，然而公主略揚寶劍，朱紅一晃螫眼，則無人膽敢作聲。眼見公主鎮住場面，田季安入座，屏帷前，嘉誠公主落座田季安東側，懷抱寶劍，神情威嚴不怒，督看著廳內大局，確保安排已就的一切不生變故。

隨少主公主而來的判官侯臧於是乎朗聲宣念：「主公薨，魏博軍鎮所屬軍將僚佐，一致公推副使田季安為節度留後，發喪上表朝廷授予節鉞。」

掌書記曹俊當即下筆，揮就喪函，於是飛驛四出，通報朝廷與臨藩，魏州全城舉哀。數日後，朝廷准魏博所請，下旨田季安除喪，授魏博節度使，並加檢校尚書右僕射，進位檢校司空，俄同中書門下平章事。

十歲小女孩聶窈失蹤一事，就在這風風雨雨中，讓人們忽略去了。

那便是魏博的多事之春，諸事濫觴。

《刺客聶隱娘》故事大綱

2011年4月15日版本

編劇／鍾阿城、朱天文、謝海盟

這是一個武功絕倫的女殺手，最後，卻無法殺人的故事。

時間：西元七八五至八〇八年的唐朝

背景：安史之亂後，各地藩鎮的勢力，與朝廷或消或長，其中最強的是「魏博」藩鎮。

主要人物：

田季安：魏博藩主

聶隱娘：田季安的表妹，自小被道姑帶走，訓練成一名殺手，回來要殺田季安。

嘉誠公主：自京師長安嫁到魏博時，田季安四歲，收為己子教育長大，終其一生，不讓魏博藩鎮的父子兩代，踰過黃河，維持了近二十年的和平局面。

道姑：嘉信公主，與嘉誠是雙胞姊妹，訓練殺手專門刺殺暴虐的藩鎮。

聶田氏：聶隱娘母，嘉誠公主的錄事官。

聶鋒：聶隱娘父，掌管軍紀。

田興：聶隱娘舅，軍將統帥。

乳母

田元氏：田季安妻

胡姬：田季安妾

夏靖：田季安貼身侍衛

負鏡少年：倭國人，遣唐船上的工匠，遇船難，滯留在唐土，救了聶隱娘的父親和舅舅。

1. 聶隱娘殺大僚未成

晌午，聶隱娘隱在樹上，等待陽光與雲的變化，在一暗之間，縱入大僚府內的後廂。利用婢侍退盡、衛士交班的短瞬空檔，隱娘到了大僚臥著的榻前。大僚身上兩個小兒睡得熟，隱娘無法下手，卻驚醒了大僚。拿刺客！隱娘已不見蹤影。

2. 師父的教諭

隱娘回來道觀，道姑怒問：「何以回來這麼晚？」

「大僚小兒可愛，未忍便下手。」

道姑嚴斥她：「以後遇此輩，先殺其所愛，然後殺之。」

3. 師父送隱娘回家

魏博的都城，魏州，晨鼓三千擊，城門開。道姑白衣白驢，女徒黑衣黑驢，兩人進城。城內的聶府，是掌管軍紀的「都虞候」聶鋒家。聶鋒已上工，當家的聶田氏，衣妝儼然。忽然府前騷動，說是一名道姑領著七娘回來了。

「七娘！」乳母放聲大哭，十三年前給帶走的娃兒，如今長這麼高是姑娘了。

聶田氏出至廳中。母女乍見，疏離的女兒，互相並不喊。

道姑與聶田氏，相望時，意味深長。待眾人回過神來，道姑已消失不見。

4. 乳母講十三年前

乳母服侍隱娘沐洗更衣。把隱娘當成還是十三年前的女娃兒對待。主僕倆，照樣還是，一個叨叨不絕，一個當成耳邊風。

乳母講起十歲那年隱娘給道姑帶走，聶鋒夫妻為了找女兒，求神問卜，直到兩年後，有商人從南方來，帶口信說，一名道姑領著女徒至旅棧相見，將一包物件託商人到了魏州，交給聶鋒，那道姑指女徒說：「這孩兒有宿業未了，跟我學道，道成後自會返家，現下不必苦苦相尋。」物件打開，是隱娘離家時穿的衣裙，以及一塊羊脂玉玦。從此，聶鋒夫妻才息念。

沐洗畢，乳母為隱娘梳頭。講起十三年前那個多事之春，先是藩主田緒，即當今藩主田季安的父親，夜裡暴斃，然後道姑帶走隱娘，乳母說：「都說你給道姑帶走，我說七娘那脾氣，她要不走，誰也帶不走！」

隱娘貼身襦衣前，繫著的一枚羊角匕首，令乳母十分駭異。

5. 師父與嘉誠公主

梳起髮髻的隱娘，目視鏡中人。

當年十歲的她，總是跟馬兒一起。她看見騎馬出府的父親被一名化緣的道姑攔下，說了些話，但父親不理會走了。她看見的道姑，竟然跟嘉誠公主這樣相像！她心目中永恆的圖像，是那位在軒堂前撫琴說故事給她聽的嘉誠公主。

6. 隱娘為嘉誠公主慟哭

典麗女裝出現的隱娘，格外清俊。

聶田氏捧來當年商人帶回的那塊羊脂玉玦，交給女兒佩戴。此玉玦，說是藩主田季安十五歲行冠禮時，嘉誠公主取出一對，一支給田季安為賀，另一支，給隱娘。願望著促成他們這對表兄妹，締結良緣。隱娘沒有忘記這一幕。

於是聶田氏講嘉誠公主之死。三年前皇兄崩，皇侄繼位一年又崩，告哀使者來報時，嘉誠大慟咯血，珠玉斷碎在地上。那些隨嫁從京師帶來繁生到上百株的白牡丹，一夕間，全部萎散。

隱娘淚水迸濺，拿了布帕蒙住臉，悶聲慟哭。

7. 隱娘開始偵察藩府

鳥瞰視角下的田季安府。每一樣景物，都是記憶。

那茵草地的軒堂前，曾經是白牡丹苑圃，盛開似千堆雪。嘉誠公主就在堂前教她古琴，說青鸞舞鏡的故事：「罽賓國國王得一青鸞，三年不鳴。有人謂，鸞見同類則鳴，何不懸鏡照之。青鸞見影悲鳴，對鏡終宵舞鏡而死。」

撫琴時候幽麗似蘭的嘉誠公主，是抑鬱的，從風華的長安來到魏博，民風勇狠，嘉誠就像青鸞一樣，死在陌土沒有同類。

稚童吃吃的笑聲打醒了隱娘，樹下兩個孩子驚奇望著她，叫她下來。她馴良落地，小羊一樣，孩子們觸喚著她。

喊聲尋小兒，一名娉婷婦人給擁簇著走來。隱娘認出那婦人，是當今藩主田季安的正室。

8. 隱娘認出表兄田季安

此時，府內前面的議事廳，田季安正聽著老臣和隨軍的報告。突然警鐘大響，有刺客！

田季安躍至後面院中，見刺客正上樹，奪過衛士手中的殳就擲去。

隱娘略一閃，殳釘在樹上。她目視擲殳人，認出來是當年喚做六郎的表兄，田季安。

此瞬間，田季安的貼身侍衛夏靖，竄上樹去追擊刺客。

田季安入宅內探巡，由於擲殳過猛，流出兩道鼻血，一抹弄得半張臉是血，非常嚇人。

田季安常激動就流鼻血，見血就暴怒，侍從熟練的護理著。

宅內妻小們都沒事，田元氏只說：「孩子們玩鞠撞見的，黑衣女子，似乎並無敵意。」

後廂內一邊發出緝捕令，一邊加強防禦措施。追拿刺客失敗的夏靖回來，手上一物，交給田季安說：「此物為刺客用，潛伏樹上時藉力之用。」

一把鐵器，似刀似釘，田季安攢刀釘回議事廳，說：「刺客是女子。」

9. 田季安怒貶田興

議事廳召開會議。發言的都是年輕的藩鎮派，內容是會議前就已議定好的方案，召集會議只是告知，然後田季安裁決。

屬於朝廷派的老臣老將們，看在眼裡都明白，只有一個老槓子頭又放砲，那態度，把田季安還當成是子侄輩的在訓斥，連朝廷派也快聽不下去。

田季安一臉輕蔑，把玩著攢在手中的刀釘。

聶鋒欲開口轉圜，田興已先發言，講得入情入理，果然是廣受愛戴的軍將統帥。田季安目光一條猙獰，突然將手中把玩的刀釘向田興擲去，就擲在一毫之差的屏風上，咆哮說：「臨清邊境多事，勞田都頭即刻出發，前往綏靖！」

10. 田興假裝中風

暮鼓八百擊聲中，憂心忡忡的聶田氏，既不見早上才返家的女兒蹤影，又等不到丈夫回來，只見聶鋒的隨軍飛報進府，報說舅老爺給主公貶去臨清，老爺為此去了舅老爺家。

聶田氏趕到哥哥家，只見田興躺在榻上，滿身艾草灸針，癱瘓不能言，說是中風。探視過哥哥，聶田氏告訴聶鋒，女兒已返家。

11. 隱娘向父親說出自己是殺手

隱娘自小與父親是親近的，由於母親是嘉誠公主的錄事官，長年住在嘉誠邸，所以父女之間有一種無言的相契。當父親問她跟師父學道，學了些什麼？她說讀經唸咒而已時，父親啞然失笑了。於是隱娘便對父親據實以告：「我跟師父學劍，第一年，劍長二尺，刀鋒利可刃毛。第三年，能刺猿狖，百無一失。第五年，能躍空騰枝，刺鷹隼，沒有不中，劍長五寸，飛禽遇見，不知何所來。第七年，劍三寸，刺賊於光天化日市集裡，無人能察覺。」

父親頷首要她繼續說。她說：「師父教導我，凡鳥獸一定藏匿形影，所以蛇色逐地，茅兔必赤，鷹色隨樹，同化於物類之中，冥然忘形。影無形，響應聲，無形則無影，無聲則無響，是謂隱劍。」

父親問：「白天節度使府闖入一名黑衣女子，可是你？」

隱娘點頭。父親遂問：「那麼，如今你學道回來，所為何事？」

隱娘沉默不語。

12. 師父的指令

夜燭映耀下，樓閣房裡的隱娘，第一次，對鏡看著自己的殺手裝束。師父下達指令的聲音很柔和：「汝劍術已成，劍道未成，今送汝回魏博，殺汝表兄田季安。」

師父那清肅如水的臉容，也是那撫琴時候嘉誠公主幽麗似蘭的容顏。

13.

隱娘夜入藩府還玉玦

是夜，田季安宿在胡姬居所。待婢侍們退盡，薰香裊裊，寢榻上的琉璃屏風前赫然一身形浮現，隱娘注目著榻上人。

田季安驚彈起。隱娘將羊脂玉玦放在案前，退出。

持刀打上來的田季安，隱娘只是閃避撥擋，退到門口，一翻窗，上了屋頂。田季安，以及斜刺裡加入的貼身侍衛夏靖，也躍上屋，往府外打去。

屋頂下，各方火炬形成的火龍隊伍朝府廓外結集，得到飛報率衛士趕來的聶鋒，從廓外的坊巷往內包抄，匯成紅潮。屋頂上，隱娘一個翻身躍開，落至廓外街心站定，田與夏刷地亦落下，虎峙相對時，隱娘朝夏靖一頷首，轉身不見。

14.

田季安始知刺客是「窈七」

田季安急回寢居，胡姬把那支闖客留下的玉玦，與田季安身上的羊脂玉玦，兩相一並，合成一對，「窈七！」田季安震驚大呼。

玉玦是朝廷所賜，田季安十五歲冠禮時，嘉誠公主取出為賀，一支給他，一支給窈七。田季安明白母親的心意，但父親自有他的盤算，昭義藩鎮的元誼帶五千人馬連家眷萬餘人來投效魏博，結為親家，如虎添翼。

胡姬是知道窈七的，田季安很多話都跟她說，小時候田季安的性命，還是窈七她爹救回來的。那時他高燒不退，沒得救了，小棺材也準備了，就試試姑丈建議的土法，把他用竹篋子蓆裹好，立在陰涼地裡，三天三夜，竟退了燒。他記得在那昏死矇昧的竹篋隙間，感覺到不遠處，有著始終不走開的目光，是窈七的不離不棄的凝視目光。

此時夏靖折返，愣怔著。田季安出示手中玉玦說：「窈七，來還這個。」

「窈七！」

「白日裡黑衣女子就是她。」田季安喟嘆著，「是她。十三年了！」

「怪不得！」夏靖驚歎：「那時候看擊鞠，窈七一鞠直直打到元都頭他們帳裡，差一點打死人。」

那是十三年前三月三，上巳日，在河曲設帳，款待昭義藩鎮帶兵來投效的元誼家眷，宴遊完就看擊鞠。田季安歎：「她氣恨他們元家一來，咱們的同盟情契，全散解了，她恨這個。」

胡姬打斷了兩個男人的熱烈回憶，問說窈七還玉玦，所為何來？田季安回答：「她是了斷舊情，再取我性命。」

15.

父母驚悚於女兒回來殺「六郎」

聶府燭光通明，折騰了一天一夜的聶鋒夫妻，相對發悚。燭火一顫，帷帳飄了飄，夫妻未察覺樓閣上女兒回來。聶鋒茫然對妻說：「當年道姑來殺主公，嘉誠娘娘擋住了，如今徒弟來，誰擋？擋得住？」

16.

田季安召見「姑丈」

晨鼓歇止的晨曦裡，一夜未睡，處於高燒狀態昂奮中的田季安，召見聶鋒。竟是要聶鋒護衛田興到臨清，務必安全送達。

聶鋒說：「田都頭昨日回府，即中風痺。」

「假的。」田季安取了符令，交給聶鋒。

就在聶鋒領命欲去時，田季安喊住聶鋒，不是喊職稱「都虞候」而是喊「姑丈」，務必安全送達田都頭，前次丘絳副使不幸的變故，切不可發生。

抑制住驚愕的聶鋒，邁出門庭時，回轉身告以田季安：「昨日窈七已學道歸來。」

「昨晚已經會過面。」田季安說。

17.

田季安令妻不准有動作

於是田季安到田元氏的居所，就是以前嘉誠公主的宅邸。

進屋見過小孩，令乳母帶走。田季安把避在屏風後面的家奴蔣士則叫出來，專為講田興被貶事，今已特命「都虞候」持符令護送田都頭到臨清，所以三年前丘副使之事，不准重演。

田元氏打量著異樣的丈夫，答以知道了。

踏出門庭，仰臉尋睃著四周聳高松木的田季安，想必窈七就在某處伏伺他。而現在他打出了牌，走著瞧罷。他感到激昂。

18. 驛亭送行

魏州城外的驛亭，送行就到這裡。田興被貶，不允許帶家眷，所以只有一輛牛車，簾幕密掩，載著據說是中風癱瘓的田興。

秋野遼闊，秋氣肅肅，籠罩著驛道上那一行顯得孤單的牛車隊伍。

19. 母親力阻女兒殺六郎

聶田氏送行了哥哥回家，流下眼淚。

隱娘開門見山說，擔心舅舅給活埋是罷，丘絳副使被貶縣尉的赴任途中叫活埋了，魏博人人皆知，是拿此事威嚇嘉誠娘娘時候的老臣老將。

聶田氏搖頭說：「三年前嘉誠娘娘去世，藩內不穩。元都頭他們家，打開始，就不放過機會削弱我們田家，田家重臣，一個個都要除去。當年主公一意結為親家，我知道娘娘怎麼想，請神容易送神難，這是引狼入室，後來——你說主公死得多蹊蹺！」

隱娘說：「田緒獨夫，祖上是安史賊亂的大將。田緒當年，如何殺他堂兄一家才坐上位子的，國中人都說，河北諸盜殘害骨肉，沒有比他更殘酷了。他作孽太多，自驚自疑，給自己嚇死的。」

聶田氏震驚，半晌，說：「你知道帶走你的道姑是誰麼？」

「師父是嘉誠娘娘的孿生姊姊。」

「那麼你知道，道姑行刺主公，是娘娘擋下的麼？」

「我知道師父的教誨，隱劍之志，在於止殺。殺一獨夫賊子能救千百人，就殺。」

聶田氏震啞。半晌，用母親的身分口氣來壓隱娘：「嘉誠娘娘疼愛你，你也只聽娘娘的，我就拿娘娘自己的話跟你說。那時候我做娘娘的錄事，住在娘娘邸裡，半夜聽見人聲，隱約是娘娘跟一道姑爭執。後來，是過了三年你十歲那年，你給道姑帶走，直到北來商人送回你的衣物，娘娘看我們傷慟，才找我去說，那道姑是嘉信公主。她們生時，是吐蕃兵入京師打劫那年，孝武先皇出奔陝州，姊妹倆給送到五通觀避難，亂平後接回來，留下嘉信由道觀養大，跟從德一法師習道，法號華安真人，來去無蹤。你七歲那年，她欲行刺主公，娘娘奮力阻住，娘娘說：『季兒年紀尚幼，主公死，魏博必大亂，非我能掌握。今主公有我督看，季兒靠我教導，我必使父子二人，不踰河洛一步。』」

從來不跟人視線相對的隱娘，此時強烈注視著母親。

聶田氏鏗鏘說：「娘娘自京師來，皇兄親臨望春亭餞別，娘娘辭遣了所有侍從，只留下乳娘和一名老女帶來魏博，娘娘與魏博同患難、共生死的決心，是這樣！」

隱娘答以：「安、史亂天下，至今賊寇猶互相征伐不已，又不能王，又不能霸，荼毒百姓，賊寇猛於虎。」

聶田氏搖頭怒斥：「嘉誠娘娘來魏博時，六郎四歲，收給娘娘帶時五歲，六郎心裡是向朝廷的。今要除卻六郎，嫡子田懷諫，才九歲，六郎不在，誰掌魏博？元都頭元家！他們跟朝中，是敵峙的。元家家奴蔣士則陰狠，你要魏博給他們拿去？你置魏博於何地？置田家，置你阿爹於何地？」

隱娘不語。

20. 隱娘跟蹤元家的暗殺隊伍

月夜悄然，鳥瞰視角下，一快馬入使府，來人去了田元氏居所。蔣士則聽畢來報，立即調度六名黑衣人出發。

宵禁緊閉的城門，但黑衣隊伍一揚令牌，便給放行出城。不久，城側高牆，躍下隱娘，取了馬跟去。

郊野，月西斜。驛道一分為二，岔路口已有三名黑衣人在等。待六名黑衣人至，會合後兵分二路，三人走右路，六人走左路。人馬遠去不見後，隱娘至，不猶疑的擇了六人走的左邊驛道。

21. 聶鋒和田興調虎離山

天濛濛亮時，一處員外的園宅，六名黑衣人抵達，入內稍歇，待命。不久，前方回來的探子，報說田興和聶鋒一行人，就在不遠客棧，已布署好，只等支援隊伍到。於是黑衣人開始換裝，一一穿戴上園宅內先就準備好的驛官衣帽。隱娘在外，見探子與一名黑衣人從宅裡出來，尾隨去。

至客棧已天亮，棧前停著牛車和扈從的馬匹。隱娘繞到後面，見棧裡的掌櫃僕役已遭控制。

很快，裝扮成驛官的黑衣人入棧，報說聞知田都頭與都虞侯兩位大人在此，特備來酒饌相送……雙方應答時，迅即一黑衣人出手擲網撒開，罩住對方，正拉住收網，隱娘猛然落地踢開那人，匕首一揚破了網，卻見網中人並無父親和舅舅，立刻明白了。

隱娘躍出店，跳上店前一馬，策馬疾奔。

22.

負鏡少年救援聶鋒和田興

隱娘快馬走捷徑，追趕剛才分岔路上的另一支隊伍。

另一條驛道，有小路斜往坡林。出林子，有村落。村店門戶洞開，村民將一名昏癱隨軍抬進屋，空氣中是殘留的迷藥味。有參天古松，隱娘不勒馬，藉馬奔的速度一躍，竄上樹頂。放眼看，不遠處亂鳥散飛，晨曦下的林間有反射光閃現。

林間四匹馬，山窪處，四名黑衣人正鏟土下坑，坑裡是中了迷藥不省人事的田興，旁邊倒著聶鋒，受傷不能動彈。

埋得大半時，一名背上縛著銅鏡的少年突然竄出，手中短棍打向一個黑衣人脛骨，倒在地上嚎叫。

少年跑往林間，以樹木掩護，坑邊三個黑衣人追撵上去。少年腳下快疾，銅鏡反射著晨光，往來突竄，眼看要被追砍到，突然迎面回轉一矮身，手中短棍打向黑衣人脛骨，又打倒一個。

就在剩下的兩名黑衣人包抄著少年，逼到死角時，隱娘從樹上落下，將黑衣人擊殺。

23. 負鏡少年與採藥老者

在村民幫忙下，昏癱的泥土人田興給抬進村店，受傷的泥土人聶鋒亦扶進屋。

剛才路邊牽著兩隻驢的採藥老者已在店中等候，跟少年是一夥。老者為聶鋒紮傷，並指導少年取葉藥，在田興和隨軍鼻下點燃，以解迷藥。

原來，老者以磨鏡為業，秋冬往南方去，春夏朝北地走，一路採收藥材製成丸藥，發賣救人。少年是途中遇上的，相伴而行，有四年了。少年倭國人，唐語不靈光，慣以笑臉代替說話，笑裡充滿善意。

24. 父親要隱娘護送舅舅

甦醒後的田興，好漢一條。喚隱娘「窈七」，百感交集。

原來，半途田興和聶鋒，帶一名隨軍，繞別路走了，計劃到這裡的村店換馬，直奔臨清，卻天還沒亮，一下進來四個人，用迷藥蒙。傷弱的聶鋒喚隱娘說：「幫爹一件差事，護送舅舅到臨清，成吧？」

「成。」

田興喊隨軍說：「你這就回魏州，見到主公，把令符交還，報告經過，請主公出動人馬接返都虞候。人馬不到，我們不走。」

老者便提議，附近有一山村，鮮少人知，每年秋天來此收集藥材，村中人都認識，可以安頓。

於是雇了村民用竹箢抬聶鋒，一行人隨老者往山裡去。

25.

避兵亂的桃花源

山崖，看來像絕壁，轉過去，卻豁然開朗，就像避秦的桃花源，有田舍，有水渠，狗吠聲起，小孩大人跑出來。

安置好聶鋒。村民將所採藥草交給老者，換取藥丸。

婦女取家中銅鏡出來，交給少年打磨。去秋少年初次到此，今年來，村人已當他是自家子弟出外又回來的，親熱狎鬧著。雖然倭語雜一些唐語，卻毫不妨礙少年與村人笑談不休。

隱娘上了樹，將村中及山林地勢，看得明白。往樹下看，只見少年磨鏡，老者身邊圍繞著村人，要聽外面世界的故事。

26.

負鏡少年使得隱娘笑了

秋陽斜去，村人漸散，隱娘下樹來。

少年一向的未語先笑，燦如陽光。

隱娘問少年縛在背上的銅鏡：「古鏡？」

少年將銅鏡卸下，遞給隱娘，翻過銅鏡的背面指看銘文，倭語夾唐語熱情說：「是唐土漢朝初時的鏡，傳家寶，能避邪驅魔……」

老者過來，譯給隱娘聽，是少年的新婚妻子為他縛上銅鏡時說的，妻子已有身孕，此去唐土不知何時返家，見鏡中人，也像見到兒女。少年常拭鏡，想念著妻子。

原來，少年的祖先是新羅渡海去建造法隆寺的「渡來人」，鑄匠世家，少年繼承祖業，曾在寺內隨僧人學習棍法，以短棍防身。倭國選派遣唐僧，所組船隊，做為鑄匠的父親光榮獲選，先給少年辦了婚事。但遣唐船遭遇風暴，折返了。隔年，少年代替傷病的父親上船，又遇風暴，船難漂流到浙東沿岸，給人救起。在那裡，遇見了磨鏡為業的採藥老者，就隨老者往北走，等待有回鄉的遣唐船。

這一趟，少年打算再往北走，去新羅，從那裡回鄉，海路近得多，也許比較安全。不與人視線相對的隱娘，此時自自然然注目著少年。這種注目，讓少年只管用倭語絮絮講著而不覺得對方聽不懂。這種注目，也讓少年告白一樣，講起餞別時，妻子為他舞了一段雅樂。少年流漾著記憶之光的臉，竟使隱娘笑開來。自與師父學道成為一名殺手後，她就不曾笑過。此時她裂開嘴沒有保留的笑容，顯得有點傻。

27.

元家派來殺手精精兒

是晚，十六的月亮。山村靜好，一宿沉寂。

微光中，殺手精精兒，奇異形貌浮現。

破曉前，雞鳴此起彼落，匯成一片。驟地，雞鳴突止。少年睜眼起床，發現屋中隱娘並不在。

曦明，濃濃的嵐霧深處，隱娘迎出，截住精精兒。

兩人交戰起來。只聽見群鳥驚飛，葉散枝斷，簡直見不到他們的形影。精精兒，是至今唯一能夠匹敵隱娘的對手。

陡然，靜無息，紛揚的細塵微物飄止下來。一陣滾落聲，墜入山間。

少年持短棍走出屋外查看，見逐漸散去的晨霧裡，隱娘孤身一人走出。

28. 田季安迎宴朝廷中臣

按先前議定好的劇本，田季安親自到黃河口，迎接朝廷路過魏州去成德授旌節的中臣。

晚宴，隆重又奢華。胡姬率領眾伎起舞，胡風胡樂，一派歡放。

席間，有家臣趨近耳語，田季安離開，至屏風隔開的偏間，隨軍報說田興派來信使稟告，早五日已至臨清。田季安關心的是聶鋒，得知已進城回到府裡，與貼身侍衛夏靖一望說：「打個賭，窈七就在咱們屋裡。」

29. 紙人欲殺胡姬

使府內一隅，井蓋的隙縫間，鑽出一片人形剪紙。人紙貼地直行，遇牆貼住壁立起來，有丈高。透薄的人形沿壁而走，遇巡邏的中軍便止避，燐光一條，似瞳目。

30. 隱娘救胡姬

舞畢，胡姬率伎退出。

眾女拾著舞落滿地的珠翠，出至閣道，嬉嬉鬧鬧追逐著，竟使身體不適的胡姬，落單一人，扶壁而走。

燭燈輝明的閣道，走至轉角暗處時，胡姬遭丈高人形一個大掌撲面來，蓋住鼻口窒息著。正危急，隱娘至，朝人形嚇一叱，就把人形叱殺，化成飄落地面的無害一紙。

隱娘蹲地，診察著昏厥的胡姬。

眾伎駭呼驚跑聲，傳至宴前，田季安第一時間躍至，護胡姬，大喝窈七住手：「有本事，就取我性命！」

夏靖從側腹殺來，兩人夾擊隱娘。隱娘只防守，不還擊。往來幾回合，隱娘一出手，打落夏靖武器。復一出手，彈開田季安的劍，匕首抵在田季安喉上說：「紙人陰術，元誼家幹的。你要當心胡姬，她有身孕了。」語畢，匕首離喉。

田季安驚過神來，已不見隱娘蹤影。

夏靖撿起人形剪紙，端詳著，若有所悟。

31.

紙人曾殺田季安的父親

燭光下，琉璃屏風的寢榻上，胡姬已無礙。田季安憤怒到了極點，反而像暴風圈的寧靜無風，陰沉得可怕。

一陣亂後不見人的夏靖，出現，手中兩片人形剪紙。一片剪紙，是剛才在閣道上拾獲的。另一片，紙已發黃，有刀痕劃破，夏靖解釋說：「這紙人是我父親去世前交給我的，囑咐我，那年主公夜裡突然薨，父親在榻下發現這紙人。得知有道姑來，帶走窈七，疑心是道姑所為，明察暗訪，不罷休，一直追蹤到荊南一個道觀裡，哪裡是道姑的對手，道姑斥責說，這種紙人陰術，但凡識破了就不值一文，他們修行，志在大道，這般術士的把戲，根本不在修行法門內。父親囑咐我記得這件事。」

田季安拿過剪紙，比對。

32.

田季安的狂怒

田元氏居所燭火通明，女眷們獲報甚緊張，唯田元氏，保持鎮定的。

田季安至，將手中已握成縐團的紙人，摔向田元氏，踢翻桌椅陳設，怒氣未息，拔劍向畫屏劈去，劈成兩半。

坐擁孩子們的田元氏，白著臉並無懼色。田季安持劍怒視田元氏時，九歲的長子田懷諫，半步上前，擋在母親幼弟前面，顫抖不已。四歲小兒，溜下母親懷抱去撿起地上的紙團，回身拿給母親……

33.

隱娘與師父結案

清早，隱娘來到道觀，尋得師父，已經在等她，等她很久了。

師父注視著隱娘，讓隱娘自己說。

隱娘默然。但她站在那裡，整個人，從裡到外，徹底都暴露給師父的，讓師父裁判。

久久，冷寂如死。而師父並不裁判。

那麼她就自己裁判。隱娘跪匍於地，向師父行叩禮，三起三叩。這是謝罪，也是絕恩。

師父遂答以：「劍道無親，不與聖人同憂。汝劍術已成，卻不能斬絕人倫之親！」

跪著的隱娘，眉目低垂，承受了師父對她的結案。

師父深深一歎，「可惜了……」便閉上眼睛，沉入冥靜之中。

隱娘立起，轉身離去。邁步走出道觀的隱娘，身背完全是放空不設防的。

忽一下，落葉颯起，師父在背後襲來。

隱娘如練成本能反射動作的匕首一出不回身，與師父交手於瞬間。

瞬間的過後，師父收勢站定。望著隱娘不回首的直走出道觀去，悲與欣，大片殷紅，在師父白衣的襟前迅速渲染開來，像一枝豔放的牡丹。

34.

田季安的惆悵

數日間，藩鎮與朝廷的均勢起了變化。田季安成功拖住朝廷中臣，而鄰藩成德的藩主繼承人也一如所料生變。現在朝廷欲出兵討伐成德，將取道經過魏博。

如今，藩鎮派的主戰聲，壓倒了無聲的朝廷派。唯有盧龍藩鎮，派來的牙將，頗具說服力的在遊說……

爭辯聲，遊說聲，都成了嗡嗡的背景聲。田季安恍神著，思緒遠遠在別處——十三年前的上巳日，河曲遊宴，一樹杏花，風吹雪般飛入飄開的帷帳，嘉誠公主華美如神明。還有緋衣的窈七，在鞦韆上，在碧天裡，飛也似的掠……

35.

隱娘護送負鏡少年返鄉

秋水長天，有二人同行，一老者，一少年。

驀然間，見隱娘已候在道邊，等老少倆很久了。少年為之而燦笑。隱娘不說話，如一隻小羊，加入他們的行列，護送少年北去新羅。

前面就是津渡，水氣淩空，蒼茫煙波無盡。

《刺客聶隱娘》劇本

2012年10月定稿

編劇／鍾阿城、朱天文、謝海盟

劇中人物

聶隱娘：殺手，本名聶竅，又叫竅娘、竅七、七娘。

田季安：魏博藩鎮藩主

嘉誠公主：田季安母

道姑：嘉信公主，與嘉誠雙胞。

聶田氏：聶隱娘母，嘉誠公主的錄事官。

聶鋒：聶隱娘父，掌管軍紀的都虞候。

田興：聶隱娘舅，軍將統帥。

乳母

田元氏：田季安妻

蔣士則：元家心腹

田季安子三名：分別為九歲、六歲、四歲。

精精兒：田元氏

空空兒：精精兒的師父

夏靖：田季安貼身侍衛

胡姬：田季安妾
侯臧：胡姬舅舅，節度副使。
駱賓：判官
曹俊：老臣
負鏡少年：倭國人，遣唐船工匠。
採藥老者

序1　某藩鎮都城．馬市

某藩鎮都城，晨鼓將盡，城郊馬市已是人來人往，喧鬧如沸。
一頂華蓋遠遠而來，某大僚騎馬扈從簇擁著，沿路傳呼人群避讓。
一白衣道姑指認大僚，授以黑衣女子黑色羊角匕首，刀廣三寸。
道姑：「為我刺其首，無使知覺，如刺飛鳥般容易。」
黑衣女子領命，遂匿馬隊逆向而行，與大僚錯身之際，穿過馬腹躍身而起，瞬息匕首刺大僚頸。扈從傳呼著人群渾然不察，惟大僚面色霎一黃如凋枯，續前行丈餘，墜馬身亡。

序2　某節度使府・內院

晌午，某節度使府內院，蟬聲嘹亮，庭院扶疏樹木間，黑衣女子閉目直立如樹幹。樹底下，陽光熾白的廊廡有婢女進出居室。

頃刻，浮雲蔽日，庭院光影一暗涼風驟起的瞬間，黑衣女子睜眼離樹，飛鳥般掠入居室，隱匿於樑柱斗拱上。

室內，大僚與小兒在臥榻嬉戲，婢女捧果鮮隨侍在旁。

黑衣女子閉目諦聽。良久，蟬聲稀落，嬉戲聲漸歇。

黑衣女子睜眼，輕身下地直趨臥榻前，見小兒俯臥於大僚胸腹上睡態可掬，一時遲疑。大僚突地驚醒，見榻前黑衣女子，本能的一手護兒、一手捫榻下刀。黑衣女子看著大僚，遽然轉身離去。

大僚厲聲大喝，手中刀擲向黑衣女子，女子頭亦不回，匕首反手一震，鏗鏘一聲！刀斷兩截，斷刃併射釘於柱上，力道驚人。

屋外午後的曝白亮光中，黑衣女子迷離無蹤。

序3　道觀

道觀，亮撻撻的內院廊下，黑衣女子進廊，跪地。

隱娘：「師父。」

幽暗的廂房內傳出道姑責問的聲音。

道姑：「為何延宕如是？」

隱娘：「見大僚小兒可愛，未忍心便下手。」

道姑：「以後遇此輩，先斷其所愛，然後殺之。」

道姑語音方落，一陣群鳥疾雨般掠過道觀簷下飛往樹林子去。

片名：聶隱娘

字幕：十三年前

字幕：唐貞元十二年，春，正月，元誼率洺州兵五千人及其家人萬餘口奔魏州，上釋不問，命田緒安撫之。

1. 魏州城外

大地飄雪，洺州刺使元誼帶五千步騎來投魏博藩鎮，連眷屬萬餘人。魏博節度使田緒，率軍將僚佐迎於城郊拱橋。

2. 魏州城郊

三月三上巳日，嘉誠公主及眾樂伎騎馬經過林邊，杏花風吹雪般飛入飄開的簾帳，嘉誠公主華美如神明。

麗人兒元誼女，給簇擁著來覲見嘉誠公主。藩主田緒喚少主田季安來，與元誼女並立一起時，眾皆讚歎，好一對璧人。

緋衣的十二歲女孩窈娘，在鞦韆上，在碧天裡，飛也似的掠，至極高處，突然脫手飛身上了樹頭，攀走於枝枒間消失無蹤，引起一片驚嘩……

嘉誠公主目睹著這一切，似一種悲憫。

3. 校場擊鞠

校場觀少主田季安擊鞠，只見雜在眾少年之間的窈娘，策馬追擊藉鞠球擊樹彈回之勢再擊出，直直向元家帳幔內的元誼女打去，一名大漢衝前截住球，是田緒的貼身侍衛老夏。

眾人騷動起來，元誼女卻是沉著不驚。

4. 魏博節度使府．右廂前堂

節度使府右廂，嘉誠公主與錄事聶田氏經閣道進前堂，接見丈夫田緒的隨軍侯臧。

侯臧行叩拜禮。

侯臧：「卑職侯臧晉見公主。」

嘉誠：「起來說話。」

侯臧：「主公有意與洺州刺史元誼家聯姻，特命卑職前來稟告公主……」

嘉誠看著侯臧。

嘉誠：「元家已經同意？」
侯臧：「……元家已經同意……」
嘉誠公主不語，看著侯臧。
侯臧：「年初洺州刺史元誼帶萬人來投靠，主公提及聯姻是為少主接掌魏博計……」
嘉誠公主制止侯臧說下去。
侯臧：「卑職告退。」
侯臧行禮退出。
嘉誠公主沉吟著思量。
嘉誠：「田元聯姻勢不可免……也莫怪窈娘擊鞠打進元誼的帳幄裡！」
身邊的錄事女官聶田氏謹聽而已，不發言。

5. 使府．右廂正廳

於是在嘉誠公主右廂正廳，安排了元田兩家親信的私宴，觀賞十三歲的元誼女彈琵琶。
田家這邊，藩主田緒一介獨夫頗似神經質，少主田季安俊秀。元家那邊，則是洺州刺史元誼，陰鷙而有度。
嘉誠公主由聶田氏等女官陪侍，儼然無語。

6. 右廂庭園

琵琶聲流麗如水溢在正廳外的庭園，卻見一群持火炬中軍無聲息的圍向土垣邊的樹林。隨樹攀移的是窈娘，且突地倒掛於枝幹。

此時，老夏與聶鋒聞報迅速趕來，見窈娘擺盪挪移往土垣外消失無蹤……

7. 聶府・樓閣

某日，一白衣道姑酷似嘉誠公主，出現在窈娘榻前。

窈娘醒來，看著白衣道姑。

道姑：「隨貧道去吧！」

窈娘起身穿衣，道姑以白色素練縛窈娘於背，穿窗而出。

8. 使府・丹房

五更二點，晨鼓三千下的擊聲中，使府右廂丹房內香烟裊繞。

闇黑中有一雙手剪起紙人，以硃砂筆畫上咒符，喃喃唸咒將紙人放進水盆，紙人沉入水中不見。

9. 使府・左廂內堂

使府左廂庭內一隅水井，一流體無形之物從井蓋的隙縫間泌出，貼地蜿蜒。

流體遇牆貼壁而起，透薄疑若人形，沿壁挪移，遇巡邏的中軍便止避，燐光一條，似瞳目。

透薄的流體經過門隙間，泌進田緒的寢處，侵入帳內，頓時直立展開成巨大人形，其上忽現硃砂咒符明滅一條。人形撲向榻上的田緒……

晨鼓歇時，侍寢婢侍驚呼奔出。

貼身侍衛老夏搶進寢內帷帳，見田緒死在榻上，狀甚驚怖，手握短刀似乎死前奮力揮舞過。榻下有一片人形剪紙，老夏拾起端詳。

嘉誠公主由聶鋒護衛，從居宅疾步穿過閣道到田緒寢處來……

10.

使府．都事廳

五天後公布死訊，十五歲的田季安一身縞素，煞白臉比重孝還白，率領乘著縞素步輦的嘉誠公主，經閣道入都事廳。

都事廳內，滿堂衣冠似雪。

屏帷前，嘉誠公主端坐於田季安東側。

判官：「主公薨，魏博軍鎮所屬軍將僚佐，一致公推副使田季安為節度留後，發喪上表朝廷授予節鉞。」

掌書記當下揮就喪函，於是飛驛出城，通報朝廷。

字幕：十三年後

11. 魏州城外

清晨，秋雲高曠。擊鼓聲中，魏州城門開。

道姑白衣白驢，隱娘黑衣黑驢，兩人遠遠而來。

12. 聶府・內堂

晨間靜肅，聶府內堂婢女在燃香添爐，聶老夫人坐於席，讓婢女們服侍著穿衣。聶田氏衣裝嚴整奉侍於旁。

堂前騷動，家中的蒼頭來報。

蒼頭：「（輕聲）稟夫人，有道姑報門，說是送七娘回家來了！」

聶田氏聞言驚起，穿簾而出。

聶田氏：「道姑人在哪裡？」

蒼頭：「道姑現在前廳。」

聶田氏緊隨蒼頭到前廳。

乍見道姑與隱娘，聶田氏抑制著激動。

聶田氏：「卑職邑倉司錄事晉見公主！」

斂衣要行叩拜大禮，道姑止之。

道姑：「窈娘已教成，今來送回。」
道姑言訖轉身離去，聶田氏送道姑出聶府大門。
此時窈娘乳母及老婢們聞訊奔至，見了窈娘忍不住淚流滿面。

13. 沐浴房

大灶間開始忙碌的燒柴火煮熱水。
屏風隔障內，沐浴的大木桶已備好，婢僕們陸續將一桶桶熱水提進來倒入大木桶。
水氣蒸騰著，瀰漫屋裡。
乳母替隱娘除下外衣時，見隱娘貼身襦衣前縛著一把黑色羊角匕首，大駭。隱娘唯是靜默。

14. 聶府・樓閣

沐浴後的隱娘回到十三年前的樓閣，望出去是魏州城景，遠處可見魏州城內廓的鼓樓。
隱娘記得，五歲的某日，晨鼓未歇，母親喚著她的催促聲在屋裡迴盪，銅鏡中，乳母給她梳好了雙鬟……

14A

五歲時她跟隨母親進節度使府，在軒堂初見撫琴的公主娘娘。

14B

十歲的上巳日，風吹杏花如飛雪，公主娘娘一行，騎馬沿林邊迤邐而行。眾樂伎坐馬上，手抱琵琶、琴、笙等樂器。

公主娘娘頭戴翠羽珠冠，姝麗的容顏如幻似真……

婢女們捧簞笥進房，打開裡頭是一套一套的新衣裳。

乳母：這些衣裳是七娘失蹤以後，夫人思念七娘的身長，在每一年的春秋季節親手裁繡的，這些年累了有二十套了……

乳母：「初初老爺不知道七娘是給道姑公主帶走的，派人四處去探查，過了兩年，從荊南來了販茶的騾隊，帶頭的是個獨眼的老漢，說是受人託付，帶有口信，要當面稟告老爺……」

14C

十二歲某日，師父囑咐她收妥離家時穿戴的衣物及玉玦，帶至客棧會見一獨眼老漢。

師父打開囊袋，出示衣物及玉玦，託付交魏州城聶押衙府，師父云：「這孩兒有宿業未了，從我學道，日後自會返家，現下不必苦苦相尋。」

15.

聶府・內堂

梳洗過的隱娘，照樣一身黑衣。

乳母領她下樓閣見祖母聶老夫人，老夫人笑呵呵的已認不清她了。
聶田氏拿出當年商隊送還的羊脂玉玦，鄭重交給女兒。
聶田氏：「這是你師父當年託販茶的商隊送回來的。」
隱娘不語，默視著手中的玉玦。

15A

她記得，玉玦是六郎冠禮之時公主娘娘給的，公主娘娘云：「這對玉玦……當年娘娘嫁來魏博時，皇兄所賜……玦，寓有決絕之意……」（語音相疊）
聶田氏：「這玉玦是你公主娘娘當年降嫁魏博時，先皇幸望春亭臨餞所賜。玦，寓為決絕之意，是先皇欽命公主必以決絕之心堅守魏博，不讓魏博跨越河洛一步。」
聶田氏端詳著女兒，揣測著。
聶田氏：「當年我與你二舅是前往京城迎娶的禮司……當時……記得公主厭翟車敝而不乘，先皇換以金根車……你公主娘娘來魏博後，隨即辭遣了先皇所賜的宮女、奴婢，贈與豐厚的金帛，令他們還籍贖身……此後，京師自京師，魏博自魏博，這就是你公主娘娘的決絕之心了。」
聶田氏說得莊嚴，隱娘不語。
聶田氏：「六郎冠禮後，公主將一對玉玦分賜六郎與你，是寄望你等能秉承先皇的懿旨，以決絕之心，守護魏博與朝廷之間的和平。」
隱娘出神起來。

聶田氏：「四年前先皇崩，皇侄繼位一年又崩，告哀使者到魏博宣告遺詔時，公主大慟咯血，珠碎玉斷，散落得一地。當年從京師帶來繁生得上百株的白牡丹，一夕間，全都萎了……」

15B

隱娘好像看到，一陣飄風颯颯掠過白牡丹苑圃，公主娘娘走了。

聶田氏：「公主去世前對我說，一直放心不下的……是當年屈叛了阿窈……」

隱娘突地轉身而淚水迸濺，兩掌掩面，悶聲慟哭起來……

16. 使府・左廂

京城進奏院有飛驛進魏城，直奔使府。

使府左廂，田季安聞報與貼身侍衛夏靖匆匆行經庭院閣道，向內廳去了。

17. 左廂・內廳

田季安與貼身侍衛進到內廳，副使侯臧，和判官駱賓手持信札行禮。

駱賓：「稟主公，進奏院有飛驛傳來邸報。」

田季安：「如何？」

駱賓：「據報，朝廷現已任命王承宗為成德節度使，原德州刺史薛昌朝擢為保信軍節度，德、棣兩州觀察使。授節中臣日前已出發。」

田季安搖頭。

田季安：「王承宗這豎子！李師道不過輸兩稅、行鹽鐵，即獲節鉞，他竟蠢懦到自獻德、棣兩州。真該派人去斬殺卻了！」

侯臧：「稟主公，王承宗與薛昌朝為姻親，素聞他二人不睦，朝廷授節中臣近日內必打魏博經過，主公不免伴為宴勞，留住中臣數日，私下派快馬赴成德，密告王承宗，薛昌朝私通朝廷才獲節鉞，慫恿王承宗派兵騎至德州押走薛昌朝，讓中臣授節不及……」

田季安：「好！好！好極了！有勞副使親赴成德遊說王承宗。」

此時貼身侍衛夏靖，突地竄出門。

18. 左廂庭院

夏靖打量庭園周遭的茂林，舉目樹影婆娑，寥寥秋蟬殘鳴，不見任何異常，返身回內廳。

於是，夏靖注目的那片茂林樹影，隱娘現身於其中。

此其時，遠處傳來小兒的嬉笑聲，隱娘身子一縱，循聲掠去。

19. 右廂庭院

隱娘的目光，停在軒堂前，原本是白牡丹苑圃的茵草地上，如今有一架鮮彩小木馬，小兒蹴鞠的嬉笑聲若遠又近。她記得……

19A

白牡丹盛開似千堆雪，公主娘娘就在軒堂前教她撫琴，說了青鸞舞鏡的故事。公主娘娘云：「罽賓國王得一鸞，三年不鳴，夫人曰：『嘗聞鸞見類則鳴，何不懸鏡照之。』王從其言。鸞見影悲鳴，終宵奮舞而絕……」

稚童吃吃的笑聲打醒了隱娘，是樹下有兩個孩子驚奇望著她，膽子大的一個叫她下來。

她馴良落地，小羊似的，靦腆接受孩子們的觸喚。

不遠處喊聲尋小兒，婢侍們簇擁抬著坐輦而來，輦上一名娉婷婦人。

隱娘認出那婦人，當年洺州刺史元誼的美豔女兒，今是藩主田季安之妻田元氏。

田元氏亦注目著隱娘，示意停輦。

20. 左廂・內廳

左廂內廳，掌書記寫好手諭，封漆印。田季安臆測著事件的發展而昂奮起來。

田季安：「離間若成，以當今朝廷，西取蜀東平吳之威，主上定然震怒出重兵，矛頭對準咱河朔三鎮而來……哈哈……」

話未完，內院警鐘大響，傳呼有刺客！田季安與貼身侍衛夏靖躍起直奔去。

21.

右廂庭院

軒堂前，見黑衣人隱娘輕易打退眾衛，縱身上樹。田季安衝前抄過衛士手中的殳，猛力擲去！

隱娘正躍離樹椏，略一閃，殳擦身而過，奪！沉沉地釘入樹幹。隱娘順勢手一搭殳，翻上枝幹，回視擲殳人，認出來是六郎田季安。

同一瞬，夏靖竄上樹直取隱娘，給隱娘一記打落樹下。夏靖復上樹，追擊越牆遠去的隱娘，卻眼睜睜就不見了蹤影。

婢侍們急欲護小兒避入內堂，唯田元氏及兩小兒皆默然不動注視著。

田季安擲殳過猛，引發宿疾流出鼻血，一抹弄得半張臉是血，十分嚇人。侍從見慣不怪了，傳呼婢僕上前護理……

22

右廂內堂

廂內眾衛忙亂，傳呼不絕，右廂兵馬使發緝捕令，邊分派人手加強防禦措施。

內堂裡，田季安見妻小們安然無事。

田元氏：「是禮兒玩鞠撞見的。是個黑衣女子，倒是沒有敵意。」

田季安：「黑衣女子？」

婢僕護理著田季安坐下，止住鼻血，橫靠於榻上。

23. 外院

隱娘出內牆，止於大樹之間。乍見六郎田季安，隱娘沉吟著……

23A

師父步出廂房，發下教諭。

師父云：「汝今劍術已成，而道心未堅，今送汝返魏，殺汝表兄田季安。」

師父語音方落，一陣群鳥疾雨般掠過道觀簷下飛往樹林子去。

24. 使府閣道

各軍將僚佐經閣道往衙府都事廳而去。

25. 都事廳

田季安召集各司僚佐軍將與會，告以突發的河朔變局。

一小兒端坐於田季安右側，是嫡子田懷諫。

判官駱賓首先說明當前情勢。

駱賓：「今日接獲進奏院邸報，謂朝廷已任命王承宗為成德節度使，恒、冀、深、趙四州觀察使；德州刺史薛昌朝擢為保信軍節度，德、棣兩州觀察使。授節中臣日前已出發。」

眾僚將議論紛紛。

駱賓：「年前成德節度使王士貞薨逝，朝廷派京兆少尹裴武赴成德吊喪之際，慫恿王承宗輸兩稅，行鹽鐵，獻德、棣二州以換取節鉞。如今，朝廷遂趁此將德、棣二州新設為保信軍鎮。現主公已指派副使侯臧赴成德離間王、薛二人，密告王承宗，謂薛昌朝私通朝廷才換得節鉞，唆使王承宗赴德州押返薛昌朝，以阻止中臣授節。」

眾僚將知事已定局，也不多說，就是老臣參謀曹俊高聲反對。

曹俊：「此事萬萬不可，萬萬不可！當今朝廷東取吳，西平蜀，勢如中天，此舉必觸怒主上，引重兵直撲河朔而來……」

田季安一臉輕蔑，把玩几上一只銅鑄豹鎮。

駱賓：「德、棣二州緊鄰魏博，今朝廷設二州為保信軍鎮，無異乎朝廷勢力已經進入魏博腹側。當此，若不挫其勢，怕是朝廷將視取河朔如同取吳蜀般之易於反掌。」

此時光影一暗、一明之際，貼身侍衛夏靖發現有積塵飄落，當即竄上斗拱，發現潛伏之跡，遂追出都事廳。

眾有騷亂，但田季安漠視著，絲毫不為所動。

於是，衙內兵馬使田興發言。

田興：「咱河朔三鎮自有形勢，不同於吳蜀。吳蜀兩地，其四鄰受朝廷臂指之臣環繞，而劉闢、李錡一介狂生，妄膽獨謀，其下屬皆不與同，故朝廷大軍臨城，當下即崩離潰散。河朔則不然，咱有近五十年數代之經營，將士百姓懷有累世膠固之恩。況乎王承宗與薛昌朝儘管不睦，畢竟是姻親，兩者矛盾不出藩外，薛昌朝其利猶在河朔，必不全然受朝廷指使。主公此時唆使王承宗追押薛昌朝，徒然觸怒朝廷出重兵而來，反陷魏博於險境……請主公三思。」

田興一席話，說得眾人點頭稱許，見此，田季安目光一條猙獰，突咆哮擲出手中豹鎮，擦過田興臉側，擊破屏風。

26

聶府

魏州城在暮光裡，鼓聲擊起。

聶府前門騷動，有隨軍快馬疾入內堂通報。

聶田氏知道出事了。

隨軍：「稟夫人，窈娘返家之事已報知老爺，老爺現下正趕往舅老爺邸所……」

聶田氏一驚。

隨軍：「說是……舅老爺遭主公貶為臨清鎮將……」

聶田氏：「貶臨清？」

隨軍點頭。

聶田氏：「備馬。」

於是隨軍掌燈護衛，聶田氏出府。

27. 田興府・內室

聶田氏趕到田府，隨蒼頭直入內堂。

田興躺在榻上，滿身艾草灸針，若癱瘓不能言。

醫師正為田興燃艾草醫治。

聶田氏悄聲驚問嫂嫂。

聶田氏：「二哥怎麼？」

嫂嫂躊躇著不知如何回答。

醫師：「田都頭中了風痺。」

醫師代為答覆。

聶田氏：「中風痺？」

聶田氏望向丈夫聶鋒。

聶田氏：「說是二哥被貶臨清？」

聶鋒點點頭。

聶鋒：「直言冒犯了主公。」

聶田氏千頭萬緒，只能抑制住滿腔的洶湧。

聶田氏：「阿窈回來了。」

聶鋒：「我聽報了，說是道姑公主親自送返阿窈。」

聶田氏點頭，滿面憂色看著丈夫。

聶田氏：「（輕聲）衙府有刺客闖入？」
聶鋒：「（點頭）是一名黑衣女子。」
夫妻凝重相視，皆心中有數是窈娘。

28. 聶府・內堂・樓閣

隨軍掌燈，聶鋒夫婦一路返回聶府。
進到內堂，見樓閣有燈光，聶鋒夫婦直上樓閣。
閣裡燈下，哪有阿窈，唯乳母正在整理梳具髮簪，都保存如新。
乳母：「老爺！夫人！」
聶鋒注視著著窈娘昔時的梳具髮簪，十分華燦。
聶鋒：「阿窈呢？」
乳母：「不見人影。」
乳母說著取出一支錦袋裝著的古麗簪子，遞給聶鋒。
乳母：「這支簪子是備著給七娘笄年時用的，是老夫人當年及笄時的簪子。」
聶鋒看著簪子老淚縱橫，憶及……

28A

當年阿窈盤髮試簪，換上新衣裳，下樓時的秀麗模樣。
聶鋒：「當年就該帶阿窈回鄉下的……」

聶田氏無語

29. 使府左廂・胡姬宅居

是晚。田季安浴畢，水氣氤氳裡，不停步讓婢侍以緇棉布巾一披換一披的印乾身體，出屏風外，已穿上便衣，繫好襟帶，走閣廊，一路燭照進了胡姬寢處。

30. 左廂・胡姬寢處

胡姬相迎坐下，親手奉上湯藥。

薰香裊裊，田季安飲藥時，因白晝的騷動，神情迷離亦昂揚。

胡姬：「想著黑衣女子？」

田季安一醒看著胡姬，放下藥盞。胡姬近身依偎於旁。

婢侍們已逐一退下，此時燭火減少，但胡姬感覺猶有人在，回頭，赫見黑衣女子就佇立在琉璃屏風前，驚呼出聲。

田季安驚彈起，抽刀即砍。

隱娘放玉玦於案前，直視著田季安，從容躲閃田季安的刀勢，退至窗邊，一搭手，身子倒翻出窗上了屋頂。

田季安追出。

31. 節度使府

兩人從屋頂、園林、城垣、一路打至外廓，斜刺裡殺入的夏靖緊緊護衛田季安。

隱娘冷眼面對田季安凶狠的刀勢，而田季安始終沒有認出隱娘。

黑暗中，隱娘一直感覺有一雙眼睛在盯住他，是個戴了半臉面具的暗紅衣女子。

屋下地面，中軍禁衛舉火炬一路追圍，滿目紅赤，迅捷而無聲。

隱娘擺脫了田夏兩人，在內垣外的林子裡，與半臉面具的紅衣女子照面相遇，彼此感應到對方的能量。

此時中軍禁衛一路追圍而來，隱娘轉身離去。

32. 左廂・胡姬寢處

田季安返回，整個人在激亢中。

胡姬出示黑衣女子留於案上的玉玦，與田季安常佩身上的玉玦一並，原是一對！

田季安：「原來是窈七！」

32A

田季安想起十五歲冠禮後，嘉誠公主取出羊脂玉玦為賀，並笑問，另一支給窈七可好，他點頭同意。

田季安：「這對玉玦是母親嫁來魏博時，先皇所賜。我冠禮那年，母親把一對玉玦分賜了我與窈七，明為祝賀，實有婚約信物的意思，母親的本意，是等窈七笄年之後完婚。不料，隔年洺州刺使元誼帶萬人投奔，父親大喜，主意田元兩家締親，母親沒有反對……這是母親為我接掌魏博的思量。我是庶出，非嫡嗣，四歲時由母親蓄為養子，若無元家以奧援，這節度使大位，難以穩坐……」

32 B

他又想起，十三年前那個上巳日，洺州刺使元誼謁見嘉誠公主，父親喚他來見元誼女，兩人並立眾皆讚歎好一對璧人時，緋衣的窈七在盪鞦韆，越盪越高，突地脫手飛身上了樹頭，好似一隻浴火鳳凰……

田季安：「……那時節，窈七常呆在林子裡……倒掛樹上……有一天闖入元家庭園，母親不得已託道姑公主帶走了窈七……」

胡姬嚎啕起來。

田季安：「怎麼？」

胡姬：「替窈七不平！」

田季安將胡姬擁入懷。

田季安：「記得我十歲那年發風熱，渾身刺痛不能坐臥，群醫無策，一口小棺材也備下了，是窈七她爹以家鄉的古法，用竹篾子將我捲起，豎在蔭涼處，三天三夜，救回了我的性命。當時在渾噩中，一直有個目光守護在旁，就是窈七，任誰也拉她不走……」

此時室內燭光倏忽搖曳，隱娘藏匿在樑柱側的黑暗中，閉目凝聽了這一切。

隨即貼身侍衛夏靖巡　而返，入室將報知狀況，見田季安與胡姬相擁著，欲迴避，

田季安叫住他，出示了一對玉玦。

夏靖：「窈七？」

田季安：「窈七。」

夏靖：「怪不得，除她誰有這般能耐！」

夏靖十分動容……

夏靖：「記得那天擊鞠，窈七一鞠直直打入元都頭帳幄裡，差點打死人！」

田季安：「元都頭還問說，是誰人家的娃兒？」

想起往事，田季安與夏靖開懷大笑。

田季安：「她氣恨元家來了……咱的同盟情契也散了。」

夏靖：「十來年了……沒聽說她幾時回來的……」

胡姬打斷兩人出了神的回憶。

胡姬：「可窈七現下送回玉玦，這是為啥？」

田季安：「她是為……了斷舊情，再取我性命。」

幃帳微微飄了飄……

樑柱側的隱娘已不在。

33 魏州城內

輕盈若貓，無聲似影，隱娘掠過使府連綿的屋頂和牆廓，飄止於城樓上。

星夜如幕，沉黑在底下的魏州城，溷溷熟睡了。

隱娘佇立良久。

34. 聶府．內堂

聶鋒夫婦焦慮未眠。

隨軍來報。

隨軍：「左廂發現刺客，驚動衙府，中軍一路圍捕……」

聶鋒：「情況如何？」

聶鋒整個心被揪著。

隨軍：「……不明！」

聶鋒跌足。

聶鋒：「唉！當年不該讓道姑公主帶走的……」

聶田氏：「當時也是不得已……」

聶鋒：「阿窈回來，是奉師命刺殺六郎啊！」

聶鋒喚隨軍備馬，決定趕往內城。

聶鋒：「我得擋下阿窈！」

此時，樓下傳來慌亂，蒼頭疾入室內。

蒼頭：「衙役來報，主公緊急召老爺進府。」

一片忙亂之聲沸揚。

35.

使府．左廂內廳

五更二點，晨鼓擊起。

田季安已等在內廳，一夜未睡，煞白臉透著霜青，高燒狀態的激昂。夏靖來報。

夏靖：「都虞候到了。」

聶鋒：「卑職晉見主公。」

聶鋒入廳，行過禮，一種欲言又止的張力。

田季安：「請都虞候來……」

聶鋒躬下腰，敬謹應接。

田季安：「是要勞動都虞候護衛田都頭赴臨清就職，務必安全到達。」

聶鋒看著田季安，感到意外。

聶鋒：「稟主公，田都頭昨日裡回到宅邸，即中了風痺。」

田季安：「假的。」

田季安取過符令，交給聶鋒，見其領命將去，忽然叫住。

田季安：「姑丈……」

聶鋒為這稱謂一愣，抬眼看田季安。

田季安：「務必小心防備，先前丘絳發配半途遭活埋的事故，不可再發生。」

聶鋒抑制住驚愕，靜步邁出門庭時，轉回身望著田季安。

聶鋒：「阿窈昨日裡已返家。」

田季安點點頭。

田季安：「夜裡會過面了。」

36 右廂內堂

晨鼓未歇，右廂內堂，田元氏正在榻前梳妝。

家奴蔣士則直入，在田元氏耳邊輕聲言說。

蔣士則：「如主母所料……用雞血偽冒月事……」

卻見婢侍疾進門通報。

婢侍：「稟夫人，主公到。」

蔣士則閃避至內側屏風後面，田季安直到榻前。田元氏起身相迎，即傳呼下去。

田元氏：「吩咐乳母，帶孩子們來見阿爹。」

田季安：「不必。」

然後望屏風後面一叱。

田季安：「蔣奴出來。」

蔣士則屈膝而出，囁嚅立在一旁。

田季安：「昨日派任衙前兵馬使田興為臨清鎮將，今晨特命聶虞候親自護送……三年前活埋丘絳之事，不可再有。」

田元氏打量著異樣的丈夫。

田元氏：「知道了。」

田元氏見丈夫起身，亦起身相送，淡淡拋出了話。

田元氏：「聽聞夜裡鬧刺客，又是黑衣女子？」

田季安：「你消息倒是靈通。」

37

右廂庭院

田季安踏出門，候在門庭的侍衛夏靖緊跟住。兩人步出閣道，不約而同朝四方一望，彷彿窈七的目光時時都在著。

夏靖：「主公這是聲言擊東，其實擊西。」

田季安沒說話，仰臉尋睃著周邊的聳高松木，想像著在某處伏伺他的窈七，他確信，她聽得見他的話。

38

右廂偏屋

蔣士則見田季安離去，出內堂，經庭廡來到一偏屋。

屋內設有一壇，一虬髯羅漢（空空兒）在壇前燃香。蔣士則進屋稟示虬髯羅漢，態度恭謹，說的是非中原人使用的西域話語。

蔣士則：「如主母說的，以雞血偽冒月事，瑚姬實則已有身孕了……」

正說著，空空兒突禁聲……斜刺裡從內間出現一戴半臉面具的暗紅衣女子（精精兒），迅疾的躍出窗外上樹，直直迎上遠處樹蔭間的隱娘目光。

精精兒撲上前，腕上銅鐲響起淒厲彷彿能攝人魂魄的篥片聲。

枝葉飛散，卻不見人，惟聞一陣刀兵相交的實打之聲，遂歸於靜寂。

39 魏州城外

午前，灞橋驛亭，聶田氏與田興家的送別，就到這裡。

貶黜，不允許帶家眷，只有一輛馬車，簾幕密掩，載著風痺癱瘓的田興，惟見一名隨行蒼頭，送茶遞盞的。

聶鋒領隨軍、馬弁數名，護衛馬車。空氣肅煞，聶鋒夫妻相望冷峻，只能無言。

秋野遼闊，驛道上那一行顯得孤單的馬車隊伍。

40. 聶府．內堂

聶田氏回到聶府內堂，傳喚乳母時，卻見隱娘竟在老夫人跟前，老夫人握著孫女兒笑呵呵的。

聶田氏面容凝重，看著隱娘。

聶田氏：「今晨六郎召你阿爹進府，親授令符，責成他護送你二舅至臨清任職……」

六郎提及，昨夜裡與你見過面。

隱娘不答。片刻靜默後，聶田氏一歎。

隱娘：「阿娘是擔心二舅給活埋？」

聶田氏駭異此事會出自女兒口中。

聶田氏：「你知道丘絳遭罷黜……遇害之事？」

隱娘：「活埋丘絳，魏博田季安之殘暴，世人皆知。」

聶田氏震驚，定定直視女兒。

聶田氏：「所以你是奉師命來取六郎性命？」

隱娘不語，聶田氏逼問。

聶田氏：「殺一獨夫可救千百人？」

隱娘眼中一條冷笑。

聶田氏平視著女兒，不疾不徐講起十六年前那一晚。

聶田氏：「當年你師父與嘉誠公主，出生時，正值吐蕃兵擄掠京師，孝武先皇出奔陝州，雙胞公主給送到五通觀避難，亂平後，留下你師父由道觀撫養，跟從德一法師習道。一直到六郎得風熱那年，你師父來魏博，欲取先主公田緒性命……」

40A

婢侍都給斥退的淨空室內，唯聶田氏守在屏障外。

屏裡燭光，人影綽綽，突然起了爭執聲——

道姑：「殺一獨夫可救千百人，則殺之。」

公主：「阿姊……」

公主壓低聲音抗詰，哀婉說理，卻頑強不容讓。

公主：「田緒死，魏博必亂，季兒年紀尚幼，且非嫡嗣，難掌大位，局勢非我能掌握……皇兄當年命我降嫁魏博以維繫和平，此一番苦心，豈不枉費！」

隱娘注視著母親，彷彿面對的是嘉誠公主。

隱娘：「藩鎮亂天下，一寇死，一賊生，賊寇猛於虎！」

聶田氏喝斥女兒，竟似嘉誠公主上身。

聶田氏：「從公主降嫁魏博，至今二十年，藩內才稍稍得以休養生息……現今形勢如同當年，你若除卻六郎，少主年方九歲，元家勢必難以掌理，到時魏博必亂，亂必反朝廷！你要置你公主娘娘的苦心於何地？置田家，置你阿爹於何地——」

隱娘忽地，竄出內堂，翻身上屋，屋頂另一端是精精兒。

對峙片刻，精精兒縱身離去，發出簧片淒厲之聲。隱娘不為追擊，僅居高鳥瞰。

41. 魏州城

暮鼓八百擊起，城內坊門依次緊閉，全城宵禁。卻見一黑衣隊伍至城門，出示令牌，門吏即開邊門放行。

42. 魏州城外・驛道

中夜悄然，驛道上，黑衣隊伍舉火炬策馬疾行。

43. 館陶縣境・民宅

寅時將過，夜色仍深沉，黑衣隊伍抵一民宅，門前下馬，有人開門接應，黑衣人魚貫入屋。

堂屋內，黑衣人圍著中央爐火歇坐，並脫下汗濕的襦衣，更換館驛的巡官裝束。奴僕奉上胡餅熱湯，黑衣人吃食無聲。

天未亮，雞鳴已雜起。有探子策馬入宅，進堂屋內通報。

探子：「田都頭已打驛站出發。」

黑衣人一貫的捷巧無聲，出民宅，上馬出發。

44. 驛道・岔路

天濛濛亮，偽裝的巡官一行，快馬經過館陶縣境驛站，眼前逢驛道岔口，有一探子舉火炬立候著，見巡官上前稟報。

探子：「田都頭一行有三騎快馬轉向岔路去了！」

巡官頭：「可有田都頭？」

探子：「……是都頭的裝束，昏暗看不清面貌……曹七他倆已跟去了。」

巡官領頭當下將人馬分做兩組，各奔往驛道和岔路。

45. 驛道

奔馳不久，即追上馬車隊伍，巡官領頭下馬上前佯為揖報。

巡官頭：「奉主公之命，特來護送田大人……」

其時，隱娘出現在遠處瞭望，隊伍中不見父親身影，當即調轉馬頭，回奔岔路而去。

46. 坡林・古道

田興、聶鋒及一隨軍馳過林間小路，出坡林行經古道時，察覺有兩名黑衣探子追蹤而來。

田興三人加速轉向斜出坡林的小路，隨即下馬突襲。

田興迅速砍殺一人，聶鋒與隨軍突襲另名探子時，咻！一箭自後方射來，聶鋒肩胛中箭，卻是三名假冒巡官奔至，再一箭射倒隨軍。

三名巡官離馬縱身，圍殺田興，激戰中，一巡官撒網困住田興。

坡林樹叢間，有目光窺伺著，是負鏡少年與老者。

47. 村舍外

隱娘策馬穿過坡林，經村舍，見遠處亂鳥散飛，即奔馳中立馬一躍，竄上樹頂。放眼看去，散鳥滿天，晨曦的林間有反射光閃現。

48. 山窪

林間山窪處，假冒巡官與探子挖著坑洞，準備活埋田興。旁邊，受傷的聶鋒與隨軍被綁在樹幹上，眼睜睜看著田興被活埋。

此時，一名背上縛著銅鏡的少年突然竄出，手拿短棍，快速衝向坑邊。一巡官拔刀卻不及動作，大叫一聲，小腿脛骨已給少年用短棍打裂，倒地哀嚎。

負鏡少年回頭快速迎向另一巡官，矮身避開對方刃風，錯身瞬間，一棍擊中對方腳踝。

少年反身，撞入最後一名巡官懷中，短棍翻轉直搗其下頷，卻見挖坑的黑衣探子掄刀劈來，正危急，隱娘閃入，匕首瞬間刺穿其咽喉。此同時，另一組巡官領頭追至，一箭射向少年，給隱娘一匕首擋飛。

巡官領頭三人圍殺而來，隱娘迎上前揮匕，吹灰霎間，三人幾同時被刺中頸項倒地。

負鏡少年目睹隱娘殺人於無聲形之中，傻了。

隱娘解開被綁的父親與隨軍，聶鋒看著隱娘，百感交集……

聶鋒：「阿窈！」

隱娘點點頭，隨即檢視父親的傷勢，那邊負鏡少年已從土中扶起田興。

49. 村舍

在方才經過的村舍裡，採藥老者與隱娘為聶鋒拔箭鏃，療傷。過程中，老者對隱娘處理傷口的俐落感到驚異。

服過老者的紫色藥丸，聶鋒沉沉睡去。

田興頭上瘀腫已無礙。

田興：「都虞候傷勢如何？」

老者：「傷勢不輕，需調養。」

田興：「此近處可有隱密之地，容我等暫避養傷？」

老者：「此去有一山村，鮮少人知，可以安頓。」

田興便去取出令符，喚來隨軍囑咐，隨軍幸好只有一點皮肉傷。

田興：「你這就回府城稟報主公，請主公派人馬接返聶虞候。」

隨軍領命而去。

此時少年從屋外打水進門，田興見其談吐不似中土人士。

田興：「令公子？」

老者搖頭。

老者：「伊是倭國人，三年前，倭國派遣使船來唐，伊是船上隨行的鑄生，途中遇風暴沈船，在海邊為漁人所救，老漢恰在該處採集藥草，此後他便隨老漢南去北往，採藥磨鏡為業。」

田興：「老丈經年走遍大江南北採集藥材，便是製成丸藥？」

老者：「（點點頭）有些藥草長在無人之地，又各有季節之別，故每年都得仰賴村民幫忙採集，製成丸藥回報村民，沿途也給有病痛者。」

田興：「老丈如此營生，有多少時日了？」

老者：「近一甲子了。」

50. 山村

於是雇了村民用竹篼抬聶鋒，一行人隨老者往山裡去了。

遇一山崖絕壁，有巨大天然岩洞，進洞出洞又一洞，如此行行復復。

路途上，少年留意著隱娘，沉入回憶……

50A

渡唐土臨行，新婚妻子告訴他這段古鏡之語，亦告知他已有身孕，見鏡中人如見兒女。

50 B

餞別時，妻子為他鶯舞於庭。

50 C

初見妻之模樣，是湖中的倒影。

少年回神，察覺隱娘正注目著身上的銅鏡，遂解下銅鏡遞給隱娘。

少年：「唐土古鏡，妻家的傳家寶，能避邪驅魔。」

少年唐語不清，遂改倭語說明。

少年：「那些萬物裡老久老久成了精的，能幻化成人形，眩惑人，只有銅鏡可以照出原形，所以古來的入山道士，皆用明鏡懸於背後，則老魅不敢近人。」

唐語不靈光的少年，慣以笑臉代替說話，總是未語先笑，燦如陽光。

少年：「我祖上是新羅國的鑄工，早年到倭國建造『法隆寺』，從此留居倭國有兩百多年了。三年前，父親光榮獲選為遣唐船上的鑄工，不料遇風暴受傷折返，翌年船修竣，父親傷勢未癒，我是替代父親來唐土，又遇風暴……幸運為師父所救，三年來，我一直在師父身邊，報答師父救命恩情。今年想從這裡去高句麗，經百濟從新羅渡海返家。」

隱娘注目著少年流漾著記憶之光的臉，並不懂倭語，但已全部都聽懂了。

午後，一行人復登程，當岩洞走盡，前方豁然開朗，就像避秦的桃花源，有田舍，有水渠，狗吠聲起，小孩大人跑出來。

51. 村屋

老者安置好聶鋒，隱娘起火煎藥。

聶鋒看著隱娘，不勝感慨。

聶鋒：「當初不該讓道姑公主帶你走的……」

說著哽咽流淚。

隱娘無語，僅遞上藥汁，細細服侍父親飲藥。

村民將採集曬乾的藥草紮綑後交給少年整理，老者則將一葫蘆的紫色藥丸交給村中長者。

52. 山村

少年幫著老者處理好藥材，來到村屋前空地磨鏡，婦女小孩都取家中銅鏡來，等著給少年打磨。村人已當他是自家子弟出外又回來的，親熱狎鬧著。雖然倭語雜一些唐語，卻毫不妨礙少年與村人笑談不休。

53. 村屋

是晚一宿沉寂。

破曉前，一林子棲鳥驚飛向濃霧的低空。

少年驚醒，發現屋中隱娘並不在，持短棍走出屋外查看。

54. 山林

曦明，濃厚的嵐霧深處，戴著半臉面具的精精兒，奇異形貌浮現。
隱娘迎出，截住精精兒。兩人交戰起來，只聽見群鳥驚飛，葉散枝斷，簧片淒絕聲攝人魂魄，簡直見不到他們的形影。
一戰，再戰，三戰，精精兒護衛田元家的意志是如死一般堅決。
陡然，靜無息，紛揚的細塵微物飄止下來。
啪！一聲脆響，精精兒面具應聲而裂，現出是田元氏，胸前一片血跡……
靄靄霧氣中，少年一路追尋幾不可聞的動靜，下山間陡坡，待滑走至坡底，見水澤畔，隱娘正與精精兒對峙。
少年尋來的動靜打破對峙張力，隱娘轉身離去。
少年追上前，發現隱娘肩頭浸濕的，順衣袖看下去，赫見手背血流交錯，滴下指尖。

55. 村屋

回到屋內，隱娘處理著傷勢，畢竟不靈便，少年立即接手幫忙。
隱娘靜靜看著少年紮傷，注目他，好像有一種明白……

55A

那幅永恆的銘記圖像，白牡丹盛開似千堆雪，公主娘娘在軒堂上撫琴。
公主娘娘云：「罽賓國王得一鸞，三年不鳴，夫人曰：『嘗聞鸞見類則鳴，何不懸鏡照之。』王從其言。鸞見影哀鳴，終宵奮舞而絕……」
隱娘：「娘娘教我撫琴……說青鸞舞鏡……娘娘就是青鸞……從京師嫁到魏博，沒有同類……」
隱娘對著少年說，卻是說給自己聽的，一種悲喜，一種清澈，淚光有笑。
少年聽入了心底，為之動容。

56. **魏州城外．黃河渡口**

魏博黃河渡口，荻花吹搖著秋日。
田季安親自率領藩內僚佐軍將，迎接朝廷授旌節的中臣。田季安臨風颯爽，頗有河朔一方之霸的姿態。

57. **使府．正廳**

晚宴款待朝廷中臣，隆重又奢華。
雲裳瓔珞的胡姬，領眾伎起舞，胡風胡樂，一派歡放。
席間，副使侯臧從成德回來，閒閒入座，閒閒一句。
侯臧：「王承宗已派遣兩百騎，赴德州押薛昌朝去了。」
不多時，有家臣趨近耳語，田季安離開，至屏風隔開的偏隅見判官駱賓。
駱賓：「稟主公，田都頭已至臨清。」

田季安：「聶虞候呢？」
隨軍：「聶都頭傷勢沒大礙，人猶虛弱，明日會親自進府稟告主公。」
田季安點點頭，與侍衛夏靖對望一眼，感到隱娘已窺伺在某處。

58. 右廂偏間

幽暗丹房內，空空兒手中剪出紙人形，寫上胡姬的生辰八字，畫了符咒唸唸有詞將小紙人放入水盆中，紙人即沒入水中消失。

59. 庭掖

使府內一隅，井蓋的隙縫間，一亮稠無形流體泌出，貼地蜿蜒，遇牆貼壁而起，有丈高，透薄疑若人形，沿壁挪移。

60. 閤道

胡姬舞畢率眾伎退出，眾女拾著舞落滿地的珠翠，出至閤道，燈燭輝照裡嬉嬉鬧鬧追逐著。
至轉角暗處時，胡姬遭丈高人形撲來，罩住全身，一個大掌蓋住鼻口窒息著，眾伎駭呼驚逃。
正危急，隱娘至，朝人形嚇一叱，就叱殺人形褪縮為小紙人飄萎於地。

隱娘蹲地，診察著昏厥的胡姬。

田季安躍至，大喝一聲，拔劍即斬向隱娘。

夏靖從側腹殺來，與田季安夾擊隱娘，兩人對此必然來到的殊死戰，賭了命拚搏。

隱娘卻只防守，不還擊。

往來幾回合，隱娘一出手打落夏靖武器。復一出手，彈開田季安的劍，匕首已抵在田季安喉上，目視著鼻血緩緩流出的田季安。

隱娘：「胡姬有身孕。」

語畢，匕首離喉。待田季安驚過神來，已不見隱娘蹤影。

此時婢女圍護住的胡姬，田季安過來一把抱起，往左廂內堂去。

夏靖撿起地上小紙人，端詳著，若有所悟。

61. 胡姬寢處

燭光下，琉璃屏風的寢榻上，胡姬醒來，伸手要抱，田季安幾乎喜極而泣。

田季安：「有身孕如何不說？」

胡姬：「不忍說……你人都在我這，我不能再要孩子，我……不忍心……舅舅告誡過我，不能主公也要，子嗣也要……我沒聽進耳，如此心緒不寧，招禍上身……」

老婢引醫師入室，看診胡姬。

夏靖來，田季安出至屏風外，夏靖出示手中一片小紙人。

夏靖：「這是剛才拾獲的。」
夏靖出示另一片小紙人，已發黃，有刀痕劃破，遞給田季安。
夏靖：「這是我爹交給我的，當年先主公夜裡突然薨，我爹在榻下發現這紙人。當時我爹疑心是道姑所為，明察暗訪，一直到荊南一個道觀裡，卻是嘉信公主……
田季安比對著兩片小紙人，冷笑起來。」
夏靖：「當時嘉信公主斥責說，我們事天不事鬼，這種紙人妄識，邪道的把戲，只能對付虛弱不寧之人，識破了不值一文。嘉信公主還說了，先主公自驚自疑，是給自己嚇去的。我爹過世前，囑咐我記得這件事。」
田季安刷地起身，怒不可遏。

62.
右廂內堂
田元氏居所燭火通明，女眷們獲報，緊張著，唯田元氏雖受傷亦鎮定如常，把三個孩子攏到跟前來。
田季安陰沉至，手中已握成綹團的紙人摔向田元氏。坐擁孩子們的田元氏，白著臉並無懼色。
田季安憤怒到極點拔劍向田元氏時，九歲的長子田懷諫，半步上前，擋在母親和幼弟們前面，顫抖不已。
田季安嚎哮一聲向畫屏劈去，把畫屏劈成兩半……

63. 右廂偏間

同時，中軍往空空兒處圍去，空空兒起身而出，一排弩箭射去，空空兒全身中滿箭簇如刺蝟，倏忽，卻蟬脫殼般萎於地不見，唯一片紙人飄飄落下。

64. 胡姬寢處

空空兒出現在胡姬寢處，如鬼魅般迅雷一擊，斬向榻上的胡姬頸項，鏮鐺！胡姬頸上玉環斷裂。空空兒失去蹤跡。

胡姬起身，赫然竟是隱娘。

藏在屏風後的胡姬出現，煞白似鬼。

隱娘：「空空兒一擊不中，自慚羞愧而去！」

65. 道觀

隱娘回到山中道觀，道姑已經等她很久了。

隱娘跪匍於地，向師父行叩禮，三起三叩。這是謝罪，也是絕恩。

道姑在幽暗的廂房內注視著隱娘。

隱娘：「死田季安，嗣子年幼，魏博必亂，弟子不殺。」

冷寂如死，半晌，道姑深深一歎。

道姑：「可惜了……」

跪著的隱娘，低下眉目，承受了師父對她的裁判。
道姑：「劍道無親，不與聖人同憂。汝劍術已成，唯不能斬絕人倫之親……你去吧。」
隱娘一叩拜，起身退出，至門檻，轉身下庭院，往道觀外走去。
忽一下，落葉颯起，道姑在背後襲來。
隱娘本能反手，匕首一出不回身，與師父交手於瞬間。
瞬間的過後，道姑收勢站定。望著隱娘不回首的直走出道觀去，悲與欣，大片殷紅，在道姑白衣的襟前迅速渲染開來，像一枝豔放的牡丹。

66. 使府・都事廳

數日間，藩鎮與朝廷的均勢起了變化。王承宗押下妹婿薛昌朝，此舉激怒元和天子，欲出兵討伐成德，將取道經過魏博。田季安召開會議。
某牙將：「末將請纓，願率五千兵，誓讓朝廷兵跨不過黃河！」
藩鎮派的主戰聲，壓倒了無聲的朝廷派。唯有盧龍藩鎮，派來的牙將譚忠，往見田季安。
譚忠：「主公若與朝廷為敵，將朝廷兵殲滅於魏，則朝廷必全力動員兵馬轉向魏博。如今不如先藉犒勞的名義，拖住朝廷討伐軍，而暗中與成德商議，由魏博出兵佯攻成德，成德佯陷一城給魏博，如此，既可保下成德免於戰禍，又讓主公搏得效忠朝廷之名……」

爭辯聲，遊說聲，都成了嗡嗡的背景聲。田季安恍神著，思緒遠遠在別處——

66A

十三年前的上巳日，河曲遊宴，一樹杏花，風吹雪般飛入飄開的帷帳，嘉誠公主華美如神明。還有緋衣的窈七，在鞦韆上，在碧天裡，飛也似的掠……

67. 山村

隱娘出現在桃花源般的山村。

遠遠在農舍坡地的負鏡少年發現了，揮手跑下坡迎接隱娘。

長者：「這倭國少年說，姑娘說了要護送他到新羅國，就會來送他的，真的就來了！」

村中長者對採藥老者說著笑起來。

68. 郊野

秋水長天。

隱娘，採藥老者和少年，三人同行。

前面就是津渡，水氣淩空，蒼茫煙波無盡。

——劇終——

B
TAKE
8
聶隱娘
SCENE
33-1
PROD.
ROLL
B146
DIRECTOR:
侯孝賢
CAMERA:
李屏賓
DATE:
Day Nite Int Ext Mos
Filter
Sync
PROD.
ROLL
A191
SCENE
33-1

黃芝嘉提供

文學叢書 449

行雲紀
《刺客聶隱娘》拍攝側錄

編　　訪　謝海盟
總 編 輯　初安民
責任編輯　江秉憲
美術編輯　林麗華 黃昶憲
校　　對　謝海盟 江秉憲

發 行 人　張書銘
出　　版　INK印刻文學生活雜誌出版有限公司
新北市中和區建一路249號8樓
電話：02-22281626
傳真：02-22281598
e-mail：ink.book@msa.hinet.net
網　　址　舒讀網http：//www.sudu.cc

法律顧問　巨鼎博達法律事務所
施竣中律師
總 代 理　成陽出版股份有限公司
電話：03-3589000（代表號）
傳真：03-3556521
郵政劃撥　19000691 成陽出版股份有限公司
印　　刷　海王印刷事業股份有限公司

港澳總經銷　泛華發行代理有限公司
地　　址　香港新界將軍澳工業邨駿昌街7號2樓
電　　話　(852) 2798 2220
傳　　真　(852) 2796 5471
網　　址　www.gccd.com.hk

出版日期　2015年7月　初版
2015年12月10日　初版六刷
ISBN　978-986-387-046-3

定　價　399元

Copyright © 2015 by Hsieh Hai-Meng
Published by INK Literary Monthly Publishing Co., Ltd.
All Rights Reserved
Printed in Taiwan

國家圖書館出版品預行編目資料

行雲紀《刺客聶隱娘》拍攝側錄
/謝海盟 著.；
--初版，--新北市：INK印刻文學，
2015.07　面；17*23公分（文學叢書；449）
ISBN 978-986-387-046-3（平裝）

855　　104011164

版權所有・翻印必究
本書如有破損、缺頁或裝訂錯誤，請寄回本社更換

THE ASSASSIN
印刻文學出版《行雲紀》
劇照師蔡正泰　光點影業提供
THE ASSASSIN
印刻文學出版《行雲紀》
劇照師蔡正泰　光點影業提供